U0965620

以文化人

徐迅雷 著

西苑出版社
XIYUAN PUBLISHING HOUSE
·北京·

图书在版编目（CIP）数据

以文化人 / 徐迅雷著. -- 北京 : 西苑出版社,
2020.8
ISBN 978-7-5151-0757-8

Ⅰ. ①以… Ⅱ. ①徐… Ⅲ. ①散文集－中国－当代
Ⅳ. ①I267

中国版本图书馆CIP数据核字(2020)第105794号

以文化人
YI WEN HUA REN

出 品 人　赵 晖
责任编辑　陶永学 辛小雪
装帧设计　朱晓瑜
责任印制　陈爱华
出版发行　西苑出版社 XIYUAN PUBLISHING HOUSE
地　　址　北京市朝阳区和平街11区37号楼　邮政编码：100013
电　　话　010-88636419
印　　刷　三河市嘉科万达彩色印刷有限公司
开　　本　710mm×1000mm 1/16
字　　数　237千字
印　　张　16.75
版　　次　2020年10月第1版
印　　次　2020年10月第1次印刷
书　　号　ISBN 978-7-5151-0757-8
定　　价　59.80元

（图书如有缺漏页、错页、残破等质量问题，由印刷厂负责调换）

目录

春风一蓑雨

艺文一瓢饮

杭城一袭云

文化，是镌刻在杭州这座天堂之城中美丽而隽永的基因。

人文的温暖，从来都是一座城市发展的底蕴。文化形态是可以一天天丰沛的，人文底蕴是可以一步步夯实的。

铸造杭州文化魂

历史是城市的根，文化是城市的魂。文化兴则文明兴，文明兴则城市兴。

“地有湖山美，东南第一州。”杭州之名，不仅源于“杏花春雨江南”的旖旎风光，更重于文化积盛、人文彪炳、文明常青。

杭州是“天堂”的应许之地，从吴越王钱镠到宋室南渡，从马可·波罗到G20杭州峰会，在杭州历史上，天下屡屡重杭州。风雅钱塘，灿若星汉。“天堂”杭州，属于1982年公布的首批国家历史文化名城，曾是两朝都城，更是两大世界遗产拥有地。在八千年的文明史里，跨湖桥的独木舟，穿越了漫漫历史时光，静静行驶到现在；在五千年的建城史上，良渚古城的遗址，在山环水抱中绝世独立，默默绵延着上下五千年的厚重文脉。

从1949年中华人民共和国成立至今，从1978年改革开放飞越至今，在一部城市发展的进步史上，杭州人敬畏历史，保护遗存，拓展文化，延续文明，开创新业。从一系列重大文化设施的相继建成，到2011年被评为全国文明城市；从西湖、大运河、良渚古城遗址的申遗，到诸多非物质文化遗产的传承和发展；从遍布城市角落、“聚是一团火，散作满天星”的文创博览、文创项目、文创企业，到遍地开花，让乡村文化动起来、活起来的文化礼堂；从西博会、动漫节、文博会、艺博会、茶博会等会展活动影响力的日益扩大，到加入联合国教科文组织全球学习型城市网络及“满城书香”工程的全面实施……杭州一路走来，文化软实力步步提升，成为一座独具韵味、别样精彩的文化之城、魅力之城、创新之城、活力之城。

今日之杭州，不仅是浙江之杭州、中国之杭州，更是亚洲之杭州、世界之杭州。在杭州走向国际化、建设世界名城的进程中，文化成为越来越丰富和丰满的特色品牌。

强基固本，铸造杭州文化魂，这是杭州不变的初心使命，是不断前行的澎湃动力。

一

由此上溯到 1949 年 5 月 3 日——那一天，是杭州“解放日”。

“杭州解放，秩序井然，水电照常供应，电话汽车畅通。”在厚重的精装本《杭州历史大事记》（方志出版社，2006 年 12 月第 1 版）一书中，有这样的记载：“杭州解放时，文物古迹完好无损，省立图书馆、博物馆均正常开放，杭州市军事管制委员会文教部军代表王鼎新率刘德山接管了浙江省图书馆、博物馆、通志馆和体育专科学校。军代表王鼎新入驻浙江博物馆馆内小红楼，7 月 10 日文澜阁办理交接手续，经清点有图书 345000 余册，木刻版片 170000 余片。”

在风云激荡的历史变迁中，无论是胜利者还是失败者，都在尽心保护历史文化遗存。

而在《杭州历史大事记（1949—2008）》（方志出版社，2008 年 12 月第 1 版）中，则是清晰地记录了当代杭州文化史的大事。从 1949 年中华人民共和国成立的 10 月开始到 12 月，一共录有杭州发生的 8 件大事，其中第 1 件是：10 月 3 日，杭州 10 万人民举行盛大集会和游行，欢庆中华人民共和国成立；第 3 件就是：10 月 19 日，杭州市文化界集会纪念鲁迅逝世 13 周年，并成立杭州市文学工作者协会筹备会。

不仅仅是纪念鲁迅逝世 13 周年，杭州市文学工作者协会筹备会的迅速成立，意味着中华人民共和国成立后杭州市文化建设很快拉开了序幕。

在20世纪50年代，大事记里，杭州文化建设的记录简明清晰：1950年4月25日，杭州市人民政府公布《关于西湖风景区管理条例》；9月5日，杭州市戏曲工作者座谈会召开，决定成立杭州市戏曲改进协会筹备委员会；1952年6月16日，杭州灵隐寺大雄宝殿动工整修；1953年7月19日，经当时国家文化部批准，重修杭州文澜阁；1955年11月1日，中共杭州市委机关报《杭州日报》创刊；1956年5月5日，中国人民对外文化协会浙江省暨杭州市分会成立；1956年10月16日至11月4日，著名京剧表演艺术家梅兰芳在浙江省人民大会堂公演19场，观众达3.6万人次；1958年7月1日，杭州市图书馆正式开放；同一天，杭州大学创立……

然而，20世纪六七十年代，杭州和全国一样，在长时间里文化建设基本处于空白。但其间杭州有个重要的文化发现：1974年冬天，在建德县（今建德市）李家公社乌龟洞内，发现了距今大约10万年的智人犬齿化石，经专家鉴定，定名为“建德人”。

1978年12月，伴随着十一届三中全会的春风，杭州的文化建设重新启程。是月，岳飞墓庙开始全面整修，岳飞塑像重塑。次年3月25日，杭州市首届“西湖之春”音乐会开幕，音乐声里，春潮涌动。伴随着改革开放不断推进的脚步，杭州的文化建设百废俱兴：新建了杭州大剧院、东坡大剧院、红星剧院、杭州少儿图书馆、杭州图书馆新馆、奥体中心等一大批标志性的现代化文化设施；广播电影电视蓬勃发展，新闻出版业实力强劲；优秀文艺作品不断涌现，动漫产业迅速崛起；会展业风起云涌，文化创意产业园区如雨后春笋……

尤其在文化名城的保护和建设方面，杭州与时俱进。在制定和完善历史文化名城保护和建设规划的基础上，保护了于谦故居、龚自珍故居、胡庆余堂、明代民居、凤山水城门等诸多古建遗存，对慈云岭造像、烟霞洞造像、天龙寺造像等也采取了保护措施，并陆续开发了于谦祠、郭庄、杭州碑林、万松书院等人文景观，整修开放了苏东坡、章太炎、马一浮、马寅初、夏衍等一大批名人纪念馆。与此同时，规划新建了茶叶博物馆、丝绸博物馆、刀剪剑博物馆、扇博物馆、伞博物馆、杭帮菜博物馆、中药博物馆、中国印学博物馆、南宋官窑博物馆、运河博物馆、杭州博物馆、良渚博物院等诸多博物馆院，杭州成为国内博物馆最密集的城市之一。

2002年金秋十月，杭州清河坊历史街区正式对外开放。清河坊背靠吴山，是南宋的“皇城根”，自古就是杭州最繁华的地段，既是政治、经济中心，又是文化中心。清河坊的抢救保护，是“惊险一笔”，是一个在习惯于大拆大建的大环境中保护历史遗存的典例。清河坊原定要拆迁扩建，其中河坊街拓宽工程推进很快，1999年3月，拆迁已经逼近核心地区“四拐角”。经过专家和媒体人士的大声疾呼，杭州市委市政府最终决定，抢救保护清河坊，随后重新进行规划，修复取得巨大成功，河坊街因保而兴。

并非所有的失去，都会以另一种方式回归；文物遗存，都是一次性的生命，一旦失去就没有了。保护下来的清河坊，再现了杭城历史文脉，成为最能够体现杭州历史文化风貌的街区之一，也成为西湖申报世界遗产的有机组成部分。

二

西湖申遗，杭州梦寻。

苏东坡曾言，“天下西湖三十六，就中最好是杭州”。北京时间2011年6月24日深夜，在巴黎召开的第35届世界遗产大会将“杭州西湖文化景观”列入《世界遗产名录》。

杭州作为历史文化名城，有跨湖桥文化、良渚文化、吴越文化、南宋文化、西湖文化、大运河文化等深厚的历史文化的交融和积淀。传承、保护、活化、发展历史文化，申遗是一个“枢纽”。进入《世界遗产名录》的“杭州西湖文化景观”包括5大类景观组成要素：秀美的自然山水、独特的“两堤三岛”“三面云山一面城”的景观整体格局、著名的系列题名景观“西湖十景”、内涵丰富的10处相关重要文化遗存、历史悠久的西湖龙井茶园。

西湖申遗起步很早，早在 1999 年，富有远见的杭州市政府就开始着手为西湖“申遗”。西湖是中国历史影响力最大的文化名湖，甚至对东亚地区的文化都产生了长期而广泛的影响。西湖文化景观是中国文明与文化多元性的体现，既具有中国文化遗产“传衍至今”的保存特性，又具有中国文明“有机演变”的进步特性。

整个申遗过程中，最难的是拆除西湖边诸多搭建的建筑物。杭州下大决心、花大力气，先后拆除了西湖周边 50 多万平方米有碍观瞻的违章建筑，搬迁了诸多单位及 2000 多户居民，减少常住人口 7000 余人，恢复 1800 多处自然景观。而今西湖坚持不卖门票“免费游”，就是要让更多的人来到西湖，看到天堂里的世界文化景观遗产。

京杭大运河，北边是“京”字，南边是“杭”字。它是世界上里程最长、工程最大的古代运河，也是最古老的运河之一，迄今已有 2500 多年的历史。南北漕运，离不开这条伟大的运河。大运河文化，正是中华文明影响力、凝聚力、感召力的重要象征。

先后历时 8 年，大运河项目在 2014 年 6 月申遗成功，成为世界文化遗产。大运河文化带，千年水潆涟，文脉永流传。拱宸桥作为杭城古桥中最高最长的石拱桥，是京杭大运河“南起点”的地标建筑，一百多年来总是那么漂亮地站立着。

在“后运河申遗时代”，作为京杭大运河的南起点和浙东运河的起点，杭州要留住运河文化的“根”和“魂”，正致力于推进大运河（杭州段）文化带建设，构建大运河文化核心展示区，力争使杭州段在大运河文化带中的地位达到八达岭在长城中的地位。这，既是杭州的光荣使命，也是杭州的应有担当。

把开凿京杭大运河的时间往前翻一番，就到 5000 年前的良渚古城了。良渚是实证中华五千年文明史最具规模和水平的地区之一。世界著名考古学家、英美两国科学院院士科林·伦福儒先生，把良渚文化与希腊基克拉迪文化做了比较研究，认为良渚遗址的历史贡献是确定中国早在五千多年前的良渚社会，就已经进入了早期国家文明阶段了，以考古学的科学证据，将中国的文明史提前了1000多年。

水，是人类文明之源。良渚地处杭州余杭，余杭者，相传大禹治水经过，舍舟登陆于此，故名“禹航”。西湖之水、大运河之水、余杭良渚之水，孕育出璀璨的文化。2017年12月8日，第三届“世界考古论坛”在上海开幕，这是考古界的“奥斯卡”盛会。世界考古学家齐聚一堂，以“水与古代文明”为主题，探讨水资源、水管理与古代文明发展之间纵横交错的关系，其中良渚古城得到了重点推介。良渚古城外围水利系统，距今有4700—5100年，是迄今所知中国最早的大型水利工程遗址，也是世界最早的水坝系统之一。

2018年年初，中国正式推荐“良渚古城遗址”作为2019年世界文化遗产申报项目。2019年7月6日，“良渚古城遗址”项目申遗成功，相信英年早逝的考古学者、良渚文化发现人也是余杭良渚本地人施昕更（1911—1939），一定会含笑九泉。他留给今人的那本《良渚（杭县第二区黑陶文化遗址初步报告）》，是一个重要的文化遗存。

中华文化，天人合一。良渚文化的玉璧玉琮，礼天、礼地、礼文明。

杭州人文历史发展有三个高峰，第一个高峰就是文明之光良渚文化，第二个高峰则是吴越王钱镠定都杭州，第三个高峰是南宋迁都杭州。南宋遗址考古系列新发现，先后有5项入选全国十大考古新发现，是空前的“五连冠”：1995年，南宋赵氏太庙遗址入选；2000年，南宋临安府治遗址入选；2001年，老虎洞南宋窑址入选；同年，还有南宋恭圣仁烈皇后宅遗址入选；2004年，严官巷南宋御街遗址入选。

这些都是先人留给我们的文化文明，是无价之宝，是真正的“金不换”。

三

在杭州博物馆，藏有“镇馆之宝”战国水晶杯。这个精美至极的水晶杯，1990年出土于杭州市半山镇石塘村，被列为我国首批禁止出国（境）展览的文物。

行走在天堂之城杭州，脚下的一块砖，头顶的一片瓦，身边的一垛墙，都可能内存一段翰墨飘香的故事、一页时光风化的历史。通过风雨旧庐、市井街巷、百年老店，可以剖析杭州人文肌理；进入博物馆院、园林庭院、楼阁书舍，可以探寻杭州文化踪迹；寻迹梵钟深寺、古塔浮屠、先贤墓冢，可以打捞杭州历史遗存。

历史是城市的根，文化是城市的本。一座不珍惜历史的城市，是没有希望的城市。敬畏历史，保护遗存，创造文化，延续文明，是一座城市肩负的历史责任，也是城市现代文明进步的重要标志。

文化文明，需要在传承保护的基础上不断创造创新。没有创新就没有发展，没有发展就没有繁荣，经济是这样，文化同样也是这样。文化“推陈”而能“出新”，不仅能唤醒历史记忆，而且也激活文化魅力。杭州坚持创新驱动发展，把创新创业作为引领发展的第一动力，多年来一直奔跑在打造“创新创业新天堂”的道路上，以创新活力提升城市文化软实力。

“汇聚双创活力，澎湃发展动力”——以此为主题的 2019 年全国大众创业、万众创新活动周，于 6 月 13 日至 19 日在杭州市主办。这是创客的一场“大派对”。多年来，杭州充分激发全社会的创造活力，致力于将杭城打造成为“双创”的肥沃土壤、创客的幸福家园。

粉墙黛瓦的未来科技城——梦想小镇，是“双创周”的主会场。面积不过 3 平方公里的梦想小镇，自 2015 年 3 月建成至今，已集聚 1.7 万名人才、市场化运作孵化器 50 多家、资本管理机构 1400 余家，汇聚创业项目 1800 多个。文创，是双创的重要内容，是数字经济中不可或缺的部分。这次“双创周”，“中国青年动漫创新创业”系列活动，是其中的一个文创重头戏。

文化创意，就是敢于打破和再造。杭州发展文化创意产业，聚焦文化创意这一重点产业链，有着敢为天下先的魄力。2007 年，杭州就提出打造“全国文化创意产业中心”概念。2012 年，杭州成功加入联合国教科文组织全球创意城市网络，成为国内首个“工艺和民间艺术之都”。杭州还是首批 16 家“国家级文化和科技融合示范基地”之一，“文化 + 科技”，铺就杭州特色的文化创意经济发展之路。

城市文化建设，需要新的“城市文化资本论”。文化产业要“无中生有”和“有中拉长”：“无中生有”，是通过创意设计，生出文化产业和文创产品；“有中拉长”，则是延伸文化产业链、提高文化附加值。文化不是标签，而是实实在在的真金白银；文化对产业有强大的渗透力和提升力，它可以创造海量经济价值。

早在2012年，杭州文化创意产业增加值就首次突破了千亿元大关；2015年实现翻番，达到2232.14亿元；2018年达到3347亿元，创下新高。杭州文化创意产业已成为重要的支柱产业。按照目前发展态势，笔者预计到2022年，文创产业增加值将可能打破5000亿元的大关。杭州文化创意产业在诸多领域表现突出，如动漫游戏业、设计服务业、传媒影视业、文化会展业、信息服务业、艺术品业、文化休闲旅游业等，杭州绘就了一幅色彩斑斓的创意画卷。

如今，杭州文创产业竞争力位居全国前列，设计资源和创意人才源源不断地涌向杭州，使这座历史文化名城、创新活力之城持续焕发出前所未有的生机与活力。

四

经济是基础，文化是底蕴，文明是升华。

经济发展，支撑起文化的大厦。华为公司总裁任正非曾形象地说，一个国家的硬土地是铁路、公路、水泥、城市建设等各种基础设施，但硬土地上长不了庄稼，就像戈壁滩一样；还需要有文化、哲学、教育等上面的黑土层，黑土层厚一些，就能长很多庄稼。

英国有句谚语：“宁可失去英伦三岛，不可失去莎士比亚。”岛可失，莎士比亚不可失。莎士比亚们构成了文化“软实力”，蕴含着巨大的力量。

过去我们习惯于说“文化搭台、经济唱戏”，现在应该更多的是“经济搭台、文化唱戏”，让“莎士比亚”们登场。经济好了之后，一定要反哺文化、涵育文化。杭州不仅要有“满陇桂雨”，还应该有“满城书香”；杭州是卓有成就的“会展之都”，同时要着力构建“演艺之都”；杭州需要“一湖一河一江”的天开图画，也要成为诗歌名城、书画名城，让诗人和画家们用激情的钥匙打开文化秘境中的斑斓画卷……这样的“文化唱戏”，是文化赋能经济，是不可或缺的文化认同。

经济搭台、文化唱戏，需要一种“居下临高”的态度。尊重文化和文化创造，就要尊重文化人才、吸引文化名人。杭州聘请莫言等一批名人大家担任“杭州文艺顾问”，是为文化大发展、大繁荣把脉献策。文化创新的关键要素，不仅仅在于广阔的文化市场，更重要的是文化人才的数量与质量，以及人才的全球化开放流动。人才是种子，要相信种子的力量。2017 年 12 月 9 日，首个“国字号”的“中国网络作家村”落户高新区（滨江）白马湖畔，这是尊重、吸引、汇聚网络创作人才的大胆举措。“中国网络作家村”的落户，是在创造一流物理空间环境的同时，旨在出台一套完善的扶持政策，全力打造一个集网络文学作品创作、项目孵化、版权交易、作品改编、互动交流、影视动漫游戏衍生开发等完整的文化产业生态链，建设中国网络文学产业发展核心区。著名网络作家、多次登上中国网络作家富豪榜榜首的唐家三少，被聘为“中国网络作家村”首任“村长”，他和管平潮、月关、蝴蝶蓝、猫腻等“大神级”网络作家，成了首批村民。管平潮为此拟就一副对联：“三生有幸左倚青山冠白马，十年无忧后凭碧水隔红尘。”相信网络作家村的村民们，会将网络写作的大戏唱得越来越精彩。

经济搭台、文化唱戏，需要一种“固本铸魂”的努力。离开了“培土”“固本”的基础工作，就难以真正“铸魂”。我们需要不断提升“店小二”们的服务能力，集聚优质资源要素，厚植文化的“黑土层”，为文化人才提供成长的沃土。文化事业和文化产业的发展，都需要提供好的制度环境，好的营商环境，好的政策扶持，好的激励机制。杭州市每年开展文化精品工程项目评选，扶持奖掖一批思想性、艺术性、观赏性俱佳的优秀创作项目，这成为进一步推动杭州文化大发展的有效载体。

经济搭台、文化唱戏，需要一种“根部滴灌”的劳作。文化的“根部滴灌”，就是向细部渗透。2019 中国大运河国际钢琴艺术节暨郎朗杯钢琴大赛的举办，这是一种“根部滴灌”；钱塘江诗路文化带建设，已产出四个成果——一首钱塘江歌曲《潮起钱塘》、一套《钱塘江诗词选》（上下册）、一张《钱塘江历史文化旅游导图》、一本《流水的盛宴——诗意流淌钱塘江》，这是一种“根部滴灌”；在孙权故里——富阳龙门古镇，已连续两年在春天举办“百花节”，彻底带火“古镇游”，游客创下历史之最，这是一种“根部滴灌”；在亚洲文明对话大会期间，同步办好“知味杭州”亚洲美食节，制作好每一道美食，弘扬杭帮菜文化，这是一种“根部滴灌”……

有了经济好舞台，文化才能上演一出出好戏，最终必然会成为城市发展的核心驱动力。

五

文化，是镌刻在杭州这座天堂之城中美丽而隽永的基因。

杭州市委决策部署“干好一一六、当好排头兵”，要建设“一城”——独特韵味别样精彩世界名城；要打造“一窗”——展示新时代中国特色社会主义的重要窗口；要做好“六大行动”——拥江发展、三化融合、文化兴盛、民生福祉、改革攻坚、强基固本。其中的“文化兴盛”内涵丰沛。

强化“最美杭州人”主题宣传，深化实施“城市记忆”工程；高起点规划建设以钱塘江杭州段为轴线的“之江文化产业带”——集中发展数字文化、影视文化、艺术创作、动漫游戏四大产业；加快推进“以文化人、以文铸城、以文兴业、以文惠民”，在延续历史文脉中当好“薪火传人”，在打造文艺精品中讲好“杭州故事”，在推进多样共融中放大“最美效应”，不断提升杭州文化竞争力、影响力，从而让杭州更有人文情怀、更具文化底蕴。

任何一种文明都是流动的、开放的，从而能够产生更大的影响力；在各国经济走向世界经济的过程中，文化生产也必然会走向世界，从而产生更大的竞争力。世界是平的，在世界的横断面上，一个古老而伟大的民族，需要在全球化时代确立自身的文化坐标；有了自身的坐标定位，才能赢得世界性的文化认同。

文化要大发展，思想要大解放，交流要大开放。如果没有不断更新的思想观念、不断创新的体制机制、不断求新的理论总结、不断开放的交流互鉴，那就不会有文化大发展、大繁荣的新局面。

文化需要交流，交流让文化多彩；文明需要互鉴，互鉴让文明丰富。城市国际化，离不开文化的国际化；文化的国际化，需要走出去、引进来，从而实现“美美与共、天下大同”。

这是一个名称很长的协议：《中国杭州市与意大利维罗纳市在各自被列入联合国教科文组织世界遗产地名录的遗产地之间进行推广、开发和共享的友好关系协议》，此协议于2019年春天签署。维罗纳市文化底蕴深厚，在2000年被列入世界文化遗产。杭州是爱情传说梁山伯与祝英台同窗共读之地，维罗纳则是孕育了莎士比亚笔下罗密欧与朱丽叶的伟大爱情之地。两地“结对”，将围绕世界遗产可持续发展、遗产地文旅融合、优秀传统文化传承和保护等，开展全方位、多层次的交流合作。

最“艺”是杭州——2019“西湖之春”艺术节中，有一场交响音乐会，演绎了马勒的《G大调第四交响曲》，以此纪念马勒逝世108周年。中国的指挥家余隆，来自德国的慕尼黑爱乐乐团首席洛伦茨·纳斯图里克及旅居奥地利的女高音歌唱家宋元明，联袂奏响了一个中西合璧的“马勒之夜”。

2019年5月31日，中国首个大地艺术节项目——“桐庐大地艺术节”启动，在文保古建筑钟氏大屋举行。“大地艺术节”是世界知名的艺术IP，出自日本“艺术振兴乡村之父”北川富朗，他创立的“越后妻有大地艺术节”，为古老的乡村带来现代色彩。“越后妻有”是日文地名，意为“被白雪覆盖的村落”。“越后妻有大地艺术节”，已然成了全球公认的以文化艺术带动地域振兴的经典案例。而今，“没有屋顶的美术馆”大地艺术节在杭州桐庐扬帆起航；桐庐乡村，有望成为未来的文艺打卡地。

2019年6月1日，杭州富阳第8个“公望富春两岸文化周”启幕。20

年前的1999年，海峡两岸书画家在富春江畔举行了一场盛况空前的《富春山居图》圆合雅集活动，具有开创性意义。2011年6月1日，黄公望《富春山居图》的“剩山图”部分从浙江博物馆前往台湾，在台北故宫博物院与“无用师卷”首次实现合璧。如今的雅集，两岸文艺界人士欢聚在一起，共绘富春、共唱富春、共话富春……

文化如水，润物无声，文化决定生活的质量与族群的命运。美好生活的一千种可能，都要靠文化造就。迈向美好未来，需要文化文明力量。面向未来，杭州要不断提升文化软实力，占据文化发展制高点，砥砺前行，努力建设好国际化、世界级的文化名城、文化强市！

知识分子的家国情怀

杭州“我爱你中国”主题灯光秀，国庆期间闪耀钱江新城和武林广场，为公众带来了充满拳拳爱国心的视觉盛宴。2018 年 10 月 5 日晚，央视现场直播了钱江新城灯光秀，让杭城艺文之光，闪耀中华大地。

爱国主义是中华民族精神的核心，是中华民族团结的纽带。“爱国主义，就是千百年来巩固起来的对自己祖国的一种最深厚的感情。”伴随着汪峰《我爱你中国》歌声的主题灯光秀，是爱国情怀的外在表达；而在最广大知识分子群体中，爱国情愫往往是深埋心底的，《我爱你中国》的旋律萦绕在心中。

近来，杭州在知识分子中部署开展“弘扬爱国奋斗精神、建功立业新时代”活动，鼓励广大知识分子积极弘扬市委全会提出的“服务一一六、建功新时代”精神——建设独特韵味别样精彩世界名城、打造展示新时代中国特色社会主义的重要窗口，全面推进拥江发展、三化融合、文化兴盛、民生福祉、改革攻坚、强基固本六大行动，奋斗拼搏奉献，致力建功立业。

“为天地立心，为生民立命，为往圣继绝学，为万世开太平”，这就是中国知识分子不朽的家国情怀。在伟大的改革开放 40 周年的历程中，知识分子是思想解放的先驱，知识分子是发展建设的中坚，知识分子向来是不忘初心、牢记使命、最爱国、最忍辱负重的杰出群体之一；民族复兴的大任，离不开知识分子的担当。

心有大我，至诚报国。幸福都是奋斗出来的，报国需要奋斗精神。爱国奋斗，是中华民族生生不息、代代相传的民族基因。爱一个国家，就要努力建设好它，这正是知识分子的光荣和梦想。每一位知识分子都应融入改革发展的伟大事业之中、融入创造历史的伟大历程之中。与大时代同行，何其有幸！

时间总是站在知识这一边，成就总是与智慧连在一起。知识分子是科技的中坚，具有最强的创新创造能力；知识分子是智慧的化身，具有最强的知识供给能力；知识分子是社会的良心，具有最强的建功立业能力。杭州要发展、变革，杭州要加快建设世界名城，杭州要更具独特韵味、充满创新活力，都需要大批优秀知识分子的奋斗、拼搏和奉献。杭州也要为知识分子创造良好的制度环境和工作环境，全方位关爱知识分子、激励知识分子，让我们的时代成为知识分子的美好时代，让杭州成为人才集聚之地、辈出之地、向往之地。

杭州要走在前列，知识分子就要走在前列。美丽杭州，需要知识分子的美丽心灵；杭州的知识分子，来自五湖四海，都可以成为“最美”人才。当好排头兵，建功新时代，知识分子是中坚力量，定当大有可为、大有作为！随着时间的推移，相信杭州广大知识分子的家国情怀更加深切、立业成就更加斐然。

在新的国庆主题灯光秀中，建议让“弘扬爱国奋斗精神、建功立业新时代”成为一个关键语词，让许许多多杭州优秀知识分子的形象和名字出现其中，以弘扬杭州知识分子的家国情怀！

交流的文化

让文艺更生活，让生活更文艺；让美丽多交流，让交流更美丽。

2018年，在四月的盎然春光里，杭州爱乐乐团从杭州出发，横跨整个亚欧大陆，开启“一带一路”中东欧巡演，为7000多公里之外的观众奏响隽永而辽阔的“杭州之音”。18天的连轴运转，乐团到访了5个国家6座城市，从第一站希腊雅典音乐厅，到最后一站多瑙河畔的匈牙利佩奇市；共在当地献演了6场音乐会。

而在4月底，从27日至29日，法语原版经典音乐剧《罗密欧与朱丽叶》首次到访杭州，在杭州剧院连演4场，场场爆满。感人至深的爱情经典，邂逅极致浪漫的法国旋律。为了音乐剧《罗密欧与朱丽叶》，法国乐坛教父级大师捷哈·皮斯葛维克耗费两年心血，精心作词、作曲。《罗密欧与朱丽叶》被欧洲传媒盛赞为“21世纪最伟大的流行音乐剧”。该剧2001年在法国巴黎首演之后，时隔17年第一次登上杭州的舞台。我在最后一天的下午场前往观赏，演出精彩至极，到了谢幕时可拍照，台上台下“嗨”成一片。

杭州的文艺演出到了欧洲，欧洲的文艺演出到了杭州。这就是交流的文化、文化的交流。交流的文化，才是活的文化。交流让视野更开阔，让文化更丰盈，让思维更开放，让思想更具高度。

交流是文化纽带，无形的纽带。通过走向世界的交流演出，杭州爱乐乐团的演奏家们了解当地民情、民风和文化，实现了一种潜移默化的文化提升；同时能感受不同国家观众不一样的审美品位，适应每个音乐厅不一样的声场氛围，让演出不断完善，从而更好地发挥文化纽带的作用和力量。在异国他乡，奏响一曲中国小提琴经典之作《梁祝》，让当地观众也潸然泪下。作家汪曾祺说得好："经常提到美，会让读者心软，心软是非常重要的事情。"

这次杭州爱乐乐团到佩奇的演出，让我知道了佩奇是匈牙利的艺术名城，是布达佩斯之外匈牙利文艺复兴运动的另一中心，以音乐、歌剧、芭蕾舞闻名。而且，佩奇市在 2011 年与我们浙江绍兴市缔结为友好城市，"两市自结好以来，双方在经济、文化等领域频频互动，通过政府和民间的双重交流增进了友谊"，比如佩奇市合唱团一行 47 人曾来绍兴交流演出。

而法语版音乐剧《罗密欧与朱丽叶》这次在杭城上演，让观众们参与了一场摄人心魄的视听盛宴。那种戏剧张力，可谓无与伦比。经典的原作、成功的改编，鲜明的角色、浪漫的歌词，动感的旋律、华丽的编舞，奇妙地还原了一场跨越时间、地域、种族的莎翁爱情故事。难怪《罗密欧与朱丽叶》在全球都极受欢迎，观众迄今已超过 650 万人次。

在我看来，对经典名剧的成功改编，就是一种"继发优势"的最大化。与经济领域相似，当今的文化领域，在"先发优势"和"后发优势"之间，同样有着一个"继发优势"。这次《罗密欧与朱丽叶》来中国、来杭州的演出，让我们通过文化交流看到了这种"继发优势"的不得了、了不得。

与杭州爱乐乐团到中东欧的"官方巡演"不同，《罗密欧与朱丽叶》来中国的演出是由民营的聚橙网组织的，这就是民间献力于文化交流的成果体验。该网有大量年轻粉丝涌入剧场，观剧心情激情澎湃。市场化的运作，让经济社会效益双丰收。

国与国之间的文化交流，当然现在还不是"超导"，而仿佛是"半导体"。我们都知道，半导体芯片十分重要，那是在半导体片材上进行侵蚀、布线而制成，能实现某种存储和传输功能的半导体器件，比如硅芯片。有思想、有内涵、有分量的文化产品，不就是人类世界的"硅芯片"吗？人类同样需要"文化硅谷"，而"文化硅谷"更需要交流、融合。

人文的细节和文明的大节

这个世界赠予我们最美的色彩，就是爱之色彩。

生活因为爱的温暖而美好。在 2019 年 12 月 27 日举行的中共杭州市委十二届八次全体（扩大）会议上，浙江省委常委、杭州市委书记周江勇分享了两个小故事，成为大会上的温暖小插曲。故事是一位友人告知的：

其一：友人的朋友来杭州旅游，游了西湖，又到楼外楼吃了杭州特色菜，非常开心；但从楼外楼出来打车时，长时间未打到车，不免生气："杭州什么都好，就是打车难。"这时，一位杭州市民也是从楼外楼走出来，也要打车，听到抱怨，主动说："师傅你不要生气，我们杭州其实都很好的，就是这一段打出租车特别难。我带你们走到外面就好打车了。"于是热情的市民把他带到岳庙附近，直到他打到车方才离开。

其二：这位友人刚来浙江工作不久，有一天来到拱宸桥闲逛，见桥边有家小摊在卖甜酒酿，于是就买了，付完钱伸手拿酒酿时，摊主突然想起什么，一脸严肃地问："哎，师傅，你有没有开车啊？"答："没有开车！"摊主这才递过酒酿，说："哦，没开车。那你买吧！如果开车的话，可是不能吃的哦，开车千万不能吃！"

小小的细节，切切的关爱，浓浓的温暖。杭州是全国文明城市，市民的文明举动成为城市之魂。美丽杭州，最美还是杭州人。《都市快报》就此发起寻人，拱宸桥边卖甜酒酿的王大伯很快就被找到了，而对于另一位杭州人，网友说得好：“不是我，但又是我。”

你首先是花朵，然后世界才是花园；你开得灿烂，世界的花园才会争奇斗艳。也是12月27日这天，朋友圈里一位浙江大学老师亲述：“不争气的我又在地铁九和路站晕倒了。两个小姐姐急忙扶我起来，询问情况，端热水，帮我打电话给家里人。有个小姐姐还把她的橘子剥好给我。志愿者阿姨一直摸我额头，就像妈妈一样。温暖的城市……”

人，构成了人文。细节里的人文情怀，见证的是文明里的大节。尤其是对于异乡和他者而言，人的亲切友好关爱，就是文明的表征。英国著名人类学家奈吉尔·巴利在他的名著《天真的人类学家》中，生动幽默地记述了他两次到非洲喀麦隆多瓦悠人村落，进行田野调查工作的经历，读着常常让人笑出腹肌。人类学家，离开了原本生活的国家，走入田野，就成了异乡人——若遇敌意，就得克服；若是友好，天空就清朗。作者终于抵达“我的”部落，而酋长慷慨地把一栋大茅屋给他使用，许久之后，他才知道这代表最高程度的信任，通常唯有心爱妻妾的家人，才可以分配到这个位置的茅屋……

文明的柔软，向来是比野蛮的强硬更有力量。野蛮征服文明，带来的是灾难；文明征服野蛮，带来的是进步。“天人互益”，万物并育而不相害，这就是文化文明；而今有的人太困于物欲，则与文明有很大差距。孤山打车难，司机先要价，这似成痼疾，积重难返，成了城市不文明的一个观照点。文明，是一定要顾及他人空间、顾及公共利益的。12月28日，杭州有婚庆公司策划的求婚仪式，搞得动静很大，先是弄了20多辆超级跑车，轰隆隆威风了一阵，就被交警查到跑车有的未年检、有的非法改装、有的未挂号牌等违法行为；继而他们又在湖滨步行街聚集了三四百人，而事先并无任何报备，造成现场交通拥堵，结果被警方叫停……不文明行为必须及时叫停喝止，否则它就会野蛮生长。

唯有文明善良温暖，才能构建城市幸福乐园，实现人人共治并且共享。

人文的温暖是城市发展的底蕴

2020年1月6日，二十四节气中的小寒，杭州气温高达24.5℃，打破了自1951年以来历史同期20.8℃的最高纪录。

而就在这一天，第四届杭商国际化创新论坛在杭州举行，论坛的主题就是“一座城市的温度”，几位知名嘉宾的主旨演讲，都围绕着杭城温暖的人文温度展开；这种契合，让人惊叹。

我们有温度，城市就有温度；人文有温度，经济就有温度。人文的温暖，正是城市发展的底蕴。人文好，营商环境才好，招商环境才好，创新创业的环境才好，城市的发展才会好。

在论坛上，浙江省第十二届人大常委会原副主任王永昌在致辞中说，一座城市的温度主要指城市成长和发展的良好环境，是一个融自然、历史、人文、社会为一体的综合性生态系统。而浙江大学管理学院院长魏江在《城市温度 创新深度》的演讲中说，杭州的温度是最适合创新的，而伟大的创新需要有一大批人共同努力，从而形成大企业、大集团、大联合。澎湃新闻副总编辑胡宏伟分享了《城市温度与城市化生存的四个逻辑》，以其亲历的具体细节，揭示了“杭城温度”的人文内涵。赛伯乐投资集团董事长朱敏则直言，杭州是科技创业与投资的天堂。中国移动通信联合会会长倪健中分享了《上善若水：我歆羡的杭商精神与5G网络时代》，以一个“水”

字，概括了杭商良善的从业风格和伟岸的进取精神……

是的，即使是“万山不许一溪奔，拦得溪声日夜喧”，最终也必定是“到得前头山脚尽，堂堂溪水出前村”，这就是人文精神的力量。

打造营商环境最优的城市，离不开人文环境的构建，因为人文环境是重要的营商环境之一，与制度环境的重要性不相上下。经济发展和人文底蕴，两者是双轮驱动、比翼齐飞的，谁也离不开谁。有人文缺经济，那必然是虚弱的、落后的、贫穷的，甚至是痛苦的；而有经济缺人文，那注定会缺少温暖温度，必然会是生硬的、寒冷的，甚至是无情的，最终必定会反过来损害经济的发展、城市的进步。

人文的温暖，从来都是一座城市发展的底蕴。文化形态是可以一天天丰沛的，人文底蕴是可以一步步夯实的。此前，杭州通过市委全会提出了“善治六策”：要推进统筹之治，打造高能级的城市；推进科技之治，打造数字化的城市；推进良法之治，打造知敬畏的城市；推进协商之治，打造老百姓的城市；推进人文之治，打造有情怀的城市；推进开放之治，打造国际范的城市。这里特别提到了“人文之治”，很不一般。推进“人文之治”，让杭州有情怀、有温暖，构成了杭州最大的人文软环境和软实力。

就在 1 月 7 日，杭州有个国内唯一的博物馆开馆，让我欣喜异常，它就是杭州海塘遗址博物馆，建在江干区。馆内的遗址厅是核心部分，实景展现明清时期的古海塘风貌。遥想千百年来，钱塘江海塘的建设，恰是杭州人文底蕴的体现，正是勇立潮头精神的象征。古人治水，不仅是“自然之治”，而且是精神层面的“人文之治”。

在今天，再提“人文之治”的“治”，是因为有问题、有缺陷，所以要“治”。经济的可持续发展，城市的可持续进步，一定离不开“人文之治”。有了“人文之治”，才有文化的复兴、经济的振兴、城市的勃兴。通过第四届杭商国际化创新论坛，通过一次次有温度的聆听，我们更加清晰地明白：人文的温度是经济发展的量度，人文的温暖是城市发展的底蕴；人文的格局有多大，经济发展的舞台就有多大，城市进步的平台就有多大！

“爱城主义”与城市软实力

“有人晕倒了！”2019年7月29日早上8点多，杭州74路公交车行至秋涛路天城路口附近，有乘客突然大喊。“老司机”项军民立刻靠边停车，和几位乘客一起搀扶起晕倒的年轻女性。她面色惨白，已经说不出话了，看上去非常虚弱。项军民又马上回到驾驶座，一边启动车子，一边抱歉地对着一车乘客喊：“快送医院！救人要紧！要耽误大家时间了！”

“没事，师傅你就放心开车吧，我们等你！”当时正值早高峰，满满一车的乘客，没有一个人说“不”。公交车很快开到了距离最近的解放军第903医院。项军民果断背起晕倒的乘客，还有三位同车乘客帮扶着，一路快跑进了医院急诊科。晕倒的女乘客经过救治身体状况已恢复稳定。

这是文明杭州的一个文明细节。不仅仅是一位公交车司机在帮助他人，而是整车人——一个群体都在帮助需要帮助的人。这些日子杭州天气很热，但杭州市民百姓的心更热。就在7月29日这天，杭州多地气温超过了40℃。乘客晕厥，可能是中暑，可能是低血糖，也可能是神经反射性晕厥；可能是脑源性晕厥，也可能是心源性晕厥——后者可能会心肌梗死，危及生命……紧急就近送医，就是最佳选择。

杭州是全国文明城市，点滴文明铸就城市软实力。城市软实力，关乎城市精神、城市思维、城市观念、城市人文、城市品质；城市的崛起，也是从精神崛起开始的，精神的崛起引发了思维的崛起、观念的崛起、人文的崛起、教育的崛起……概而言之就是文明的崛起。美丽杭州的独特韵味、别样精彩，更多地体现在城市文明的软实力上。帮助他人者和被帮助者，都能在这样的城市文明中产生认同感、找到归属感。

认同感、归属感、自豪感，都是人类在精神人文层面的基本需求。城市之人，需要城市之爱。无论是哪座城市，个别人的文明海拔高度不高，那属正常；如果一群人的文明海拔高度不高，那就很可怕。而美丽杭城，总是洋溢着城市之爱。

城市之爱，凝聚成“爱城主义”。“爱城主义”（civicism），是《城市的精神》一书的作者提出来的一个新词；书的两位合著者，分别是来自加拿大蒙特利尔的清华大学政治哲学教授贝淡宁和耶路撒冷希伯来大学社会学系主任艾维纳·德夏里特。他们的理念是，我们需要有独特的城市精神，来抵挡异化和遗忘，守望我们的历史和未来。他们更多地将城市精神视为一种“和而不同”的团结的力量，认为城市精神应该表现城市公民最有共鸣的情感。

是的，城市精神是城市软实力的精魂所在；城市精神寓于市民的精神世界，外化成为城市文明的表征。在我们耳熟能详的“最美杭州人”之外，需要一个个、一群群“美的杭州人”，就像救人的公交车司机和伸出援手的乘客，他们即使没有“最”字，而属于普普通通的“美的杭州人”，同样很感人很暖人——那样的精神软实力，因为人人能为，一定多多益善。

叶含春雨看世界

茶，是一片树叶的传奇。

2019年5月6日立夏这天，第三届中国国际茶叶博览会新闻发布会在杭州召开，宣布本届茶博会将于5月15日至19日在杭州国际博览中心举办，主题是“茶和世界，共享发展”；展示展销总面积约7万平方米，标准展位3125个，参展企业1500多家。

“茶和世界，共享发展”，这个主题相当好，它是一个具有世界眼光和中国高度的主题。站在世界看一片茶叶，世界很大，茶叶也很大。而从历史的眼光看，中国通往世界的“丝绸之路”，何尝不是“茶叶之路”呢！

世界茶叶的故乡是中国，中国是茶树的起源地、茶叶的发源地，早于七八千万年前的远古就有了茶树；茶树经历了漫长的历史演化时期，直至五千多年前才为中国的祖先所发现和利用，从药用变为食用，又从食用到饮用。周朝开始，茶成贡品，后发展为祭祀品、礼品，西汉后成为民间饮品和交易商品。

2017年，社会科学文献出版社出版了《世界茶业蓝皮书：世界茶业发展报告》和《世界茶业蓝皮书：中国茶产业发展报告》，表明中国是世界上最大的茶叶种植国，茶叶产量居世界第一，印度位居第二。但是，我们也要看到，世界顶级茶叶企业和企业的品牌，鲜有中国的茶企冲到世界前列。

我们拥有的是名茶，但缺乏茶叶名企，这方面需要急起直追。

南方有嘉木。茶叶是浙江最具特色最具优势的农业主导产业之一，2018年，全省茶叶总产量达18.6万吨、总产值206.9亿元，均创下历史新高；出口茶叶16.9万吨、出口额5.2亿美元，均居全国各省首位。

世界茶叶看中国，中国茶叶看浙江，浙江茶叶看杭州。杭州的西湖龙井，是我国第一名茶，以“色绿、香郁、味醇、形美”四绝而著称于世。民国期间，著名的西湖龙井茶就成为中国名茶之首。叶含春雨的龙井香茗，让人们知道什么叫“茶为国饮，杭为茶都”。中国茶叶博物馆就在杭州的龙井茶乡，这是我国唯一以茶和茶文化为专题的国家级博物馆，于1991年4月——“人间的四月天”正式开放；沙孟海先生题写的馆名漂亮至极。经过28年的发展，中国茶叶博物馆在国内外的影响日益扩大，已成为中华茶文化的展示中心、世界茶文化研究的重要基地。

我们过去习惯于说“文化搭台、经济唱戏”，现在应该更多的是“经济搭台、文化唱戏”。茶叶的种植、生产、贸易，是经济基础，是“戏台”，台上演出的就应该是精彩的茶文化之戏。本届茶博会上，在3B展区的杭州馆，将集中展示杭州的茶历史、茶文化、茶生态、茶传承、茶旅游、茶科技等。茶博会上还设置有“西湖论茶”——中国茶业国际高峰论坛、国际茶咖对话、国际茶学院所长会议、中国当代茶文化发展论坛等主题活动，让茶文化的无形香气四方飘溢。

文化要成为茶的灵魂。茶史、茶萃、茶事、茶缘、茶具、茶俗、茶道，都构成了浓浓的茶文化。唯有赋予茶叶越来越多的文化内涵，一片小小的茶叶才会越来越具价值。

文化文明 润物无声

五月杭城，一次次聆听文化文明花开的声音。

2019 年 5 月 19 日，是“知味杭州”亚洲美食节美食文化公园开放的最后一天，也是在杭州举办的第三届中国国际茶叶博览会圆满收官的一天。在这里，看见了文化文明的点点滴滴，润物无声。

位于钱江新城的美食文化公园，是这几天全杭州最热闹的地方。尽管熙熙攘攘，人来人往，但地上却很干净，大家交出了一份优秀的文明“成绩单”！食客们表现出文明的高素质，大家都把“吃剩有余”的东西拿在手上，或自己准备塑料袋兜着，最后投入分类垃圾桶；加上环卫工人的保洁保障做得好，确保了美食节期间广场及周边环境的干净整洁。

文明和不文明，都是有样学样的。如果在这样干净的环境里还乱扔垃圾，那只能说明你文明素养着实不高。

迈向美好未来，需要文化文明的力量。这力量，有文明内生的力量，有文化交流的力量。中国国际茶叶博览会，是最具权威、最具规模、最具影响力的世界茶叶和茶文化盛会，本届博览会有 46 个国家和地区参加。其中在中国茶叶博物馆举办的“茶传五洲”国际茶文化交流对话活动，以茶为媒，成为一场跨地域、跨民族的文化交流盛宴。茶博会，是一个文化交流的“南风窗”；湖北恩施土家族苗族自治州，年年都来参加茶博会，推介恩施硒茶品牌，推广恩施茶文化；而天猫国际茶叶电商节，用线下线上联动的方式，给古老的茶文化带来全新的销售模式。

杭州具有文化和创新叠加的优势，呈现出文化与创新的双重活力。也是在5月19日这天，“一源文化会客厅”举办了一场温暖又温雅的启幕茶会。汲水烹茶，茶香缥缈；品茗曲水，流觞雅韵。浙派古琴传人、西湖琴社社长徐君跃先生演奏了古琴曲《乌夜啼》，清音庐工作室主人吴清音演奏了古琴曲《醉渔唱晚》，杭州南宋点茶旅游使者陈臻表演了南宋点茶茶艺……“一源茶暖会客处，凤起书香迎君来。”一源文化会客厅，杭州又一个创新的文化阅读空间，是由浙江大学出版社和凤起饭店联手打造的，他们的梦想是：“在这里的某个下午，让阅读与某个伟大的灵魂相遇。”这样的城市文化会客厅，多多益善，因为文化的兴盛需要处处都有“根部滴灌”。

文明如水，润物无声。夯实文化交流、文明互鉴的基础，可以从一件件小事做起。5月20日，银泰百货共青团文化店总支委员会在这天举办“520爱心公益行”活动，拍卖石头画，帮助听力障碍孩子。这些画在鹅卵石上的美丽石头画，都来自杭州市富阳区湖源乡中心小学的孩子们；他们就地取材，用一双双巧手画出色彩斑斓的童话世界。“听见石头花开，叩响无声世界。”从第一季到第二季，爱心从未止步！

慈善公益是高阶文明。5月18日，中国社会福利基金会免费午餐基金在杭州举办免费午餐八周年系列活动。免费午餐是民间创新、社会融合下的解决乡村学生午餐问题的公益大行动。素心如初，爱无止境。在2018年度，免费午餐基金共筹款超过1.14亿元，年度支出8790万元，新增学校193所，新增受惠学生39079人……这，就是柔软的文明，它将改变中国。

厚植文化，互鉴文明，无声润物，励学敦行，每个人都应该行动起来！

美滋滋的杭帮菜文化

优秀传统文化是一个国家、一个民族的根与魂。杭帮菜文化，是杭州优秀传统文化之一。最近，杭帮菜文化又增添了一道新“菜”，那就是“杭帮菜标志”获颁商标注册证。

这个标志图案，主题是“赏西湖景、吃杭帮菜”，以一个绿色的“C”构成轮廓，半包围“三潭印月”和“拱桥”的杭州元素，同时还有一个篆刻的“菜”字印章图案。这是此前杭州举办“杭帮菜 logo 设计大赛”，经网络投票与专家评审选出来的。杭州市餐饮旅店行业协会作为注册人，向国家知识产权局递交了商标注册申请，获得了批准；今后它就代表“杭州味道”了。

2019 年 5 月，亚洲文明对话大会将在北京举行，届时杭州也会同步举办亚洲美食文化节；这是杭州的“美食主场外交”，杭帮菜将以统一的“新形象”亮相，向世界传递别样精彩的“杭州味道”。

杭帮菜标志的诞生，有利于推广杭帮菜、传播杭帮菜文化，这也是对文化进行培根铸魂的工作。杭帮菜文化是“美滋滋的文化”，想起杭帮菜与杭帮菜文化，我们心里都是乐滋滋、喜滋滋、美滋滋的。因为杭帮菜确实迷人诱人，杭帮菜文化更是源远流长，杭帮菜文化充分体现了杭州历史文化的一种禀赋，那就是深入人心。

江南忆，忆江南，一定不会忘记老底子的杭帮菜。从杭州良渚文化遗址发现，那时杭州人已懂得“饭稻羹鱼”，就是用稻米做饭，用鱼做羹，这是最早的杭帮菜。南宋时期，杭帮菜就正式形成了一个完整的体系。到了清朝，杭帮菜达到了高水平，乾隆西湖行宫内的御膳食谱保存至今。中华人民共和国成立后，在 1956 年认定了 36 道杭州名菜和 17 道杭州名点。如今的杭帮菜，上可至国宴餐桌，下可进平民家席，共有 500 多个品种在流通——比你想象得多。

杭帮菜文化，有一个非常独特的现象，那就是杭州名菜有“一菜一典”之说。像东坡肉、西湖醋鱼、宋嫂鱼羹，都有着大家公认的约定俗成的经典传说。而杭州传统名菜名点的菜名，真当是太迷人了，念起来都是滴溜溜的顺口，东坡肉、西湖醋鱼、宋嫂鱼羹不用多说了，还有龙井虾仁、叫花童鸡、蜜汁火方、干炸响铃、油爆大虾、清蒸鲥鱼、鱼头豆腐、春笋步鱼、火蒙鞭笋、荷叶粉蒸肉、西湖莼菜汤、咸件儿、片儿川、猫耳朵、虾爆鳝面、虾仁小笼包……真是了不得、不得了。

有的菜名我们不是太熟悉，比如“蟹酿橙”，这是一道流传下来的南宋菜，蟹肉加入橙肉，配上米醋和绍兴香雪酒，现经创新之后让外国人都赞不绝口。有的名点经过改良，如今受欢迎的程度令人咂舌。比如“南方迷宗大包”——这名字够迷人吧，这道名点源于传统的“鲜肉大包”和“百果油包”；在延安路、邮电路交叉口的杭州酒家，门前几乎全天候排长队，队伍常常还要拐弯，人们得排上一刻钟甚至半小时，才能买到“南方迷宗大包”；有的人买到后立刻躲到一旁大快朵颐，而它仅仅有两款包子——咸的是肉包，甜的叫油包。

老杭州人所说的老底子的味道，就是指原来的味道，地地道道的杭帮菜的味道。老母亲烧的家常菜让孩子吮指，街头巷尾的风味小食让游客留恋，而杭帮菜上升为文化，美滋滋的味道更是好极了，可以让全世界留恋。

大俗大雅饮食文化

君住西湖边，却念滨江水。在钱塘江畔的杭州滨江区，我品尝过美味。当主人告诉我，饭店起步于早年的“路边店”，许多美食的前身就是“路边店”的特色菜时，我真的很感慨：美味在路旁，美食在民间；饮食是文化，大俗且大雅。

滨江早年的水路、后来的陆路，皆为交通要道；人来人往，总要吃吃喝喝歇歇脚。爆炒螺丝红烧肉，一酒一饭落下肚。由“路边店”发展起来的许多特色饮食，具有鲜明的大俗大雅的风味和品格，老少咸宜，大快朵颐。其实，你如果不是到人家家里做客，而是下的“馆子”，那么哪个“馆子”不是“路边的店”呢？

今天的滨江，早已是“鳞鳞居大厦”。在记者姚珏的《滨江的味道》一文中，我读到“城变，味道在”一句，会心一笑。一个城市有一个城市的“味道”，即使“味道”变丰富了，饮食的口味是一直在那里的，饮食的文化更像根一样扎在那里。我倒是想，如果向公众尤其是外来人员推选、推介“十大地道滨江菜”“十大新滨江菜”什么的，弄得好可能是有意思的——推出去、引进来，都是交流与弘扬饮食文化的基本路径。

我一直很喜欢饮食文化的大俗大雅，很欣赏大俗大雅的饮食文化。民间饮食文化的最大特点，就是这个大俗大雅啊！俗雅毕竟有别，俗而能雅，雅而难俗。譬如电影《泰坦尼克号》中，杰克因为救了露丝，被“恩赐”邀请去参加了一次晚宴，很贵族，很高雅，也很拘谨。贵族们喜欢这样，那自然也是好的，可我是不喜欢的，杰克也不喜欢，露丝其实也不喜欢。杰克邀请露丝到他的三等舱，参加他们的派对，奔放的音乐，狂放的舞蹈，露丝在杰克的带领下，畅快跳舞，大杯喝酒，就一个字：爽！俗得痛快，从远处看，这样的“俗文化”，同样是精神层面的雅。

饮食本身是属于“俗文化”的。人天天都要吃，而这天天都干的事，本质上能不俗吗？成都的大碗喝茶、大摆龙门阵，就很俗，但人们津津乐道。云南米线、沙县小吃、桂林米粉，这些地方特色小吃，都来自凡俗民间，不是跟着神仙从天上掉下来的。雅俗相隔又相连。红烧肉与东坡肉都是肉，两者的不同是：前者大俗大雅，后者雅多俗少——你最好不要指望在路边夜摊上吃到东坡肉，这就像不要期待在快餐店里吃到“佛跳墙”。

人的嘴巴是很灵光的，什么东西好吃或不好吃，一到嘴里，不用一两秒钟就知道了。人的手艺，则有灵光的和不灵光的区别，同样的食材，烹饪同一道菜，不同的两个人，做出来的味道就可能相差十万八千里。我在昆明吃过地道的云南米线，回到杭州特意去找“靠近一点”的云南米线对比着吃，这才觉得那简直是霄壤之别。

从一个角度说，“家常饭最养人”；换一个角度看，如果光有家常饭，那么几乎就没有璀璨的中华饮食文化了。在广博的民间文化中，饮食文化源远流长，只有真正的美味才能流传开来、流传下来；我们得感谢诸多籍籍无名的美食创制者，毕竟，多数民间美食不像“东坡肉”那样，能把一个创制者或相传的创制者名字留下来。国人内敛而谦逊，不像外国人动辄拿自己的名字做品牌，我们在美食的命名上相当的大公无私了，所以听到的是北京烤鸭、天津麻花、西湖醋鱼……

台湾美食家特多，美食作家也特多，因为那里饮食文化的底子深厚。随着人的流动，饮食会交流、融合。台湾的饮食、台北的小吃，集聚、融合了全国各地的美食，因此美名远扬。这得感谢当年来自全国各地的老兵们，他们记住了家乡最好吃的东西，一人拿出一样，集聚在一起，就是了不得、不得了。

俗，总是趋向丰富多彩；雅，总是趋向曲高和寡。我去过香港著名的兰桂坊，那情形就大不一样，因为那一带是外国人的聚集区，所以就变成了酒吧街，小资情调是小资情调，可是酒吧毕竟是单一的。相比西餐与酒吧，中餐饮食真是丰富太多了。

在现实中，素食主义大抵是属于“饮食雅文化”的。素食主义者从对健康的追求，逐步升华到精神层面的拥抱。尊重素食主义和素食文化，对于任何一个地方来讲都很重要。当然，我以为那种把素食做成荤菜模样的做法是不对的，那是让人吃着素食想着荤菜，不俗不雅，非常的没文化。

在“饮”与“食”中，“饮”的重要性往往会被忽视。中国茶道奠基人陆羽在《茶经》里表达的那种饮茶文化，似乎已经很遥远，能将普通茶事提升为一种美妙的文化艺能，这是从俗向雅的升华。“浅茶满酒”是不错，可我很不喜欢那种把人灌醉为乐的“酒文化”。说到滨江，我就自然而然地想起彼得·海斯勒的名著《江城》，那是海斯勒纪实中国三部曲之一，是《寻路中国》的姐妹篇，写的是另一座江边城市——位于长江中游的重庆涪陵，就是那个盛产榨菜的地方。海斯勒曾任《纽约客》驻北京记者，之前在1996年作为志愿者来到涪陵师专支教，融入当地生活两年，写下了极其精彩的《江城》一书，其中就写到他的老师同事们猛烈地劝酒灌酒，以及他自己也曾被灌醉之事，我深感那样的“酒文化”就是“饮酒没文化”，只剩大俗，没有大雅。

饮食文化从来都是吃的内容雅俗有区别、吃的方式也雅俗大不同。国人习惯于在公共场所进食的“大俗”，也实在成不了“大雅”。一个典例，就是内地游客在香港地铁里吃东西，被香港市民当场批评，并引起了争执。港铁规定“任何人不得在港铁付费区内饮食，否则可罚款2000元”，全球各城市地铁都有不同的“行为禁令”，这和“歧视”无关。

从某种意义上来说，文化是“盐”而不是“味精”。文化是需要传承、保护、涵育的。一直以来，我对台湾地区将中国传统文化保留得那么完好深感钦佩。饮食文化离不开盐，这让我想起台北故宫博物院、“一包盐”和“一页纸”

的故事。“一包盐”是清朝宫廷保留下来的一包新疆进贡的湖盐，年代久远，盐挥发了，只剩下了外包纸——盐没了，文化品格在；“一页纸”是《满文原档》中缺少了一页“女尸图”，这页纸早在1969年就消失了，因出版拍照送到院外，有一页就丢失了——后来台北故宫博物院为此规定：无论是拍照、维护或其他理由，文物一律不得离开故宫院内。

是的，饮食文化的弘扬与推广，最需要在文化层面下点功夫。

“晓书馆”里的春天

学以聚之，聚之以学！高晓松主持的“晓书馆”，2018 年 3 月 22 日在杭州良渚文化艺术中心的“大屋顶”正式开张！这是春天里的文化公益，纯文化公益。台湾知名作家张大春题写的馆名，漂亮得可以作为书法字帖。5 万册新书，上了顶天立地的书架，让原先这个“中国社区最美图书馆”焕然一新。还有许多捐赠的图书，尚待上架。

“晓书馆”之外，是一条美丽的樱花大道，雪白的山樱已经盛开。在开张仪式上，高晓松说，每个人心中都有一块地，有的地种玉米不长，种南瓜不长，只长花。高晓松所描绘的这花，就是阅读之花，就是文化之花。浙江省作协主席麦家在仪式上说，世界很大，然而书最大，因为书能让人长大。晓书馆，让杭州又多了一个天堂，而且是公益天堂。

此前，北京开张大型私立公益图书馆“杂书馆”，由高晓松创立并担任馆长。京城的杂书馆以收藏学术为主，而杭城的晓书馆则是“经世致用”。“晓书馆呢，以阅读为主，做文化公益。”高晓松说，“今天看到晓书馆开馆，我觉得这是我人生中做得最成功的一件事。”

高晓松祖籍杭州，他说对杭州的喜爱是与生俱来的；他外婆家在萧山，父亲在中山中路有个带水井的屋子。高晓松把第二家公益图书馆开在杭州，开在良渚文化村，那是因为这里的文化底蕴太深了，而这个由日本建筑大师安藤忠雄设计的“大屋顶”，也着实太漂亮了——它本身就是非一般的建筑艺术、建筑文化。

都说发展是第一要务，人才是第一资源，创新是第一动力，经济是这样，文化也是这样；文化发展，需要文化人才，需要文化创新。“晓书馆”就是文化的创新，是文化公益、公益文化的创新。杭州是历史文化名城，杭州也要成为世界文化名城。建设世界文化名城，需要不断地新创和创新。除了“晓书馆”，杭州有识之士还曾建议建设“宋词馆”，纳入杭州的南宋文化打造中去，“梦回宋词美，愿登七宝台”，这同样也富有想象力。我很期待着“晓书馆”“宋词馆”等，能够越建越多，越建越好，相互辉映，相映成趣。

文化贫穷，才会真正限制想象力。从经济脱贫、生活脱贫到文化脱贫，许多地方走过这样的路径；而在今天，有些地方的文化则出现了急于求成、走向粗鄙化的情形。杭州的文化相对丰沛，但是要让每位市民都成为有文化者，让每个角落都文明洋溢，还真是任重而道远的。都说“以前不离不弃是夫妻，现在不离不弃是手机”，尽管在手机上也可以进行电子阅读，但书本的魅力显然不是手机可比的。人的目光，如果更多地从手机移至书本，世界就会广阔很多，文化就会美丽很多，人的脑袋瓜的想象力就会丰富很多。杭州良渚文化艺术中心的“晓书馆”，真当是想象力之作！

学习让城市更活泼，阅读让城市更美好。“晓书馆”本身就是一本有生命、有光亮、有温暖且深刻的书，她正优美地立在那里，期待你的到来，期待你的悦读，读到永远。

让文化更加意味深长

2019，春节黄金周已过，浓浓的文化年味依然余音绕梁。

春节贺岁档电影，全国总票房逼近60亿元，其中杭州人在电影院总共花了近亿元，电影院票房收入超越了去年，大大地拉动了春节文化消费市场。其中改编自刘慈欣同名小说的《流浪地球》，被评价为“开启了中国科幻电影元年”，票房遥遥领先。

在孤山路上的西湖美术馆，浙江省博物馆、意大利卡拉雷兹博物馆主办的“法老的国度——古埃及文明展”节前启幕，将持续到5月5日。这个开年大展，拥有来自意大利多家博物馆的180件古埃及文物，其中包括神秘的木乃伊。浙江美术馆则推出了一场以“春天”为主题的展览：“春天的约会——己亥迎春浙江美术馆馆藏作品展”，近百件中国画、油画、版画、水彩百花齐放，其中打头展出的是吴冠中先生当年捐赠的作品《春》，展览将持续至3月3日。

春节既是传统节日，也是文化载体。杭州博物馆、图书馆等公共文化单位，在春节期间组织了50余场形式多样的文化活动。过一个丰富多彩的“文化年”，看好展、品好戏、读好书，不仅能够体味中国年的“味”，更能感受中华文化的“韵”，由此构成了真正好滋味的“韵味”。

新春走基层，基层有着不一样的“文化焰火”。在德清的莫干山镇，有看不尽的漫山翠竹、赏不完的民国风情、说不尽的人文历史底蕴。这里举办了“莫干山年俗文化节”，乡村旅游融入了文化创意新元素，在文化氛围里乐人乐己，从而带动乡村振兴。在台州的蓬街镇，有24小时自助图书馆，前来借书还书或阅读的居民可不少，人们选择到图书馆里安静读书，共度形式简朴的“文化年”……“江水三千里，家书十五行；行行无别语，只道早还乡。”这不仅仅是亲情的牵引，更有着文化“年货”的巨大吸引力。

在精神意义上，有的文化形成了我们情感的血肉，有的文化构成了我们一生的骨骼。在经济与文化成为一个铜板两个面的时代，春节以文化品格、人文精神作为导向，在不减消费“含金量”的同时，多一点消费的“含文量”，无疑是好事。

一个民族如果没有优秀的文化在支撑，那大概只能叫部落而不能叫民族。曾几何时，我们处于选择太少的年代，文化消费大抵无从挑剔；如今已然进入了选择太多的年代，公众心中充满苛求也属正常现象。那么，文化产品的提供者，就要用心用力，让文化表达能够抵达受众的心灵。比如贺岁档电影，观众为何最爱看《流浪地球》？作为首部国产科幻电影，确实是因为精彩好看，尤其是电影特技制作精良，堪比科幻经典大片。同时，《疯狂的外星人》《飞驰人生》等电影的口碑也不错。至于有的“硬核”不够的电影，尽管此前宣传片搞得声势很大，如今票房照样好不到哪里去。

佳节已过，唯有文化、创新和梦想不可辜负，大家勠力同心，让文化能够更加意味深长。

春天里的文化杭州

生活里本来就有诗与远方。在杭州，诗生活向来是丰富而活跃的。这个春天的星期六，西湖边宝石山上，保俶塔前的纯真年代书吧，诗歌洋溢，能量满格。书吧联手《江南诗》杂志、杭州市邮政局，主办了“郑愁予诗韵江南品读会暨诗歌明信片首发式”。300多号人马仿佛伴随着“达达的马蹄”而来，整个下午，这个著名的“杭州文化客厅”人满为喜，里头坐不下，场外也坐了不少人。那么多人追随诗歌，追随这位来自宝岛台湾的八旬老诗人，想不到吧！

“我打江南走过……我达达的马蹄是美丽的错误，我不是归人，是个过客。”一首短短的《错误》，如达达的马蹄穿越60多年的时空，清脆地敲击着宝石山的石阶，那语言的炼金术让今人佩服如初。郑愁予的10首经典小诗，印在了明信片上，配以在杭知名山水画家尹舒拉的10幅山水画作，辅以“美丽杭州”邮资图，让人爱不释手。这是中国邮政首次发行华语现代诗明信片。首发式现场销售了近千套明信片，新近在大陆出版的郑愁予诗集也售出不少。杭州文化、文化杭州，是需要诗歌滋养的。

李渔说：“名乎，利乎，道路奔波休碌碌；来者，往者，溪山清静且停停。”文化就是这样，在忙忙碌碌中停下来，读一首诗，品一幅画，看一本书，让心灵轻扬放飞，让灵魂滋养温润。在4月23日世界读书日到来之前，杭州不仅各种文化活动令人目不暇接，而且不少实体书店也赶趟儿开张。

上海颜值最高的书店——老牌书店“钟书阁”，将在杭州滨江区开出分店，4 月 23 日这天开始试营业。钟书阁掌门人金浩说，他的目标是“开出一家和西湖一样美的书店”；“杭州本身就是很有文化底蕴的城市，相信把走出上海的第一家分店放在杭州，会是好的开始”。此外还有“猫的天空之城”，将在鼓楼边上开出南宋御街店；万寿亭街的凡人咖啡馆，将开一家“两本书店”，主打的是著名作家木心；在教工路欧美中心，建投书店杭州分店将在这里开张，走的是书、咖啡、文创加金融的模式……

一座有文化的城市，没有实体书店那怎么行？杭州的晓风书屋一直坚守坚持。2014 年 11 月，李克强总理考察京杭大运河杭州拱宸桥段时，应晓风书屋老板朱珏芳之邀，特意进到晓风书屋运河店逛逛，他不仅说“纸质图书永远都是有市场”“传统图书、纸质图书必须好好传承发扬”，还说“杭州是读书人聚集的地方”。正是读书人支撑起了纸质书和实体书店。

有时我们不免感慨：过去是“博览群书”，现在是“博览群圈”，微信朋友圈成了主要的“阅读阵地”。有识之士看得明白：人类文化和文明，仅仅如此那肯定是不行的。但是，传统也需要创意创新，这样才能赢得更多的铁杆粉丝和坚实拥趸。郑愁予诗歌明信片，其实就是一种创新的文创作品，创意源自纯真年代书吧女主人朱锦绣与杭州邮政函件局局长叶冬梅，两人的思想交流擦出了创意的火花。在当今时代，“明信片”是多么“古老”的信息与情感的交流方式，但依然可以创新出新。而“江南”是郑愁予诗歌重要的意境与意象，两位创意女主于是就想，在 G20 峰会来临前，应该用更多的方式向世人传播杭州的美，而采用这样的“诗画江南”的方式，恰好可以拨动人们的心弦。

这是春天，这是江南，这是春天里的杭州，这是文化中的江南。

杭州文创·文创杭州

杭州文创，文创杭州。2017 年杭州全市文创产业实现增加值 3041 亿元，同比增长 19.0%，占 GDP 比重的 24.2%，过去十年间，文创产业增加值增长量超过 6 倍——这是杭州市统计局新近发布的数据。文创占 GDP 的 24.2%，意味着四分天下有其一，意味着杭州文创产业总实力再创新高，意味着支柱产业的地位已经牢牢确立。

杭州是非常适合发展文创产业的城市，与重化工产业相比，文创产业是轻盈的，是灵动的，十分切合杭州的城市气质。让文创成为杭州更为强大的支柱产业，是一个重要的努力方向。

文创文创，本质在“文”，特质在“创”。文是文化，创是创意、创新、创造。文创既体现市场的活力、经济的活力，又体现文明的活力、文化的活力。一个优秀的文创品，能够成为一个产业链，带动诸多上下游的相关产品；一个不凡的文创品，能够成为“膜拜产品”，成就“粉丝经济”。杭州文创，就是要鼓励大力发展，开拓开拓再开拓，创新创新再创新。

回首 2017 年，杭州实现了文创产业的十大新突破，具体而实在，值得在此记上一笔：白马湖生态创意城入选首批“国家级文化产业示范园区”创建名单；首个“中国网络作家村”在杭州落成；萧山区获批创建国家音乐基地；被称为“影视新硅谷”的中国（浙江）影视产业国际合作实验区管委会揭牌；杭州入选国家文化消费试点城市；中国国际动漫节、杭州文博会再创佳绩，共吸引 165 万人次参与；法国戛纳电视节（MIP）首次牵手杭州；四家企业入选和提名第九届全国“文化企业 30 强”；杭州英国文化创意产业交流中心正式成立；侧重制度设计的动漫游戏产业新政正式发布。看这些新突破的内容，可看到生机勃勃、潜力无限的杭州。

面向未来，杭州的文创产业，需要出品更多的精品佳作，要有更多的文创自主品牌，能够体现杭州的特色特质、文化风貌。2017 年 11 月，由杭报集团、市文创办等共同主办的博洛尼亚插画展在杭州开展，插画展带来了全球 77 位顶尖插画师的 386 幅原作，以及过去半个世纪中 50 位大师的 50 幅传世经典，非常受欢迎。意大利博洛尼亚是世界著名的文创城市，其插画展是全球最高水准的插画展之一，被认为是世界童书插画的风向标。试想，如果不仅仅是博洛尼亚有“世界童书插画奥斯卡”之称，天堂杭州也是世界著名的“童书插画天堂”，那是多么美妙多么厉害！

文创产业需要遍布杭城的角角落落，处处体现文化气质。与河坊街相似，南宋御街也是一条“文创街”，在这里有都市快报社旗下的文创综合体——南宋序集，它注重的是文化、文创、公益的融合；2017 年，我参与了其中多场文化活动，感受深刻，我评价曰：“南宋序集，集聚文化、集聚文创，集聚公益、集聚分享，集聚美好、集聚温暖。”这样的文创综合体，多多益善。

让文创成为更加强大的支柱产业，需要进一步优化文创产业生态，让文创的新项目更具前瞻性，让文创从业者具有更高的文化品质，让技术层面具有更多的创新含量。

社区的文化魅力

杭州文化地标之一的纯真年代书吧，在走过18年之后，从西湖边宝石山腰一步跨到城东的七堡，在绿城杨柳郡，开出了一家社区店。2018年9月24日中秋节，杭州文化界的诸多新朋老友，纷纷走出地铁1号线七堡站，经过几步之遥抵达书吧，参与开业式，以及晚上的中秋夜赏月诗会。

投入巨资设计打造的这个社区书吧，漂亮得让人怦然心动。一位书友感慨：如果说良渚文化村“大屋顶”的晓书馆是中国最美社区图书馆之一，那么杨柳郡的纯真年代书吧则是中国最美社区书吧之一。晓书馆是高晓松加持的，而纯真年代书吧的加持者，有莫言、韩美林等文化大家。当然，更重要的加持者，一定是许许多多读者、吧友和社区普普通通的居民们。

城市书吧、社区书屋等新型阅读空间，是需要热心人士倾力打造的，纯真年代书吧的主人朱锦绣就是这样一位执着的建设者。她意识到书吧仅仅停在高高的宝石山上是不够的，要更加接地气、接市民气，要建设社区里头的文化家园。这些深入社区的文化设施，既不是开在某个大商场一隅，也不是开在一家大单位一楼的某个角落，而就在社区住家边上、距离最广大老百姓最近的地方。社区由此更具文化魅力。其文化辐射，对社区居民来说，就是巨大的“文化福气”。

百花齐放的民间社区文化家园，在杭州已经越来越多了。

在城中，南宋御街的南宋序集，地处繁华的杭州老城区，已然打造成了一座高颜值的文化生活分享复合式综合体，每周四晚上几乎是雷打不动地举办文化公益讲座，同时还经常举办文创和艺术展览。在城北，良渚文化村的文化艺术中心，不仅有“大屋顶”下的晓书馆，还有大量的群众文化活动，比如9月初举办的“仲夏夜之梦”48小时艺术现场，纷呈实验戏剧、影像艺术、展览、公共表演等；中秋之夜，则有集市、晚会等。在城西，有西溪天堂艺术中心，“西戏”在这里横空出世，三年时间，超过10万观众走进了这个小而美的艺术现场。在城南，地处转塘街道的全山石艺术中心，是民办公益性质的艺术研究和展示机构，以探索油画艺术的本体语言和油画民族精神为主，对公众免费开放。再看远一点，在淳安有个王阜村，是当地有名的“文化村”，日前精彩上演的“报熟节”，就是该村特有的传统节日，至今已有数百年的历史……

社区文化家园，不是家园要有一点文化，而是文化要变成家园。打造这样的文化家园，有的是民间文化资本出力，有的是房地产公司出力，有的是社区市民百姓出力，其目标都是相同的，就是让文化异彩纷呈，让居民就近浸润，从而使文化成为公众的生活方式。

社区文化的建设，有“文”有“艺”当然是最好的，然而群众文艺往往是“艺”来得容易一些，“文”反而更难。书吧就是为“文”而来的，这里没有唱歌、跳舞、架子鼓，这里只有静静的阅读，这里还有美美的分享。纯真年代这样的书吧，就是给读者提供一个慢下来、静下来的空间；在这个复合文化空间里，有茶有咖啡，有书有文创，既能文化休闲，又有诸多文化沙龙活动，让读者获得物质精神双丰收。有这样的美好文化空间，必定会让我们生活的社区更具文化魅力。

文化艺术人才培养的品牌化

这里有一个国家级项目，关注文化艺术品牌的人才培养。2019 年 6 月 2 日，“融媒体与文化艺术品牌建设论坛”在杭州师范大学举行，杭师大国际网络文艺研究中心也宣告正式成立，同时举办了国家艺术基金《文化艺术品牌经营管理人才培养》项目启动仪式。该项目由杭师大文创学院夏烈教授主持，核心要义是解决文化品牌经营管理人才缺乏的“瓶颈”问题，培养从业人员的人文艺术修养，提升文化企业的经营管理能力，提炼文化艺术品牌的价值。

无论是文化艺术人才的培养，还是更具体的文艺品牌经营管理人才的培养，其本身都需要“品牌化”和“品牌思维”。品牌化是创建和培育品牌的起点，也是品牌管理者的常规性工作；品牌思维的根本，是创造差别使自己与众不同；品牌成长无止境，最高使命就是成为独一无二。为什么迪士尼就是迪士尼，是全球闻名遐迩的迪士尼？为什么太阳马戏团如此受人欢迎？为什么日本四季剧团被称为“一个让所有戏剧从业者献上膝盖的名字”？好品牌就是根本，而品牌是人、人才创造出来的。

这次项目启动仪式之后，开班首讲是文艺评论家周由强的课程“市场与人民——从日本四季剧团看品牌的培育”。爱好戏剧的人都知道，日本四季剧团堪称亚洲最大的音乐剧演出团体，年演出场次超过 3000 场，年观众人数逾 300 万人。这个平民剧团并无强硬的后台，但在日本，绝对是家喻户晓的著名剧团，深受男女老少的追捧和喜爱。四季剧团的成长，很好地验证了“品牌”就是所有权，就是质量的标志。

以“品牌化”和“品牌思维”观之，“文化艺术品牌经营管理人才培养”需要一个简明的品牌式的名称。这让我想到“新峰计划”这一品牌，这是浙江省造型艺术青年人才的培养计划，在 2013 年设立。经过六年的探索努力，“新峰计划”已逐步发展成全省青年文艺人才培养的优秀品牌，已培养扶持美术、书法、摄影和民间工艺门类有发展潜力的青年艺术家 218 名。5 月 30 日，“2019 之江国际青年艺术周”期间，浙江省“新峰计划”优秀青年艺术家作品展览在杭州开展，此次是从 218 名“新峰计划”入选人员中，挑选了 80 名成绩突出的“新峰人才”参展，代表“新峰计划”汇报展示成果。

无论是“融媒体与文化艺术品牌建设论坛”，还是“文化艺术品牌经营管理人才培养”，本身如果做得好，能够可持续发展，则完全可以成为杭州师范大学乃至杭州文化艺术界的好品牌。在接下来的两个月里，中国作协副主席李敬泽、杭州歌剧舞剧院院长崔巍等 20 多位大咖陆续前来授课。这批学员遴选自全国 16 个省市，一共 30 名，都是近年崭露头角的中青年创意人才。

文创大世界，产业大天地。一如“媒体 +”要培养名编名记名专栏，“创意 + 管理”，正是中青年创意人才培养的路径。而文艺、文创人才的个体本身也需要品牌化，一如“崔巍”这个名字，就是中国舞蹈界一个响当当的“品牌”。

文化大使的使命

保护文化就是保护生产力，发展文化就是发展生产力。与大运河相似，钱塘江“一江春水穿城过”，同样孕育了深厚的文化内涵。文化兴盛，关键在人。2019 年 6 月 25 日，“钱江论潮——文化引领城市高质量发展论坛”在钱塘江畔举行；论坛上，《文化引领城市高质量发展研究报告》发布。同时，聘任了新一批“杭州钱塘江文化大使”，他们是：中国交响乐团原团长、中国音协副主席关峡；国家话剧院原副院长、中国戏剧家协会副主席王晓鹰；中国人民大学博士生导师、中国创意协会会长金元浦；杭州著名财经作家吴晓波；知名在华外籍人士江添文（Tim Clancy）。

顾问是“请进来”，大使是“走出去”。与聘请文化顾问、文艺顾问不完全相同，钱塘江文化大使其实是肩负着双重使命：既有为杭州文化大发展大繁荣把脉献策的顾问功能，又具有推广推介杭州钱塘江文化的大使使命。

钱塘江文化大使先后已聘任了三批。首批有在杭的著名曲艺家、中国曲艺家协会副主席翁仁康等 5 位；第二批有时任浙江省作家协会主席的著名小说作家麦家、浙江省美术家协会副主席吴山明等 5 位。与前两批有所不同，第三批文化大使中，吴晓波是杭州的著名财经作家，来自澳大利亚的江添文是2019新时代杭州十大青年英才、杭州文化旅游推广代表，而关峡、王晓鹰、金元浦 3 位，则都是“外来的大使”。

使者，出也。外来而知本地文化，助力本地文化提升，之后再出外宣介传播本地文化，聘任这样的“外来的大使”，正是开放创新之举。江添文是年轻的“老外”，他远道而来，在浙江大学就读临床医学，和妻子在杭州认识，他喜欢博大精深的中国文化，喜欢天堂之城杭州。“江添文”这个中文名特别好，以“江”为姓，以“文”为名，以“添”衔接，跟“钱塘江文化大使”的身份够贴。期待文化大使江添文在“够贴”的基础上能做到“够铁”，更多地扛起“文化大使”的文化传播责任。文化大使不是空有一个名头，而需要更多的担当、更多的作为。

钱塘江文化，是流动的文化，老祖先留给我们的部分，要统筹保护好、传承好、利用好；我们现在和将来创新、新创的部分，则需见贤思齐、不断努力。没有创新就没有发展，没有发展就没有繁荣，经济是这样，文化同样也是这样。今年杭州钱塘江文化节从 7 月正式启幕，将举办一系列大型活动，包括大型交响乐《钱塘江交响》和大型现实题材话剧《春潮》的首演、钱塘江文化北京周、钱塘江国际冲浪对抗赛、2019“夏衍杯”优秀电影剧本颁授典礼等，是一道文化的饕餮大餐。有了高质量的文化供给，才能不断提升广大市民的文化获得感、精神生活的幸福感；而做好这一切，关键在人。“钱塘江文化大使”，就应该成为带头人、领路人。

钱塘江文化勇立潮头，有弄潮儿的精神；钱塘江文化大气开放，有海纳百川的气魄；钱塘江文化互融共通，努力实现“美美与共、天下大同”。

钱塘江文化，文化钱塘江。从民间来说，我们每一个钱塘江边的人，都应该成为民间的钱塘江文化大使。

在杭州体验文化深度

来打卡！杭州 5 个“金城标奖”体验点、50 个“最具品质体验点”，新鲜出炉！到这些“体验点”进行“深度游”，让你看到与“西子风景”很不一样的杭州。

这里以文化体验点为主，其中有杭州创意设计中心，有江干区皋亭孝廉文化教育园区，有中华文明的曙光——良渚遗址之旅，有南宋皇城小镇体验之旅（包括南宋序集等），有西泠印社印学文化体验之旅，有浙派古琴基础指法体验，有艺创小镇“艺术 +”体验，有径山书院点茶体验，有夜航船杭州夜景体验，有杭州郎朗艺术世界，等等。

同时还有一批体现创新活力的体验点，比如桐庐智慧治理信息中心、“12345”市长公开电话“云展厅”电话接听体验、杭州“城市大脑”专项体验、中国（杭州）5G 创新园等。

在杭州体验这些“深度游”的深度，是很有意思的事情。比如夜航船杭州夜景体验，可在漕舫船里看世界文化遗产京杭大运河的代表作拱宸桥在夜幕里渐行渐近，可到钱塘江心欣赏璀璨华灯与明月相辉映的两岸高楼，可在山水朦胧中品味夜幕下新安江梦幻的古典意趣……

如今，旅游对文化的依存度越来越高。杭州许多新建、新创的文化创意单位，都在“文化 +”的基础上融入“旅游 +”“+ 旅游”，融入“深度体验深度游”因子，从而达成“共建＋共享”的目的。

典型如这次入选的艺创小镇，它依托中国美术学院，融汇设计、绘画、雕塑、建筑、新媒体、音乐、动漫、舞蹈等艺术门类，构建了一个“文创设计、艺术展演、社群经济、时尚消费、特色旅游”五位一体的新型特色小镇，逐步形成了“永不落幕的艺术嘉年华”。这里原是20多家水泥厂的老厂房，蝶变为国际化文创小镇，如今已达到了3A级景区的标准，是“美丽杭州”的一个缩影。其核心区，高大的水泥厂立窑遗址，与充满现代气息的玻璃墙体交融在一起，前面是足球场般大小的绿茵茵的大草坪……这方美丽的“风水宝地”，吸引了2700多家文创企业在此创业；平均每年举办600余场文化艺术类活动，“艺术＋”体验让艺创小镇成为闪烁在之江文化产业带上的璀璨明珠。

杭州其实还有很多“深度游”的体验点，经过时间的检验之后，亦可入选。日前，著名评论家鄢烈山先生来到杭州，前往“抗日战争胜利浙江受降纪念馆”和“花开岭中国公益村”，体验了不一般的“深度游”。这两个点都在富阳，受降纪念馆是浙江省唯一的大型抗战胜利主题纪念馆，是在宋殿村原“受降厅”的基础上扩建而成的；“花开岭”则是富阳拨出18亩山谷试建而成的中国首个公益村落，为公益做乡建，为乡村振兴做创业培训，经过一年的建设，村落眉目已清晰可见，今后可成为公益深度游的最佳体验点。

从文化到旅游，其实只差“一张纸”，这张“纸”就是创意；从旅游到文化，中间隔了一座山，这座山就是学问。如果创意到位，加上学问到家，那么“文旅综合体”乃至“文旅融合体”就会形成。比如富阳的泗洲造纸作坊遗址，是一处宋代造纸作坊遗址，是迄今我国发现年代最早、规模最大、工艺流程最全、拥有先进造纸工艺的古代造纸遗址，为研究宋代南方的造纸工艺提供了实证。做好古遗址、古技法的保护与活化，融合遗产保护、遗存研究、文化展示、文化体验、旅游休闲、艺术创意等功能，同样可以成为独一无二的“文旅融合体”、深度游体验点。

之江青春纪 文艺能量场

一曲“青春之歌”，一场“十年之约”：2019年5月26日晚，2019首届之江国际青年艺术周“致敬祖国——杭州爱乐乐团携手吴牧野、宁峰交响音乐会”在浙江音乐学院音乐厅举行；青年钢琴家吴牧野和帕格尼尼小提琴比赛金奖获得者宁峰，登上同一个舞台，礼赞中华人民共和国成立70周年。宁峰为观众带来了家喻户晓的小提琴协奏曲《梁山伯与祝英台》；吴牧野以一首全新改编的《平湖秋月》重回杭州。

这是之江青春纪，这是文艺能量场。首届之江国际青年艺术周在艺创小镇拉开帷幕，正在上演饕餮艺术大餐。本届“青艺周”的主题概括得鲜明突出：“观照世界的青春宣言、高度开放的创想时空、山水公社的游戏剧场、多种未来的汇聚之地”；以“展、演、坊、论、市”五大版块，探索时代青年的“世界观”和“青春观”。这是创作的“呼喊与细语”，这是文化的“过去式未来”，这是艺术的“世界与场景”。

5月25日，大运河畔的“十里银湖墅”，还上演了一场惠民文化大戏：大运河沿线五大剧种经典荟萃、精彩上演，多位国家一级演员、“梅花奖”“白玉兰奖”获得者同台献艺，带来各具代表性的经典剧目，让杭城百姓感受到“南腔北调”的不朽魅力。运河人家在家门口就可以享受戏曲盛宴，老字号的戏园再一次回到人们的视线，一大批戏曲文化传承的载体和基地应运而生……

夏木阴阴，枇杷似黄金。在“枇杷之乡”塘栖镇，杭州文联系统的文化惠民大行动在进行。文联系统组建了25个文艺轻骑兵小分队，成为文艺志愿服务的骨干。文艺志愿活动亮相塘栖文化礼堂：书画家为村民创作书画作品，舞蹈志愿者为数支舞蹈队进行现场辅导，米塑、茶食等民间艺术也在现场进行展示……尤其是“我和我的祖国”的快闪表演，让人感动，引发共情。

最“艺”是杭州——2019年西湖之春艺术节，先后持续了半个月，一直到月底结束。西湖之春，春意盎然。艺术节秉承一直以来的创新、惠民、共享理念，精心遴选了5个类别的10大艺术项目，有戏剧演出、书画展览、艺术讲座、音乐节庆、艺术互动等，着力打造“最‘艺’是杭州”的艺术节核心创意。

此间，第六届中国民间艺术产业示范展在杭州梓府举行，将持续至5月29日。这里是中国民间艺术产业示范基地，这一回的展览以“百人双百件”为题，展示了来自全国百余位国家级艺术家的手工艺精品，包括近30位历届“中国十佳艺人”、20余位历届“民间最受欢迎艺人”，以及超50位手工艺产业发展领军的中青年艺术家的新作。作品示范，皆为标杆，也昭示着民间艺术产业发展的方向。这里不是一般的“文艺能量场”，这里地处中山南路，是南宋文化的发源地和南宋皇城遗址所在地；在这里弘扬民间艺术、展示工匠技艺、交流创作成果、促进产业发展，是对南宋群星璀璨的艺术家们的尊重，也是一种传承。

科学求真，人文求善，艺术求美，最终达到“美美与共”。在这一个个不同的“文艺能量场”里，我看到了心灵的探索，看到了创新的追求，看到了真善美的融合。有了一个个“文艺能量场”，就可以让文艺的时空花谢花开、潮起潮落、云卷云舒。

任何一个民族的伟大复兴，都离不开文化文艺的复兴。遥想14—16世纪始于意大利的伟大的文艺复兴，那是一场文学和艺术的创新运动，内容从文艺创新到宗教改革、科技探索、地理大发现，在那个强大的“能量场”

里，反对封建等级特权，反对蒙昧和神秘，提倡人文主义，尊重人性和人权，发展理性和科学，追求自由和平等，重视现世和幸福……这给我们的启示是，“文艺能量场”并不仅仅局限于文艺艺文本身，无论是不是属于“青春纪”，艺术家们都应该有更博大、更伟岸的追求！

城市的玫瑰书香

春暖花开，面朝书海；玫瑰书香，扑鼻而来。

这是 2017 年 4 月 23 日星期天，这是世界读书日，这是世界读书日的杭城；在这里，处处在精彩阅享，阅享精彩；一个爱阅读的学习型城市，让人越想越精彩——

浙江展览馆里，杭州第十一届西湖读书节正在举行：各类不同主题的美书房集中在这里，比如浙江文艺出版社的“文艺书房”，莫言肖像签章本在这里闪亮登场；“春日里，我们读诗”的朗读者行动，“最美妈妈”吴菊萍都前来成为领读人。

杭州市图书馆大门前，一场主题为“无偿献血 书香为伴”的活动在这里开展，杭州市献血管理中心的工作人员在忙里忙外。由著名作家黄亚洲领衔，加上我和诗人李郁葱，我们将自己的书籍签名赠送给无偿献血者们。面对记者的镜头，我说：读书的人是有福气的，献血的人是有爱心的，有爱心又有福气的人是最美好的。

良渚文化村，在著名的“大屋顶”——良渚文化艺术中心·“中国最美社区图书馆”，我于今日下午赶到这里开了一场题为《玫瑰书香》的公益讲座，从深与浅、远与近、轻与重、博与精、内与外、宽与窄、快与慢、旧与新等多个维度切入，把一大批值得一读的书介绍给书友们。两小时主讲，半小时互动；互动提问期间，给每位提问的书友赠送了我的签名本图书。

杭州市胜蓝实验小学，一场“行走的课外书·悦读越快乐”的活动正在这里进行，除了教育专家“亲子阅读”主题讲座外，小学生们捐赠了1000余本课外书，将送给甘肃礼县的6所贫困学校。

……

一场场有关阅读的“交响音乐会”，构成杭城宏大的阅读“交响诗”。

在这首“交响诗”中，一个创新的旋律，如同春天的奏鸣曲，在“展开部”呈现给书友读者，那就是“杭州文创书市”。此次书市，在滨江等三地同时启动。目前，文创品越来越成为书店的特色，书店确实也越来越离不开文创品。在台湾诚品书店，文创品已然成为书店的重要特色。美丽美好、琳琅满目、让人爱不释手的文创品，是完全可以成为全民阅读盛宴中的“满汉全席”的。文创书市，应该成为杭州阅读的一个新品牌，成为学习型杭城的一个新标志。

一个全民学习、全民阅读的城市，一定是一个文明、美好、潜力巨大的城市。作为线上购书重要平台之一的天猫图书，在世界读书日前夕发布了有关售书的大数据分析，其中图书“购买数量”杭州列为全国第四，前三是北上广；但从人口总数量分析，杭州其实远超北上广。杭州市无愧于“全球首批、国内首个”入选联合国“全球学习型城市网络”的城市。

其实，在740多年前的南宋王朝，杭州就是全国的出版印刷中心。“南渡以后，临安为行都，胄监在焉，书板之所萃集。”在《两浙古刊本考》序言中，国学大师王国维如是有云。南宋浙江，刻书地点有170多处，其中以杭州最盛。临安城里，书肆林立。官刻私雕并举，工匠精神凸显；刊刻技艺最精，成书印制最美，印本流传最广。后世藏家，誉之“一叶宋版一叶金”。

一个人，需要“腹有诗书气自华”；一座城市，更需赓续那份“腹有诗书”的自华气质。

“有工夫读书，谓之福；有力量济人，谓之福；有学问著述，谓之福。”著有《幽梦影》的清人张潮如是说。全民参与、全城共推，全方位营造买书读书的氛围，是能够极大增进一座城市的幸福感的。满城花香，是为景美；满城书香，是为人美；为了这样的“双美杭州”，大家一定要齐心协力呀！诚如广西师范大学出版社这天所言的：为了人与书的相遇，我们一直在努力；既然人与书的相遇不是凭空而定，我们就创造空间，创造情境；以耐心，以勇气；以热情，以诚意！

让人读而忘“机”的书城

“读城”杭州，大运河畔，又一个美好的阅读空间正式落户——许知远的单向空间日前在拱墅远洋乐堤港正式开张，同时颁发了第四届单向街书店文学奖。

“单向街”原本是北京的文化地标之一，是致力于提供智力、思想和文化交流的公共艺文空间，以高质量的文化沙龙闻名。杭州的“单向街”，营造了一个安静的乐土：这里拥有6万册书，除了万里挑一的“新书推荐”，还有独特的“滞销榜”，意在发掘书山书海中被遗漏的明珠；这里精选了4万种文创产品，从“非书”的维度，寻找新的创造力；这里的单向文艺现场，可同时容纳100人举办沙龙。

“单向街”的到来，让杭州满城书香香更满。“单向街”之名源于德国作家本雅明的名著《单向街》，那是“像投影仪一样把思想深处方方面面的小收藏展示出来”的著作，蕴含着种种洞见、哲悟、随感，有着击中人心的力量。

杭州是学习型城市，坐拥一座座“书城”，让人读而忘“机”、乐而忘忧。近几年来，西西弗、言几又、钟书阁等特色书屋，以及通雅轩古籍书店、网易“蜗牛读书馆”、纯真年代书吧杨柳郡社区店、良渚文化村“晓书馆”，等等，在杭城的东南西北遍地开花，让杭州的“书卷气”越来越浓。

进入2019年，杭州萧山区的一个新文化地标——“鸥鹭书院”，漂漂亮亮地正式开张。这是萧山图书馆的新书房项目，旨在探索城市公共文化空间的新生态，努力营造一个自然、自在、自由的文化空间；这里的“三自”，十分切合鸥鹭书院之“鸥鹭忘机”的意蕴。书院的运营，由图书馆的签约运营团队——野渡创造社负责，该社曾入选“杭州最具影响力城市阅读空间”。在鸥鹭书院，一年里将有100场文化沙龙举办，公共阅读空间每周免费开放72小时。这里没有咖啡没有面包，没有主人没有客人，没有保洁没有保安，服务员只有义工，约束者只有自己——在这样的书院里阅读，仿佛就是在自家的书房。

与图书馆系统一样，浙江新华书店系统近年来致力于打造“城市书房”，让一个个城市书房温暖一座座城市。杭州的庆春路购书中心、萧山新华书店、余杭新华书店等，所构建的城市书房成为一座城市中富有灵性的地方，由此能够让更多的人参与进来，在喧嚣的时代读而忘“机”，忘记手机，在阅读中寻找内心真正的归宿。2018年的测评结果显示，萧山新华书店是读者周末最爱去的文化机构，读者分布占比达92%，可见城市书房功不可没。实至名归，该书店荣获2019年中国书店大会“年度社区书店”“年度校园书店”“年度24小时书店”“年度乡村书店”等多个荣誉称号；总经理杨岳江说得好：“一本好书可以照亮人生，一家好书店可以照亮一座城市，一个好品牌可能让一家书店于这世间滋生出更多的美好关系。”

本雅明比任何人都更确信，获得鲜活的灵魂远比获得坚硬的精甲更接近智慧。让城市拥有更多的阅读空间，让更多的人读而忘“机”，让灵魂更加鲜活，由此便可以熏陶于人文、化成于天下。

杭州地铁：开往阅读的春天

这是地铁 + 阅读。

这是地铁 + 阅读 + 互联网。

这是地铁 + 阅读 + 互联网 + 杭州。

这是全国首趟以阅读为主题的地铁专列！

2017 年 8 月 8 日上午，杭州地铁 2 号线，地铁“阅读专列”从庆春广场站始发。

这是杭州地铁联手浙江图书馆等单位，以“移动图书馆”为设计理念的专列。

这是开往阅读的春天的地铁！

在阅读专列上，六节车厢刷上了六种令人心旷神怡的颜色，对应着六个阅读版块：红色代表历史，粉色代表爱情，绿色代表武侠，黄色代表童话，蓝色代表推理，紫色代表科幻。而内壁则印着一段段书摘，都是选自公众喜爱的经典书目；这些不同风格的“列车文摘”，可以让乘客在途中感受阅读的乐趣。而扫描每段话下方的二维码，就能生成个性“书言海报”。

与此同时，主办者还精心设计了 7 个“阅读车站”，即钱江路站、庆春广场站、中河北路站、武林门站、沈塘桥站、学院路站、古翠路站的悦读角，读者可以在悦读角获取精美的阅读集章卡，扫描二维码则可以带走一个有

66本图书的线上图书馆。

这是杭州地铁对阅读的“捧场”模式。这是地铁推广阅读起步阶段的小目标，不需要高深的套路；这是阅读的“供给侧改革”，同样孕育着工匠精神；这是爱阅旅客，不是吃瓜群众；这是愉快阅读，不需要“洪荒之力”；你在这里坐着或站着都可以阅读以及扫描，就是不要你“葛优躺”；而骨子里不爱阅读的人在这里，恐怕是有点“蓝瘦香菇”，那也是没办法的事。

“现在碎片化阅读的地位越来越重要，年轻人习惯在地铁上阅读，也喜欢利用琐碎的时间阅读。而不得不承认的是，人们如果要去图书馆就会耗费更多的时间、精力。”浙江图书馆党委书记雷祥雄说，“所以我们才会想通过这样一个活动，让杭州市民走进阅读、爱上阅读。”

“今天的读者太幸福了，大家有这么好的阅读条件！”浙江省作协副主席、著名作家袁敏说，“一次阅读可能改变一个人一生的命运。我希望每一个乘客、读者能珍惜这次阅读机会，把阅读变成自己的思考。我也希望这样的活动能推广到全国。”

阅读之美，美在阅读。我们都知道4月23日是“世界读书日”，或许可以把8月8日做成“地铁读书日”，杭州首创，何止是“棒棒哒”！

地铁站和地铁车厢，都是可以成为文化风景的，而不是全被广告画面所占据。杭州毕竟是一个学习型的城市，这里有着良好的阅读学习氛围。然而，在地铁上捧书阅读还是稀见的风景，我们毕竟还没有到达德国那样几乎全民阅读的公众阅读水平；若以“公众阅读指数”衡量，我们还在起步阶段徘徊。正因如此，地铁车厢的公共空间主动提供公共阅读，“唤醒你心底的读书欲望”，不失为一种好举措。

阅读需要氛围，需要提倡，需要相互影响，需要相互熏陶。浙江有许多阅读首创，比如湖州德清县图书馆，全国首创“驻馆作家”制——邀请著名作家来驻馆十天半个月，休闲写作，公益讲座，传播文化，启发读者，推进全民阅读。

一个人，如果仅仅在学校里读点教科书、教辅书，那是远远不够的。杭州市图书馆褚树青馆长曾说：“我去欧美国家考察当地的图书馆，发现很多国家的小孩子一出生，就会收到一张借书证，阅读是伴随着他们一生的。”读书是生活中重要的有机组成部分，失去了这一部分，也就失去了人生生命的重要有机质；读书是人生的基础的基础，只有在阅读书籍的基础上，才能去阅读社会，才能去阅读人心，才能去阅读人类世界。

杭州有了开往阅读春天的地铁，让地铁吹来的阅读“杭儿风”更清凉、更强劲些吧！

从“千年古府”到“小莲花”

自美丽的千岛湖向东，“堂堂溪水出前村”，新安江流过建德市梅城镇，下游就是富春江，在画出一幅美丽的“富春山居图”之后，就到了钱塘江，由此时时迎接着钱江大潮，最终注入浩渺的东海。

江水如线，串联起珍珠。今天要说的其中两颗，就是上游的“千年古府”梅城与下游的杭州奥体中心“小莲花”。

梅城正在加快美丽城镇建设，再现“千年古府”的新貌。“清澈高远的秋色之下，澄清门展现出昔日风采，与其正对的马头墙、青石路、木雕栏以及粉墙黛瓦，无一不诉说着古镇千年风韵”；这里有古城墙，有省立第九师范旧址，有严州中学校史馆，有竺可桢故居，有文化公园，也有城市防洪工程……历史文化，构筑了梅城的根与魂，成为梅城的“金名片”。

如果说“千年古府”梅城是一位历史的“隐者”，那么，到了钱塘江穿城而过的地带，就成了杭州“拥江发展”的“显者”。这里有单体建筑全球第二大的杭州国际博览中心，有全国第三大体育场馆“莲花碗”，有正在美丽盛开的“小莲花”。

杭州国际博览中心是 2016 年 G20 杭州峰会的主会场，“莲花碗”则是 2022 年杭州亚运会的主体育场，而这个正在一天天成形的“小莲花”如今成了新闻，是因为它快要竣工了。“莲花碗”被称为全国最美体育场之一，而“小莲花”这个现代公共建筑，同样是美得让人刻骨铭心。

“小莲花”外围由 24 片花瓣组成，拥有动态开闭功能；顶部的 8 片巨大花瓣，可以旋转着大开大合——这样的动态之美，恰是“小莲花”最出彩的地方。“小莲花”首先是一个网球中心，属特级体育建筑，定位是洲际比赛的场地；同时，它也是 2018 年 12 月第 14 届国际泳联世界游泳锦标赛（25 米）的主场馆——是的，那就是习惯上所称的“世界短池游泳锦标赛”。

在钱塘江之南，拥有一群现代化的公共建筑，所体现的正是杭州作为“活力之城”的风采；这是杭州“拥江发展”的典范，是杭州走向国际化、建设世界名城的地标之一。

如果说“千年古府”梅城拥有的是独特韵味，那么，美在现代的“莲花碗”“小莲花”则是别样精彩——这两者都是不可或缺的。尊重历史和文化，向往现代和未来，两者并行不悖。

梅城的美丽城镇建设，紧紧抓住了历史文化这个精魂，这无疑是走对了路。在建设过程中，就要充满诚心诚意，就要发自内心地热爱文化、尊重文化。一定要按照文化的价值、规律来行事，凸显文化的性质与意义。任何地方都一样，文化建设千万不要走向“粗鄙化”的“铺花的陷阱”。“文化可以拿来赚钱，但不能靠糟蹋文化来赚钱”，这个道理很浅显。针对我国不少地方“恢复历史文化”没弄好之现状，我国著名作家、文化学者冯骥才不客气地说：“我们一向自诩于中华文化的博大精深——但那是古代，而我们今天的文化却正在走向粗鄙化！”这是一个警示。

而在新的、现代化的“莲花碗”“小莲花”等地标的建设中，理应充满创新创意，既异想天开重视美学，又踏踏实实尊重科学，那样建起来的如花的场馆，于现在看是美丽的风景，在未来看就是璀璨的文化。

泳向杭州

冬天里的心跳，跳在美丽的“小莲花”。

2018 年 12 月 11 日至 16 日，国际泳联世界游泳锦标赛（25 米）在杭州举行，近千名运动员参赛，比赛地点在奥体博览城的“小莲花”。“小莲花”是奥体网球中心决赛馆的昵称，它开在“大莲花”——拥有 8 万个座位的 2022 年杭州亚运会主体育场的旁边。

世界游泳锦标赛（25 米）即短池游泳锦标赛，是世界游泳三大赛事之一，另两个是奥运会游泳比赛和世界游泳锦标赛。2014 年，杭州获得此次比赛的承办权，成为继 1999 年香港、2006 年上海之后，我国第 3 个举办世界游泳锦标赛（25 米）的城市。这也是杭州有史以来承办的最高规格的单项国际体育赛事，可视作 2022 年杭州亚运会的一次预练和彩排。

世界的游泳，离不开中国；中国的游泳，离不开浙江；浙江的游泳，绕不开杭州。“世界游泳看杭州”，这不是“未来式”，而是“正在进行式”。杭州游泳，以及在杭州组织世界级的游泳比赛，有着“天时、地利、人和”，有着“这边独好”的风景。

看杭州之天时：独特韵味别样精彩的杭州，正在凝心聚力加快推进城市国际化、打造国际赛事之城。自 2016 年 G20 杭州峰会之后，“天下从此重杭州”；2022 年亚运会将在杭州举办，杭州由此进入了亚运机遇期。目前，杭州的城市蓬勃发展，杭州的环境整洁美丽，杭州的韵味更具个性。今日杭州的美丽度和吸引力，与举办国际顶级赛事已越来越匹配。

看杭州之地利：地处“伟大的江南”，杭州的地理之利不言而喻。具体到举办赛事的“地利”，在关键的交通和场馆两个方面，杭州都有了突飞猛进的进步。公共交通的骨干是地铁，这张完备的“地铁网”，正在加快建设，计划将在2022年亚运会之前建好。场馆的主力军在杭州奥体博览城，这是一个以体育为灵魂的超大型城市综合体，其中包括“大莲花”“小莲花”等一系列地标建筑。“小莲花”是一流的场馆，8片花瓣式移动钢结构屋盖，可根据天气条件开合，为世界首创；由于比赛是在冬季举行，场馆内设计始终保持26℃左右的室温。

看杭州之人和：最可贵的，就是杭州有一个世界级的游泳军团，能够“泳”立潮头，让游泳成为杭州的金名片。这些名字耳熟能详：罗雪娟、孙杨、叶诗文、傅园慧、吴鹏、杨雨……游泳对杭州有着特殊意义。改革开放以来，杭州游泳运动员共获得了102个奥运会、亚运会和其他世界与亚洲游泳赛事冠军。从1984年我国参加洛杉矶奥运会以来，在9届奥运会上一共获得了13枚游泳金牌，其中有6枚是杭州游泳运动员获得的。从那时到现在，杭州培养的奥运冠军、世界冠军以及亚运会冠军、全国冠军共计45名。在杭州泳将的带动下，如今浙江游泳高手迭出，几乎占据了中国游泳队的半壁江山。健儿好游，游之有道。历史上，浙江大学老校长竺可桢就是一个高度重视体育锻炼的“行动的理想主义者”，他亲力亲为，为师生造游泳池，以达到“泳”而“健”。现如今，游泳已成杭州长期兴旺的“金字招牌”；而杭州的游泳教练团队、游泳的组织领导者，都有大批优秀者，在良性循环中，培育出一代又一代的冠军。

一流的城市形象、一流的场馆设施、一流的组织保障、一流的开闭幕式、一流的游泳比赛，必将充分呈现泳池的魅力、花开的张力、赛事的引力、冠军的活力！

“世界游泳看杭州”，也是“世界游泳看着杭州”，是鼓励，也是鞭策。

泳向杭州，杭州加油！

医学之美·敬佑生命

尊医重卫，救死扶伤；敬佑生命，共享健康。

2018 年 8 月 19 日，我国 400 余万名医生迎来首个“中国医师节”。这也是继护士节、教师节、记者节之后，我国设立的第四个行业性节日。医生们以无疆之大爱，护佑着 14 亿百姓的健康。在浙江，十位名医大家获得首届“医师终身荣誉”奖；在杭州，100 名优秀医师获得表彰。

不辜负患者“以性命相托”，不辜负“用优质医疗服务增进人民健康福祉”的重任大责；修医德、行仁术，弘扬救死扶伤的人道主义精神；与“德艺双馨”相似，好医生那是“德医双馨”。现代医学泰斗裘法祖教授说得好：“德不近佛者，才不近仙者，不可以为医。”

在我看来，医生才是最好的药物！我自己以及亲友接触比较多的是浙江大学附属第一医院的医师，在就医过程中，我们对此有着深刻的感受。一次次遇上“德医双馨”的好医生，求医经历在很大程度上消弭了苦痛。在好医生云集的大医院，尽管一眼看去是人山人海，但总是能够一次次让患者“药到病除”；毫无疑问，“药到病除”的背后，其实主要是“医到病除”。

医师可谓是学习经历最长、技术要求最高、风险压力最大的群体之一。在疾病诊断治疗上，在医学科技发展上，在医学人才培养上，医师行业始终成果丰硕，不断涌现出一大批医学大家和人民好医生。然而，要做到“全心全意为人民健康服务”，并不容易。“医患关系紧张”这个语词大家耳熟能详，其实仔细想想，所谓“医患关系紧张”的本质不是“医生与患者关系紧张”，而是医疗和医疗体制与患者关系的紧张，那是一个社会性的问题。

如果没有医师的救死扶伤，生命健康如何保障真的不可想象。医疗要面向现代化、面向世界、面向未来；那么，医师就首先要面向现代化、面向世界、面向未来。

作为既面向未来又直面现实的医师，我认为很重要的是，要在治病救人的过程中发现“医学之美”。什么是医学之美？医学之美兼具了人文之美和医学科学之美，是人类最美的无形之花。有了医学之美，那么，许多困难、困境、困厄，都可以一笑置之。

发现医学之美，看看浙江省首届“医师终身荣誉”获得者吧！他们中，有国医大师葛琳仪；有我国痔科事业开拓者，如今98岁高龄的陆琦医师；有为我国大肠癌筛查和治疗作出卓越贡献的郑树老校长……以及长期坚守海岛、被称为“海岛群众守护神”的钟杏菊医师，等等。到了他们的境界，医学之美已然盛开了幸福之花。

发现医学之美，想想“落入凡间的天使”林巧稚医师吧！这位中国妇产科医学的奠基人，当年在报考北京协和医科大学的考场上，发现一个女生忽然晕倒，便立即中断考试，帮忙把女生抬了出去，并且协力救助；自己耽误了考试，她没有任何怨言。监考老师看到了这一幕，北京协和医科大学最终决定录取了林巧稚。“救死扶伤”的小女孩，最终成为“万婴之母”。

发现医学之美，读读美国著名医师阿图·葛文德吧！读葛文德，读他的“医生三书”——《医生的修炼》《医生的精进》《最好的告别》，在书中，能够读出那生命之思、医学之悟；读出那“从浅思到深思，从顺思到反思，从技术之思到哲理之思”的思维之花的绽放；读出那生命穿越复杂性、追逐纯美之境界的感悟，从而让生命最终走向涅槃。

不难发现，在“医学之美”中，“敬佑生命”之“敬佑”一词，与之特别般配。

让绿色与文化交融

2018 年 9 月，第二批“国家重点花文化基地”评审结果日前揭晓，此次入选的共 12 家，其中，安徽有合肥植物园，上海有梦花源，江苏有无锡市的中国杜鹃园，河南有南阳月季博览园，湖南有省森林植物园，四川有遂宁的世界荷花博览园，等等。笔者所在的杭州，是杭州花圃成功入选。

杭州花圃位于杨公堤上流金桥与卧龙桥间西面，前临西湖，后倚西山；占地 28 公顷，环境优美、布置精巧。这里是浙派盆景和传统春兰等花卉的主要集萃地。杭州花圃的历史可不短，它始建于 1956 年，20 世纪 70 年代就成为全国各地建设花圃的样板。党和国家领导人周恩来、朱德等曾莅临花圃。

杭州花圃是“花文化”建设的基地，是绿色与文化交融的典例。1999 年 10 月建成的莳花广场，以“花”和“水”为特色，广场飞泉流水，繁花似锦，十二花神雕像栩栩如生。2003 年，杭州花圃新建了天泽孚应、小隐园、菰蒲水香、翠谷听香、水芳岩秀、清漪神游等景点；主导者是著名的园林规划专家孟兆祯院士。创新的设计，让各景点错落有致地相互衔接，曲曲折折的水域环绕其间，于幽雅宁静处隐隐透露出文化气息，使花圃成为一处不可多得的“花文化”佳境。

网友说，“厉害了我的哥，把花花草草玩成‘国字号’！”花花草草的“绿色”发展，有了文化层面的提升，才能“玩成国字号”。近年来，管理杭州花圃的灵隐管理处，分春、夏、秋、冬四季适时进行“文化莳花”活动，并推出杭州西湖月季花精品展、杭州西湖荷花展、浙派盆景作品展、杭州兰花精品展以及插花艺术展、云南山茶花展、蕙兰展、书画展等；“郭庄花事”已成为西湖景区乃至杭州市、浙江省花事活动最响亮的品牌之一。

在“美丽浙江、美好生活”的“两美浙江”建设中，“绿富美”三者相辅相成，而在“绿富”基础上的“美”字，一定要有文化内涵存焉！无文化内涵的美是单薄的，有文化内涵的美是丰厚的。做文化不忘绿色，做绿色不忘文化。在浙江诸暨，计划将在5年时间里引资1000亿元，建成“山海经主题公园”。山海经的文化底蕴我们耳熟能详，打造这“立足中国五千年历史”的文化主题公园，是非常有眼光的。该项目响应的是国家增强“文化自信”战略及浙江省文化产业发展“十三五规划”，包含四大板块：山海经主题乐园、后电影小镇、白塔湖“百花仙境”、吴越古都。尤为可贵的是，项目要做到“湖中有田、田中有湖、人湖共居”，这就是“绿色+文化+旅游”理念的具体体现。文化内涵与绿色发展交融，才能够更好地把绿水青山变成金山银山。

绿色文化，文化绿色。文化是多元的，绿色是唯一的。文化生活离不开绿色，绿色生活也离不开文化，两者早已融合在一起。而我们的现实生活，也已离不开绿色文化了。“要想生活过得好，车牌必须上点绿。”目前，国家推广新能源车专用号牌，杭州也将启用新号牌。试想，如果大家都是乘坐绿色车牌的新能源车去杭州花圃，去山海经主题公园，那是如何亮丽的绿色文化生活的风景呀！

时间沉淀出来的遗产

时间是进步的见证者，时间是历史的书写者，时间是文化的沉淀者。

在历经半个多世纪乃至一个世纪以上的时间沉淀之后，浙江这些工业厂矿或工业作品，被列入第二批“中国工业遗产保护名录”，共有5项。

嵊泗县花鸟岛的花鸟山灯塔，始建于1870年，被誉为“远东第一灯塔”，主要遗存包括灯塔、无线电铁塔、发电房、机房等；有“世界矾都”之称的温州矾矿，明矾石探明储量占世界的60%，始建于1949年，主要遗存包括南洋312平硐、1号结晶池、1号煅烧炉炼矾车间、福德湾村矿工生活区等；地处建德市新安江镇的新安江水电站，始建于1957年，主要遗存包括拦河大坝、发电厂房、升压开关站、设计资料、周总理题词等；地处杭州拱墅区的杭州第一棉纺印染厂初期（通益公纱厂），始建于1896年，主要遗存包括2号厂房、3号厂房；地处杭州笕桥镇横塘村的中央（杭州）飞机制造厂，始建于1933年，主要遗存包括弹油库、机修厂、飞机制造厂等。

其中杭州的3项，最著名的要数新安江水电站，这是我国自行设计、自制设备、自主建设的第一座大型水电站，也是我国第一座百米高的混凝土重力坝；历史最悠久的是“称王”运河畔的百年老厂杭一棉，其前身通益公纱厂，始建于甲午战争后，是当时国人自办的最大纱厂、浙江最早的民族工业，在一甲子后公私合营，始成后来的模样；而最激荡人心的，则是杭州笕桥的中央（杭州）飞机制造厂，因为中国空军的抗战，正是从笕桥开始“冲天”。

笕桥，因为机场、飞机制造厂和中央航校而名世。同事孙昌建所著《鹰从笕桥起飞》一书告诉我们，中国第一座真正意义上的中外合资公司诞生在笕桥，就是紧靠航校的中央（杭州）飞机制造厂，这也是中国现代史上第一家真正的飞机制造厂。如今笕桥机场的这些旧址、纪念馆、博物馆等，都是沉淀的历史，都是时间留给我们的可贵的遗产。

此前第一批入选的中国工业遗产，浙江有 3 个项目，分别是茅以升主持设计建造的钱塘江大桥、始建于 1922 年的华丰造纸厂、由周总理亲自批准建立的杭州丝绸印染联合厂。这些工业遗产，是文化遗产，是记忆遗产，也是档案遗产；保护这些遗产，就是保护人类文明的印记，就是保护人类共同的财富。

时间总是过得很快。如今改革开放已过去 40 年了，一些始建于改革开放之初的工厂企业，经过时间的沉淀，将来也要成为“工业遗产”，现在就应开始重视保护了。比如，早在 1988 年，已在台湾地区创业 14 年的郭台铭来到深圳办厂，誓言“在这里将建成世界最大的工厂”，随着资金的不断投入，企业的不断发展，郭台铭麾下的深圳富士康工厂，诞生了全球第一部 iPhone；而郭台铭在深圳的办公室，位于一栋低矮的白色两层小楼中，水泥地、铁椅子、硬沙发，简朴得令人诧异……将来的将来，当人们面对这样的“工业遗产”，一定感慨万端。

今天许多的工业遗址，包括工厂厂房，都变成了博物馆、文创单位、创意产业园区。工业遗产，是建成环境、景观和文化的重要组成部分。有了用心的保留和保护，才能真正活化使用；尤其要重视其本身的历史价值、文化价值、知识价值、科学技术价值和艺术价值，把这些价值保护好，功在当下，利在千秋。

工业遗产的保护与利用，是创意经济时代在历史中的重构；在充分保护的基础上，努力挖掘其背后的历史文化价值和社会价值，使其重新焕发勃勃生机，这正是我们所期待的“遗产正义”。

聆听非遗的回声

当网友们热衷于使用拟声词“动次打次”的时候，杭州老字号“潘永泰”那悦耳动听的“嘣嘣”声，不久前戛然而止。“潘永泰”号棉花店的第三代掌门人、81岁的潘文彪老人，静静地告别了人世。开在河坊街113号的“潘永泰”，是杭州仅存的最后一家弹棉花店；那手工弹棉花的声音，已经回响了近百年。今后，今后的今后，我们可能再也听不到那“嘣嘣”的原声了。

潘文彪老人是省级非遗技艺传承人。他弹棉花的手艺是祖传的，工具就是一弯吊弓、一个弹花棰、一张磨盘、一条牵纱篾，“檀木榔头杉木梢；金鸡叫，雪花飘”，一声声弦响，一片片花飞，一床床温暖的棉絮，就飞进了千家万户。而今，潘永泰百年弹棉花的技艺有失传的可能。

与非物质文化遗产相比，物化的遗产因为直观、可见，保护起来相对容易一些。西湖三潭印月的三座石塔，不久前开始了为时一个多月的维护保养：清理表面、填补裂隙，加装水下防浪涌网、升级周边安全防护网。两年前三潭印月在夜间被游船撞倒一塔的意外，不应再发生。今年上半年，杭州共整修历史建筑21处，其中“菩提精舍”等12处已完工；《杭州历史建筑集萃》画册能让更多人了解杭州的历史建筑，还通过“互联网+”的形式，推出历史建筑“360度全景导览”，带给观众三维全视角的视觉体验。

那么，如何保护、传承好非物质文化遗产，应该值得共商大计、人人共同努力。目前，杭州的一些老艺人，或年事已高，或相继去世，一些民间技艺濒临失传，这是当前的现实。其实全中国都一样，非遗技艺或多或少地面临着后继无人的窘境。刚刚看到报道，国家级非遗项目——安徽的“徽墨制作技艺”，其传承人周美洪也担心它“走进博物馆”。徽墨是在烟熏、火烤和捶打中诞生，传统的制墨工序有十几道，“繁杂的徽墨制作更是个体力活，而现在的年轻人都喜欢挣些轻巧钱”。

所有的非物质文化遗产，都是璀璨星空中的花朵。正如童话名著《小王子》中小王子所说的：“如果一个人爱上了亿万颗星星中的一朵花，他望望星空就觉得幸福。他对自己说：‘我的花在那儿……’但是，如果羊把花吃了，对他来说，所有的星星都像忽地熄灭了！”小王子的声音，仿佛就是非遗的回声，需要我们认真聆听。

此间亦有好消息传来，杭州通过核查，一些不为人所知的非遗技艺传承人被“挖”了出来：上城区乌龙巷的吴志根老人，拿手绝活是手工制作油纸伞，而今懂油纸伞技艺的匠人已屈指可数；还有一位戚建飞师傅，在中山南路开了一家纯手工制作木桶木盆的作坊，生意兴隆……老字号、老技艺，市场化是其生存的基础。像“潘永泰”，若是开发手工生产的棉被、棉袄等系列产品，把市场的底子做大，传承的基础就坚实了，“花”就不会被“羊”吃掉了。

如果建立传承基地，把老手艺传下去，那当然是最好的。但是，一旦真正从市场退出，那么，在文化层面的后续保护，就应立刻提上议事日程——这已不是个人的事，而是地方政府的职责所在了。对于文化而言，记忆性的记录、保护性的留存、弘扬性的展示，都是需要做的工作。

都说“无回应之处，就是绝境”，保护非物质文化遗产，相信不会无回应、陷绝境！

杭州的另一种美

博物馆，是一个地方的文化嵌入，是一个地方营造的文化精魂。

《杭州发布》微信公众号日前发布“杭州博物馆寻宝攻略”，告诉公众，杭州有大大小小 80 多家博物馆，大都免费开放；其中诸多国宝珍藏不容错过：雷峰塔地宫出土的五代吴越国鎏金银阿育王塔、杭州博物馆的镇馆之宝战国水晶杯、良渚博物馆的神人兽面纹玉三叉形器、浙江博物馆武林馆区的唐代落霞式“彩凤鸣岐”七弦琴、中国刀剪剑博物馆的战国至西汉斑纹青铜剑，等等。

博物馆和博物馆里的国宝珍藏，是杭州的另一种美，美得让人凝神屏息，美得让人心花怒放。

文物文物，一文一世界，一物一乾坤。2018 年 10 月 8 日，历时 4 个月之后，在浙江省博物馆孤山馆区展出《越地宝藏——100 件文物讲述浙江故事》，这一天闭馆后即闭幕。这 100 件文物是浙江压箱底的珍宝，浙江博物馆史无前例地从全省 36 家文博机构请出，汇聚杭州。这一特展，从史前到明清，观者如同穿越五千年浙江历史，令人大饱眼福。我的一位来自台湾地区的朋友，不久前参观了“越地宝藏”特展，感叹“躬逢其盛，如入宝山，收获满满”。当时恰遇一位导览老师，对每件展品娓娓道来；更妙的是，她儿子小小年纪，也是能言善道，是位“小小志愿者”。与特展同时发售的同名图书由文物出版社出版，编撰精心，印装精美，值得收藏赏看。

老子说："执古之道，以御今之有，以知古始，是谓道纪。"说的是掌握自古以来的规律，以理解今天及昨日发生之事。诺贝尔文学奖获得者、著名诗人辛波斯卡，在名诗《博物馆》中则说得更形象："金属，陶器，鸟的羽毛 / 无声地庆祝自己战胜了时间。"在历史的时空中，文物葆有非凡的内在力量；穿越几千年，那留下来的吉光片羽，都是那么的美丽；博物的内涵若能清晰地被认知，则更加美丽惊人。

博物馆的馆藏，就是用文物阐述文化、记住历史。让更多的人来到博物馆认知珍宝，看见博物之美，是当今的一个文化责任。各地的宝藏可以汇聚杭州，杭州的珍宝亦可更多地走出杭州，走向世界。杭州建设世界名城，宝藏可以首先在世界的舞台上闪烁光芒。除了战国水晶杯这样的禁止出国（境）展览文物，可以让更多文物"走出去"。浙江博物馆的镇馆之宝《富春山居图 · 剩山图》就曾前往台北故宫博物院，与《富春山居图 · 无用师卷》山水合璧，成为文化盛事。

文化是需要交流的，让文物动起来会更美。2017 年"大英博物馆 100 件文物中的世界史"特展来到北京、上海展出，盛况空前；那些文物是从 800 多万件藏品中精选出来的，纵横百万年，横跨五大洲，向世界观众讲述着人类文明的历程。大英博物馆中国馆在介绍中国文明史时，重点之一就是良渚玉器，其馆藏有一件高达 49.5 厘米的良渚玉琮是世界之最，可见良渚文化在世界历史文化中的价值。

在经济实力越来越强的今天，我们的博物馆要让自己的文博实力也变得越来越强。而世界上那些伟大的博物馆：从伦敦大英博物馆，到巴黎卢浮宫；从阿姆斯特丹凡 · 高博物馆，到马德里普拉多博物馆；从圣彼得堡冬宫博物馆，到纽约大都会博物馆……其诸多管理经验都值得学习。

从博物馆能看见杭州的另一种美，大家要常常去呀！事实上，博物馆的各种展出已做得越来越好了，坚持常常去看美丽的珍宝，给脑袋"充电"，幸福指数会大大提高！

艺博馆·国之光

杭州再添一处“网红打卡”地！2019年9月9日起，浙江大学艺术与考古博物馆对公众开放！

此艺术史教学博物馆，地处浙江大学紫金港校区西南端，占地50亩，建筑面积2.5万平方米，遵循极简主义风格而设计建设。全馆分为两个功能区：博物馆区与学术区，博物馆区是开展收藏、展览与公共教育的场所。艺博馆定位是文明史、艺术史教学博物馆，通过艺术品原作的收藏、教学、研究与展示，开展“实物教学”。目前，唐代大书法家颜真卿的《西亭记》残碑，是博物馆的“镇馆之宝”，由香港近墨堂书法研究基金会捐赠。

艺博馆的开馆展，由四个展组成，展出可谓一派“汉唐奇迹”，是为致敬中国艺术史：一是《汉唐奇迹：中国艺术状物传统的起源与发展》；二是《汉唐奇迹之北朝记忆——山西忻州九原岗北朝墓壁画数字化成果展》；三是《中国与世界：浙江大学艺术与考古博物馆新获藏品展》；四是《国之光——从〈神州国光集〉到〈中国历代绘画大系〉》。

艺博馆，国之光！“志于道，据于德，依于仁，游于艺”，“艺”之重要，古往今来文化人皆明晰其道理。人类文字记载的只是半部历史，另外半部得由博物馆里的博物艺器告诉你。一个国家，发展经济的同时，最重要的是发展文化，而博物馆的兴盛，正是文化兴盛的重要体现。从全世界来看，博物馆的根本宗旨和共同使命，就是保护和传承人类社会的多彩环境、多般文化、多元思想。

一个地方，一座城市，如果有着整座城市历史文化的硬件，那一定是人人向往羡慕的。比如与杭州“牵手”的意大利维罗纳市，被称为“世界遗产小镇”，它是意大利最古老、最美丽、最荣耀的城市之一，因莎士比亚笔下罗密欧与朱丽叶的爱情故事而被称作“爱之城”。维罗纳古城至今保存有罗马帝国时代、中世纪以及文艺复兴时期的许多文化古迹，如今每年都要接待1400多万来自世界各地的游客。维罗纳市对小镇的硬件遗存可谓呵护备至，为了保护这些文化古迹，有专门的团队来做维护与修缮；比如修缮古罗马圆形竞技场，因为每一块石砖都由手工打造，为防止冬天结冰把石料撑破，会在每块石料的贴合胶面上手工刻线，留一条小缝，来防止热胀冷缩对石料带来的破坏。维罗纳，是意大利的国之光。

有的地方，缺乏这样的历史文化硬件，但同样可以创造新的文化艺术。比如西班牙萧条的工业城市毕尔巴鄂，因为设计建设了漂亮独特的古根海姆博物馆而成为艺术界的圣城。在这里，有一个智识的政府，一个创新的馆长，一个厉害的建筑师，最终构建了古根海姆博物馆，成为文化品牌，从而带来了“古根海姆博物馆效应”。二十多年来，拥有古根海姆博物馆的毕尔巴鄂，一步步走向宜居，成为充满生命力的艺术文化之城。一座博物馆，给一个地方带来巨大的经济文化效益，这充分体现了真正的现代城市精神，那就是精神文化层面的自治、自由、自恰与自我。在2004年的威尼斯双年展上，世界最佳城建规划奖就颁给了它。古根海姆博物馆，是西班牙的国之光。

浙大艺博馆“以古人之规矩，开自己之生面”，同样呈现的是国之光！对于我们来讲，大学拥有自己的博物馆，而不是一般的校史馆，这是多么重要！不久前我送女儿去香港中文大学读博士，欣然发现香港中文大学拥有一个很不错的博物馆，里头正在展出出自我们杭州萧山的清末著名画家任伯年的人物画特展，我真当是欣喜若狂！任伯年，本身就是国之光！

博物馆，国之光，多多益善！

博物馆里耕心田

博物馆是人类伟大且成功的文化创造。每年5月13日至19日，是联合国教科文组织确定的“全球博物馆周”。其中5月18日则是“国际博物馆日”，由国际博物馆协会发起并创立。

在杭城，“博物馆周”有诸多活动。首日有“女性与文化”主题论坛，由联合国教科文组织、法国文化部等支持举办，五位当代女性艺术家讲述了追求文化滋养、丰富艺术人生的心灵故事。之后有“博物馆与秘密”活动，向观众揭秘博物馆幕后的故事；有“博物馆与游戏”讨论，专门围绕游戏展开；有“博物馆与摄影”活动，以摄影艺术的视角聚焦文化场所，发现设计和建筑的独特美感；有“博物馆与七彩色”研讨，博物馆和博物馆的藏品，色彩无疑是异常丰富的；有“博物馆与朋友”活动，以友谊的名义观照博物馆和文创品……

“全球博物馆周”活动，旨在提升博物馆的趣味性与吸引力，增进群众与博物馆的关系，让博物馆不再高冷，让艺术不再傲娇。2019年的“博物馆周”恰逢“知味杭州”亚洲美食节的举办，其中在博物馆里的活动有不少。

在杭帮菜博物馆，有一场“亚洲美食厨艺交流表演秀”，杭州的知名大厨和来自日本、韩国、泰国等国家的大厨一起切磋厨艺；这里还举办“小小厨神”培训营、上演少儿美食真人秀。在中国茶叶博物馆，举办“茶传五洲”国际茶文化论坛，因循“寻茶、问茶、品茶”三大脉络，以茶为媒，寻找杭州茶文化与亚洲文明的文化共鸣。在钱塘江博物馆，则有“寻味亚洲”影像展、“家的味道”国际少儿漫画展、“美食美客我爱杭州”原创漫画大赛等。

同时还有“杭州美食文化之旅”活动，届时将组织中外嘉宾和游客，前往参观良渚古城遗址、中国杭帮菜博物馆、中国茶叶博物馆、南宋官窑博物馆、胡庆余堂等，感受杭州美食和杭州文化的独特魅力。

博物馆里的活动丰富了，博物馆也就更吸引人了。博物馆里可耕田——耕耘心田。在今天，在城市，“耕读传家”的“耕”就是心田之耕耘。一个地方的博物馆越多，说明文化越丰富，带来的“润物细无声”的教益也越大。西方主要语言中的“博物馆”一词，均滥觞于希腊语“缪斯神庙”一词。古希腊神话中的缪斯，是众神之王宙斯与记忆女神莫涅摩西涅所生的九位女儿；缪斯九女神，各有专司，是艺术与科学的保护神。

全球博物馆的根本宗旨和共同使命，就是保护和传承人类社会的多元文化及多彩环境。藏品是博物馆存在和发展的基础，陈列展览是博物馆工作的核心业务，社会教育和公共服务是博物馆的重要职责，学术研究是博物馆发展的推动力，保护和传承多元文化是博物馆的终极使命。就拿杭帮菜博物馆来说，馆中不仅有十个展区陈列了大量的文字图片和史料文物，复原了诸多历史事件的场景，梳理了从良渚文化至今杭帮菜传承和发展的肌理脉络，同时，这里还有丰富的活动体验，尤其是观者能够品尝到正宗美味的诸多杭帮菜；这是实现了社会教育和公共服务的双丰收。

博物馆是最“大公无私”的地方。先哲有言：“伟大的认知能力和无私的心情结合之中最易于产生出思想智慧来。”在哪里最能够做到？答案是博物馆。因为这里能够让一个人的心田长满茂盛的庄稼，让你的收成金灿灿……

穿越南宋上吴山

踏进 2019 年 6 月，杭城有两场“生活节”，分别连接过去和未来：一是吴山上的“南宋生活创意文化节”；二是钱塘江边的“未来生活节”。

6 月 1 日至 6 月 9 日，首届“南宋生活创意文化节”在吴山景区缤纷开启。文化节以“梦回临安 · 体会南宋人的一天”为主线，“2019 吴山庙会美食节”“樊楼集市”“宋 · 风雅汇”“大宋游艺馆”“城隍茶肆 · 茶百戏”等活动一一呈现，看、听、吃、喝、娱、游、购纷至沓来，引领市民游客体验一回穿越至南宋的生活文化之旅。

穿越南宋上吴山。吴山可称为杭州的“地域先祖”，远古时候，吴山和宝石山是两个岬角；到了南宋时期，吴山成了皇家的重要“靠山”。在 1995 年发现的南宋太庙遗址，就在吴山脚下，此次杭州重大的考古发现，入选了 1995 年度“中国十大考古新发现”，这里后来成为全国重点文物保护单位。南宋时，吴山上寺庙林立，香火旺盛；山下熙熙攘攘，人声鼎沸。杂货营生，唱戏卖艺，吟诗作对，香客食客游客，络绎不绝。吴山一带，可说是什么都有，所以吴山渐成一座“民俗大观”之山，号称“吴山大观”。吴山也被称为城隍山，城隍阁因此得名，谓之“八百里湖山，知是何年图画；十万家烟火，尽归此处楼台”。

在吴山上静静地怀古，那是很独特的体验，比如在有美堂遗址，可以体会苏轼《虞美人·有美堂赠述古》的美妙："湖山信是东南美，一望弥千里。使君能得几回来？便使樽前醉倒更徘徊。沙河塘里灯初上，水调谁家唱？夜阑风静欲归时，惟有一江明月碧琉璃。"

如今在吴山景区举办"南宋生活创意文化节"，是一个绝佳的选择。这里古木参天，是休闲避暑胜地，不仅适合"老底子"杭州人，也可以吸引更多外地游客到此体验一把"梦回临安"。在"樊楼集市"里逛逛仿古集市，在"庙会美食节"上找找"非遗"传统美食……尽管这是首次举办"南宋生活创意文化节"，从现场看有些单薄，甚至"小儿科"，但可以为今后办得兴盛积累经验。

相比之下，已经办到第三届的"未来生活节"，3 天时间里有 10 多万观众入场去"遇见未来"，成为杭州的"现象级展会"。"未来生活节"于 5 月 31 日至 6 月 2 日举办，在杭州国际博览中心打造了 4 万平方米的"未来游乐园"，这是朝着"更潮更酷更好更未来"方向迈进的生活节：5G 网速，快到让人害怕；在"银河"里，体验穿越虫洞的奇妙；坐进飞行模拟舱的驾驶室，当一回飞行员；喜欢游戏的，可以试试无咖科技首次亮相的 VR 游戏《无奇刀》；瞧那淘宝全球购"全球 X 发现"展区，成了年轻人的打卡胜地；而天猫精灵展位、日本宝可梦的皮卡丘人偶，人气爆棚，吸引孩子们蜂拥而至……

过去是现在的过去，未来也是更远未来的历史。无论是吴山上的"南宋生活创意文化节"还是钱塘江边的"未来生活节"，其实都是一种生活之"融"、城市之"融"、时空之"融"；城市因"融"而改变，生活因"融"而美好，时空因"融"而神奇。设想你上午在吴山体验"南宋的生活"，下午飞渡钱塘江去感受"未来的日子"，那穿越的何止是千年？

考古的美好发现

“一石为石，二石为迹，三石为墙，四石为房，五石为宫，六石为外星人所建之宫。”这是考古学家戏说的“考古学原理”。考古是对历史文化的美好发现。“2019 年浙江考古十大发现”公布，杭州有 3 处入选，分别是临安区潘山吴越国建筑遗址考古发掘、上城区南宋德寿宫遗址考古发掘和钱江新城古海塘遗址勘探发掘。

对浙江来说，地不算大，物可真是博。今次列为年度考古重要发现的，还有义乌桥头遗址考古发掘、宁波奉化何家遗址考古发掘、温州市藤桥镇屿儿山遗址考古发掘、安吉龙山 107 号墓（八亩墩）考古发掘、宁波城区西门口汉唐遗址考古发掘、黄岩沙埠竹家岭窑址考古发掘、武义溪里窑址考古发掘，都各具特色。考古发现丰富了考古学，丰茂了考古文化；今人从古代遗存中所观察到的共同体，又丰沛了许多。

杭州作为历史文化名城，年年都有让人眼睛一亮、精神一振的考古新发现。这次发掘的吴越国时期建筑遗迹，包括主殿基址和四周散水、东侧房址、水井及围墙墙基等；南宋德寿宫原本是宋高宗赵构退位后的居所，与南宋皇城遥相呼应，此次新发现有大型宫殿基址、砖砌道路、砖砌庭院地面、台阶、假山基础等各类遗迹，出土遗物 3000 余件；钱江新城古海塘遗址的勘探发掘，首次发现了柴塘和石塘并行的双塘结构海塘，首次发现了鱼鳞石塘叠压打破条块石塘现象，首次发现并确认了石塘的起点位置。

考古并不是一般所以为的为了淘宝、寻宝、挖宝，而是为历史提供实证、提供实信。《杭州日报》12 月 9 日报道说，江西南昌发现了罕见的大型六朝墓群，是目前墓葬数量最多、形制最丰富、规模最大、级别最高的墓群；700 余件出土遗物，证明了六朝时期海上丝绸之路的繁荣，是海上丝绸之路研究的重要材料。海上丝绸之路，是蓝色的海洋文明的象征，需要许许多多考古实物的实证。最近我去湖北省博物馆参观，完全被“曾侯乙”展厅的展品震撼到了。除了众所周知的“镇馆之宝”曾侯乙编钟，还有一万多件出土文物，尤其是其中的青铜礼器，让我深深感受到什么叫“大器”！这可是战国早期的大作，改变了历史的书写，我惊叹：古人真的很厉害，很杰出，很伟大。

没有考古，就没有文博，就没有信史。学者傅斯年曾不客气地说：“以不知为不有，是谈史学者极大的罪恶。”2019 年 7 月 6 日，良渚古城遗址成功列入世界文化遗产名录；良渚古城遗址的发掘，实证了中华五千年文明史。良与渚的组合，如诗似画，穿越时空，美好如斯。遗址真实展现了新石器时代长江下游稻作文明的发展程度，揭示了新石器时期早期区域城市文明的全景，成为早期城市文明的杰出代表。曾经有人不相信有良渚古城遗址，那就是典型的“以不知为不有”。而今听到成功申遗，多年来默默无闻的考古工作者，是多么的开心——成功的美好，完全替代了考古的辛苦。

考古的正确打开方式，就是保护性的发掘。好的发掘，就是保护。期待我们杭州有更多更好的考古新发现，那可不仅仅是考古工作者最欣喜的事！

呵护运河文化

文化遗存的保护传承利用，是美丽家园建设不可或缺的部分。

静静的运河，近日迎来了一个重要的事件。新华社最近就中办、国办印发的《大运河文化保护传承利用规划纲要》发布消息，指明这一规划是新时代党中央、国务院作出的一项重大决策部署；要充分挖掘大运河丰富的历史文化资源，保护好、传承好、利用好大运河这一祖先留给我们的宝贵遗产，打造大运河文化带。

2019 年 5 月 10 日，2019 中国大运河国际钢琴艺术节暨郎朗杯钢琴大赛在杭州大剧院落下帷幕。闭幕音乐会围绕名人、名城、名河，聚焦保护传承利用好大运河文化的主题。郎朗说："希望杭州能够成为国际音乐之都，成为世界钢琴爱好者的理想王国，杭州的运河能够成为一条流向世界的音乐之河！"

而在整整十年前的 2009 年，杭州青年旅美作曲家周天，在遥远的大洋彼岸，满怀着对这条哺育他的母亲河的热爱，用灵感、心血和充沛的激情，谱写出了交响组曲《中国大运河》，其中包含一个序曲"运河"和"梦源""河魂""生命""水韵""母亲""明天"六个乐章。交响组曲《中国大运河》震撼人心，震撼世界，唤起人们对这条人类历史上最伟大运河的崇敬和关爱。

聆听交响组曲《中国大运河》，我自然想起冼星海的交响乐杰作《黄河大合唱》，耳边回响起《河边对口曲》中“张老三，我问你，你的家乡在哪里？”和那著名的多声部合唱：“风在吼，马在叫，黄河在咆哮，黄河在咆哮……”在《黄河大合唱》之后，在我们的音乐里描写大江大河的，唯有交响组曲《中国大运河》能够与之媲美。

大运河由京杭大运河、隋唐大运河、浙东运河三部分构成，全长近3200公里，开凿至今已有2500多年，是中国古代创造的一项伟大工程，是世界上距离最长、规模最大的运河，于2014年入选《世界遗产名录》。我们知道，世界遗产是经过联合国教科文组织和世界遗产委员会确认的、在世界范围内得到重点保护的、被世界所公认的具有突出意义和普遍价值、罕见而无法替代的文物古迹及自然景观。

中国的京杭大运河与万里长城一样，是最宏伟的古代工程之一，都属于杰出的世界文化遗产。横向的万里长城为战争防御而设，纵向的京杭大运河为和平发展而建。历史告诉我们：京杭大运河是经济发展的大动脉、文化融合的主纽带、沿岸城市的母亲河、对外交流的开放地。大运河时空跨度长，地域面积广，遗产类别多，文化价值特别高。

作为世界文化遗产的京杭大运河，是一条活态的、线性的、依然在发展变化着的特殊文化遗产廊道，沿线地域的诸多文化遗产与大运河有着密切的关系。“河为线，城为珠，线串珠，珠带面。”2014年，在京杭大运河的申遗中，全浙江共11处主要申遗点，其中杭州市拱墅区占据3席；运河杭州段，属于古迹保存最完整、文化底蕴最深厚、旅游资源最丰富的部分。

有形的文化遗存背后，往往有着无形的文化遗产，要特别重视保护好、传承好、利用好内涵深厚、外延广泛、异常丰富的非物质文化遗产。比如在杭州拱墅区的北新关河埠广场上，立有北新关遗址碑——北新关见证着运河漕运的繁荣，也折射着十里银湖墅的繁华；对北新关遗址的立碑保护，是保护文化遗存的一项有形的举措。在其背后，那无形的文化底蕴亦需要不断挖掘，比如明代思想家、心学之集大成者王阳明与杭州有很深的渊源，他一生多次来到杭州，留下或喜或悲的故事，而运河北新关就是他诗文的一个传世之处。

高度重视非物质文化遗产，是大运河文化保护的重要内涵。非物质文化遗产是世界遗产中的重要组成部分，它以非物质形态存在，是“以人为本”的活态文化遗产，它特别强调人类的技艺、经验、精神等非物质元素，既有文化的知识性、价值性，也有其自身表现形式、传播方式和受众群体的特殊性。衍生、发展、传承和流行于京杭大运河沿线的非物质文化遗产，包括中国昆曲、国粹京剧、杭州评话、苏州园林建筑工艺、越窑青瓷烧造技艺、西湖龙井茶制作技艺、张小泉剪刀锻制技艺、湖笔制作技艺等，多姿多彩，至臻至美。这些非物质文化遗产的形成、传承与发展变化，与大运河都有直接或间接的连带关系，有着内生、发展、演变和传承的必然联系，都属于需要好好呵护的无价之宝。

长期以来，大运河面临着遗产保护压力巨大、传承利用质量不高、资源环境形势严峻、生态空间挤占严重、合作机制亟待加强等突出问题和困难。以今次《大运河文化保护传承利用规划纲要》的出台为契机，各方能够勠力同心，强化顶层设计，落实文化保护，推进传承弘扬，做好利用工作，则功德无量矣！

一塔声江天

文化活动，“金九银十”。2018 年 9 月 26 日，“唱响文化遗产”系列活动首秀——“六和潮文化之夜”，在钱塘江畔“六和听涛”所在地六和塔前上演。而在杭州大剧院，“行吟钱塘”2018 杭州诗会，给与会者带来了一场钱塘“声”宴。之后在 9 月 28 日，杭州孔庙将举办“戊戌年祭孔典礼”，纪念孔子诞辰 2569 年……

“唱响文化遗产”系列活动，提出了一个特别好的口号：“让文化遗产活起来，璀璨杭城！”通过多种艺术形式，在文化遗产前唱响浩浩荡荡的文化篇章，可以唤起大众对古老文化的记忆，重新阐释艺术和遗产的完美结合。杭州西湖是世界文化景观遗产，“净宇江天”的千年古塔六和塔是其中重要的组成部分；“一塔声江天”，首秀在这里拉开帷幕，既可听涛，又可赏月——沧海一声笑，滔滔两岸潮！

“唱响文化遗产”，是让书写在古籍里的文字活起来，让收藏在博物馆里的文物活起来，让陈列在广阔大地上的遗产活起来，这是一次创新的探索。接下来，在西湖十景苏堤春晓、平湖秋月、雷峰夕照等多个文化遗产点，还将举办各种形式的艺术活动。

异曲同工的“行吟钱塘”2018 杭州诗会，由国内诸多著名朗诵艺术家汇聚杭州同台演出。这一次，沿着四大文明古国的起源，讲述世界名河的诗文故事，感受名河的灿烂。河流是城市的血脉、城市的灵魂，河流哺育文化、孕育文明。在历史的长河中，奔腾的钱塘江，“弄潮儿向涛头立，手把红旗旗不湿”，不仅是诗词中的文化，更是新时代的精神。

杭州孔庙举办的“戊戌年祭孔典礼”，亦是一次璀璨杭城的重要文化活动。“万世师表”孔子，可谓中国最大的“非物质文化遗产”。杭州孔庙，是南宋时的临安府学，也是宋、元、明、清四朝的孔庙所在地，在杭州历史上赫赫有名；杭州府学一度被南宋皇朝增修为全国最高学府——太学。2018年的祭孔典礼，即以杭州孔庙为引，重现南宋仪礼；参与者还可以做一天“宋人”，体验南宋集市文化，感受南宋风韵。

春风化雨，文化化人。文化是寓教于乐，文化是最好的教育。这种潜移默化的文化之“教”，往往胜过应试教育之“教”。联合国教科文组织在20世纪曾对教育提出了一个跨国度、跨洲际、跨文化的基本定义，即“四支柱理论”——学会求知、学会做人、学会共处、学会做事；有人评价，这四个“学会”，就是人文文化。在人类进入变化更为迅疾的21世纪后，联合国教科文组织增加了一个“学会改变”，成为“五支柱理论”。改变、创新，正是新时期人文文化的鲜明特征。面对当今人类社会的变化多端和多端变化，进行终身学习、接受文化熏陶，必不可少。而对任何人来说，在“想到”和“得到”之间，还有一个“做到”，文化与学习，就是助力“做到”。杭州作为一座学习型的城市，其“学习”的含义，就是全社会的终身学习、全方位的文化熏陶。这，也正是让杭城文化更加璀璨的意义所在。

一塔声江天，终归是文化的力量！

那些历史老建筑

真正能够“温柔了岁月，惊艳了时光”的，是那些老房子；在变化的日子里，总需要一些不变的风景，那就是历史遗存。

为迎接中华人民共和国成立 70 周年，探寻杭州的“城市气质”，《杭州日报》联合杭州市历史建筑保护管理中心，举办“图说我与杭州历史建筑的故事”主题征集大赛，一等奖为万元大奖。

秋日悸动，读文追光。在征集到的图文故事中，有一批是有关校园老建筑的。在杭州历史建筑保护规划图册名录中，教育建筑占了最大的一部分，其他还有厂房建筑、文体建筑、办公建筑、医疗建筑、宾馆建筑等。“教育”是杭城历史痕迹中不可或缺的部分，因有的校园是“世外桃源”，历史建筑保存得相当好，典型如全国重点文物保护单位——之江大学旧址。这次大赛选登的应征作品《百年前，杭州这所学校的学生喊出了五四第一声》，说的就是在之江大学学生的首倡下，“浙江的五四运动野火燎原”。

手头有一本胡炜主编的《全国重点文物保护单位之江大学旧址历史变迁》（浙江大学出版社，2017 年 10 月版），这是我迄今所见到的研究之江大学旧址最好的书籍，编者是在整理之江大学旧址历史档案的过程中编辑而成。全书涵盖了之江大学旧址的地理位置、之江大学的历史演进、校园风貌的时代变迁和历史建筑的风格特征等。

从崇信义塾到育英书院，从之江学堂到之江大学，22座历史文物建筑，惊艳了时光。许多人认为浙江大学的各个校区中，之江校区是最美的，就是因为它保留着之江大学的旧址建筑群。该书第四编是“之江大学往事追忆”，其中有《之江大学解放之日见闻》《民主斗士一代师表文改先锋——缅怀之江大学著名校友林汉达先生》《捐资兴学情独之江大学——史量才与之江大学的情缘》《之江大学“姐妹团”》《“孤岛”上的“民众夜校”》等篇章，以这次征文的要求来衡量，我看篇篇皆可得奖。

这次应征的《大师远去，文脉犹存——忆杭大新村轶事》一文，是回忆杭大新村轶事的，让人阅之尤为感慨。杭大新村建筑群，是20世纪50年代的公寓式住宅，被列为杭州市历史建筑加以保护。杭大新村的最早建筑，都是由苏联专家设计建造的，完全是仿苏式风格，青砖坡顶黛瓦。就是在这样的一个宿舍区里，曾经居住着无数位极具影响力的大师级学术泰斗、文化名人：一代词宗夏承焘、国学大师姜亮夫、著名文史学家王驾吾、杰出数学家陈建功、中国比较教育学创始人王承绪，还有著名作家陈企霞、书法家陆维钊等，数不胜数。杭大成立之初有个说法：北大中文系的教授是“地主”（意为教授多、名气大），而杭州大学中文系则是“富农”，说明了其当时在全国的实力；“而不足60亩地的杭大新村就是这些大师们的家园，也是他们的精神乐土，曾经群星璀璨的地方”。

大师永不死，只是渐凋零。把这些大师、名家住过的房子保留下来、呵护好，就显得特别有意义。

“周虽旧邦，其命维新”，而面对老房子最重要的“维新”，就是“守旧”，保存本来面目。不可否认，在波诡云谲的历史进程中，许多历史文化遗存毁于“无形的大火”。随着世纪转换，风光不与旧时同。杭州致力于保护历史建筑，本着“抢下来、找出来、保下来、用起来、活起来”的理念，成功抢救保护了1047处历史建筑、15条省级历史文化街区……今后继续保护好历史建筑“硬件”、不断挖掘出历史建筑内的人文故事“软件”，就是一种文化使命。

以文铸城·以文兴业·以文化人·以文惠民

跨越6个世纪，历经5次战争，穿越半个地球，64个集装箱，259件艺术真迹，从文艺复兴之都佛罗伦萨，到人文荟萃山明水秀的杭州，6月8日震撼登陆杭州，为观众带来一场前所未有的艺术盛宴，传承并回望文艺复兴时期的伟大精神……这是邻省一家新媒体对杭州浙江展览馆一场展出的报道，号召观众到“会展之都”杭州去观看展出。

“经过315个日夜的改造，面貌一新的良渚博物院于2018年6月25日重新对外开放。改造后的博物院将更科学、立体、全面地呈现出良渚文明的新高度。”“2012年良渚遗址被列入《中国世界文化遗产预备名单》……”“良渚博物院充分利用此次改陈的契机，汇集浙江省博物馆、浙江省文物考古研究所、余杭博物馆等四家馆藏，遴选更多、更典型、更能反映良渚价值的文物充实到展线上，共展出文物600余件（组），比原展陈扩充近一倍……”这是上海《文汇报》对杭州良渚博物院热情洋溢的报道。

杭州不愧为历史文化名城，这里各种文化底蕴星光灿烂，这里各种文化活动光芒四射。现如今，文化已经成为杭州走向世界的特色品牌。以文铸城、以文兴业、以文化人、以文惠民，这正是杭州的文化脉络。

“以文铸城”让我们看到：西湖、大运河先后列入《世界遗产名录》，国家级非物质文化遗产代表性项目数量居省会城市和副省级城市首位；杭州大剧院、浙江音乐学院、杭州国博中心、杭州奥体中心等重大文化设施相继建成。

“以文兴业”让我们看到：杭州“五个一工程”作品数量、文创产业竞争力位居全国前列，西博会、动漫节、文博会等会展活动影响力日益扩大。杭州既是卓有成就的“会展之都”，同时又致力于打造“演艺之都”。文化和旅游可以很好地结合在一起，2017 年杭州游客量超过了 1.6 亿人次，旅游总收入突破 3000 亿元，可见莅临杭州的中外游客，所蕴藏的文化消费需求是巨大的。

“以文化人”让我们看到：中国网络文学研究院、中国网络作家村相继落户杭州；杭州是一个学习型的城市，也是一个创新创意的城市，杭州加入了联合国教科文组织全球创意城市网络，也成了全球学习型城市网络中的一员。

“以文惠民”让我们看到：“满城书香”工程全面实施，从一个个免费开放的图书馆到良渚文化村“中国最美社区图书馆”，都让人流连忘返；农村文化礼堂成为文体娱乐惠民堂、民俗文化传承堂、乡风文明育德堂，成为乡村农民的精神家园……

为了满足人民日益增长的对美好文化生活的需要，杭州要全面推进文化兴盛，在延续历史文脉中当好“薪火传人”，在打造文艺精品中讲好“杭州故事”，在推进多样共融中放大“最美效应”，由此让杭州更有人文情怀、更具文化底蕴。

随着国际文化交流的加深和文化软实力的提升，相信杭州在城市国际化建设中，将日益展现出蓬勃的力量。

沙孟海：从书法到法书

“真力弥满，吐气如虹；海内榜书，沙翁第一”，这说的是书法大家沙孟海先生。

2020 年 6 月 11 日，是沙孟海先生诞辰 120 周年纪念日。1900 年，先生出生于浙江鄞县（今浙江省宁波市鄞州区），2020 年，在他的故乡宁波，纪念沙孟海先生 120 年诞辰的活动如期举办。1984 年冬先生书写的条幅——“我爱祖国各地各乡，更多爱所生长的故乡”再度呈现在公众面前，最简单质朴的话语，最赤忱地流露出他对故乡的眷恋。在杭州，临近美丽西湖的龙游路的沙孟海故居——一座中西结合构建的花园别墅，依然是那么的宁静祥和；在这“若榴花屋”，先生生前一住就是四十年。

沙孟海先生于 1979 年当选为西泠印社社长，1981 年当选为中国书法家协会副主席。他不仅是中国现当代书坛巨擘，还是著名的金石学家、考古学家、文史学家和艺术教育家。他在书法和印学两大领域，在业界与学界两端，都取得了杰出成就，达到别人难以企及的高度。1992 年 10 月 10 日，沙孟海先生逝世于杭州，享年 92 岁。他是杭州的骄傲，他是浙江的骄傲，他更是中国艺术界的骄傲。

先生的成就，集中展示于《沙孟海全集》（西泠印社出版社，2010 年 9 月版）。这是装帧、印刷非常精美的著作，让人爱不释手，我常常从书柜里取下，沐手而阅。全集共有 12 册，《书法卷》三册，遴选收录沙孟海先生历年书法代表作品 300 余件；《篆刻卷》一册，沙孟海先生一生治印约有 600 方，传世印迹约有 500 方，在此可以细细欣赏；《书学卷》《印学卷》各一册，集沙孟海先生书学印学成果之大成；此外，还有《文稿卷》一册、《书信卷》一册、《日记卷》四册。书法家朱关田先生在总序中说："回顾沙孟海一生艺文行藏，其转益多师，穷源竟流；与世推移，技道并进；谦退冲虚，不卑不亢；抗志希古，壮心不已，是他在多方面尤其书法、篆刻之所以取得成就的根本原因，也是他留给后人最重要且丰富的精神财富。"

沙孟海先生的书法，应该称为法书。法书者，书法之楷模、学习之范本也，亦称法帖。事实上，早在 20 世纪 80 年代上海书画出版社出版《沙孟海书法集》时，就想以"沙孟海法书集"命名，谦逊的沙老不同意。沙孟海的"擘窠大字"——榜书，如黄钟大吕，气势磅礴，法书之称，名副其实，否则这世间就没有榜书的榜样了。

沙孟海先生的书法，诸体兼擅，积健为雄；超以象外，横绝太空；真力弥满，万象在旁；行神如空，行气如虹；恣意精善，属于真正的大格局。《沙孟海全集》唯一让我觉得遗憾的是，《书法卷》仅为三册，实在收得太少了，完全可以翻倍收六册，甚至更多。

作家茨威格说："没有一个艺术家平日一天二十四小时始终是艺术家的，艺术家创造的重要的一切，恒久的一切，总是只在罕有的充满灵感的时刻完成的。"到了晚年的沙孟海，出手即艺术，因为他的书法创作炉火纯青，已臻完美。"可贵者胆，所要者魂"，就是艺术的至高境界。启功先生评价说："沙先生的字，使我最敬佩处，则是无论笔的利钝，纸的精粗，人的高低，好像他都没看见，拿起便写，给人以浩浩落落之感……"

"技可进乎道，艺可通乎神。"今天我们纪念沙孟海先生 120 周年诞辰，当学沙先生的艺之道，多些求真求实的艺术，那样才对得起先生的书法法书。

杭州的太阳马戏

分崩离析的世界，需要有人来拯救。他们毅然踏上未知的征程，经历森林迷宫、沙漠风暴、悬崖追逐、生死轮盘，终于，正义战胜邪恶，和平重回大地……这是文化界一个值得特别纪念的日子：2020 年 6 月 3 日，因疫情停演 4 个月之后，在杭州新天地太阳剧场，太阳马戏《X 绮幻之境》首次复演！这是一场公益复演，600 余位抗疫者应邀观演，面对史诗般的演绎，久违的热烈掌声，重新回荡在剧场。

《X 绮幻之境》是太阳马戏团在中国的第一场驻场秀，也是在亚洲的唯一驻场秀，于 2019 年 8 月开演。受到疫情的影响，太阳马戏驻场秀于 2020 年 1 月 23 日宣布暂时取消《X 绮幻之境》的演出。

《X 绮幻之境》历时 5 年制作，剧目讲述了两个古老的王国 Petra 和 Aria 从分崩离析到合二为一的过程。它是史诗巨制，结合歌剧、杂技、舞蹈、武术、花样滑冰、魔术等东西方元素，每一秒都让人大饱眼福，让观众不出国门就能感受到太阳马戏驻场秀的魅力。

《X 绮幻之境》是现代马戏的代表，在科技感十足的剧场里展现美，让观众为之动容，这是演出最吸引人的地方。创造者为《X 绮幻之境》订制了“世界最长的室内剧场舞台”——110 米巨幅长幕，以及 160 米长的“世界最大的室内投影巨幕”，并配备了大型 3D 场景和视频映射特效。观众坐在定制的旋转椅上，360 度旋转观演，领略一分为二的平行时空，可谓独一无二。

疫情期间，虽然不能正常演出，但剧目一直都在不断地进行优化。例如，“鸟笼”“一滴水”“隐兽”等原有剧情融入其他场景之中，增加了“水流星”等内容。最新的升级版本，历时 73 分钟，内容更加震撼精彩，故事更为紧凑精练，剧情观感更为沉浸。剧场 1442 个座位，为保证间隔落座，只有 50% 的座位对外售票；每周进行三场表演，6 月份最受欢迎的票型已是一票难求。

“太阳马戏”被定位为“马戏艺术和街头娱乐的戏剧性组合”，凭借对传统马戏表演的颠覆性诠释，太阳马戏团以极具震撼力的舞台表现，先后获得艾美奖、斑比奖、蒙特利尔金玫瑰奖等国际演艺界各种重要奖项。其原创节目的上座率高达 95% 以上，人们称赞为“人生必看的一场演出”。美国前总统克林顿非常喜欢太阳马戏，说那是“一个美好的奇妙幻境”；著名导演斯皮尔伯格也赞誉有加，称之为“老少咸宜的惊喜体验”；漫画家几米为其量身创作，说“我和太阳马戏交换了想象”……作为娱乐帝国，太阳马戏团的品牌声誉比肩迪士尼。

太阳马戏团的艺人来自 40 多个国家，都是演艺界的精英。火焰人莫瑞，每天被火燃烧 2 分 15 秒却毫发无伤；小丑菲利普，邀请不同的观众和他一起穿越虚幻的门洞；服装设计师沃伦，研制出一种布料，干得快、不褪色、轻薄透明、富有弹性，就像海豹的皮肤……唯有一流的人才，才能创造一流的文化娱乐节目。

商业是厚度，旅游是广度，文化是高度。2007 年 6 月，太阳马戏团中国首演空降上海，时间长达 2 个月。如今太阳马戏团进驻杭城，为杭州走向国际化注入全新血液，让杭州“国际旅游城市”的称号更加实至名归。美好的剧场，是一个寻找快乐、抚慰情感、提升心智、进步向上的心灵家园。“到上海游迪士尼，到杭州看太阳秀”，这就是文娱领域的美美与共。

作为杭州驻场秀的《X 绮幻之境》，由杭州新天地集团和太阳马戏团合作推出，有来自 12 个国家的 20 多位演员参与演出，这是杭州的文化创新。

与此同时，文化要开放，要允许竞争，也要共同发展。从6月6日开始，浙江演艺集团大型惠民演出季将拉开帷幕，将有17场精彩演出魅力来袭，涵盖民乐、歌舞、话剧（包括儿童剧）、曲艺、评弹、杂技、魔术等艺术门类，在浙江音乐厅、浙话艺术剧院、杭州剧院、胜利剧院轮番上演，它们与新天地太阳剧场的太阳马戏驻场秀交相辉映。不同国家有着不同的文化，文化是世界共通的。这，就是文化的“美美与共，天下大同”！

重启印象 共赴湖光

以水为台，以山为景，以天为幕，著名的《最忆是杭州》——印象西湖实景演出，2020 年 6 月 6 日正式复演。

因为疫情，这台节目与观众朋友久违了。过去《最忆是杭州》的常态演出是 3 月至 12 月，单场观众人数可达 1800~2100 人。复演后，观众实行购票实名制、在线选座，人数得到了很好的控制，入场也须携带身份证、佩戴口罩、出示健康码并配合测温。“遇事不责备，遇困不退缩。”《最忆是杭州》雨天也能照常演出，因为观演区设有智能天幕雨棚。

无论是杭州本地人，还是外来的游客，杭州的两场表演都值得一看：北边的新天地太阳马戏、南边的印象西湖实景演出。印象西湖已是老名牌，太阳马戏则是新创造。

印象西湖实景演出的介绍很简明：《最忆是杭州》由张艺谋导演亲自操刀，饱蘸中华千年文化的笔墨，糅合声乐、舞蹈、戏曲等文艺元素，创新演绎了《春江花月夜》《采茶舞曲》等中外经典名曲，从而满足小伙伴们对江南风光的期待，是享誉世界的地标性夜景演出，它是杭州旅游文化当之无愧的“金名片”……

重启印象，共赴湖光。白天西湖呈现了自然风光之美，夜晚印象西湖的演出呈现了人文之美——这是西湖新的一景。“现在的西湖，是传统与现代的结合，是人文景观与自然风光的结合。杭州人民发挥了丰盛的想象力和伟大的创造力，已经把西湖建设成了地球上最美丽的风景之一。”著名作家莫言说得好，“杭州以西湖为灵魂，杭州人以西湖为骄傲。虽然我们可以说西湖是中国的，西湖是全人类的，但毕竟西湖还是杭州的，与西湖朝夕相处的，还是杭州人，杭州人是有福的。”

印象西湖升级版《最忆是杭州》，始于2016年9月的G20杭州峰会文艺演出。从“西湖”到“杭州”，从“印象西湖”到“最忆杭州”，这是重要的版本升级。当年收看峰会文艺演出直播，距离现场虽远，但沉浸感依然。印象最深的是杭州一批文艺小天才的参演，孩子们向世界展示了热情与才艺，表现不俗。大关小学的徐子琪同学和歌唱家廖昌永合唱《我和我的祖国》，那真是“厉害了，我的子琪同学”……

从“西湖”到“杭州”，是一次必要的提升、重要的升级。如今的《最忆是杭州》，蕴含着文艺工作者的工匠精神。工匠精神不仅仅是器物制造，还属于文化创造，熔铸了精神、思想、文化，有内涵，有责任，有担当。一流的城市，需要一流的文艺演出。这样的演出受观众欢迎，一点也不奇怪。5月14日，杭州文旅携手电商平台，发起了首场城市文旅产品直播专场——《“薇”笑时刻·最忆杭州》，10秒，《最忆是杭州》万张门票售罄。这里的关键不在于直播带货，而在于顶呱呱的演出独一无二。

以湖为樽，以水为酒，以演出为月，那么，这样的月下共酌、湖光共赴，真乃一生无法忘怀的美好。

四库的会客

“这套书重达 1.5 吨，是原版藏书规模的八分之一。尽管它并非原物，但也再现了当年《四库全书》的风采，是文化的延续。”这是一个让文化人津津乐道的消息：一套新版线装本的文渊阁《四库全书》，最近在西湖国贸中心的“西湖会客厅”展出；全书对公众免费开放，各界人士均可来“西湖会客厅”阅读、研究。

文渊阁本线装版，由故宫博物院监制，季羡林等百余学者参与整理，于 2004 年由福建鹭江出版社出版。这是有史以来《四库全书》首次出版线装本，图书采用手工宣纸，手工印造，手工装帧，首次印刷限量 300 套，每套定价 39 万元；其中有 7 套特藏拍卖本，钤印了乾隆皇帝的玺印。2019 年再次印装，定价已到 126 万元，“西湖会客厅”收藏展出的就是这一版本。

完成于乾隆时代的《四库全书》，是中国历史上规模最大的一部丛书，几乎囊括了清乾隆以前中国历史上的主要典籍，这是中国古代最大的文化工程。《四库全书》分为经、史、子、集四部，共约 8 亿字。文、史、哲、理、工、农、医，几乎所有的学科都能够从中找到源头和血脉。

当年《四库全书》共抄写七部，分别珍藏于“北四阁”——紫禁城文渊阁、沈阳文溯阁、圆明园文源阁、承德文津阁，“南三阁”——扬州文汇阁、镇江文宗阁和杭州文澜阁。经过漫长的岁月，其中文源阁、文宗阁、文汇阁三部都已被毁，至今仅存四部。杭州文澜阁本有所失散，而文渊阁本最为完整，是真正的“头部”全书，现藏台北故宫博物院。

作为“南三阁”中仅存的藏本，文澜阁本的存续经历最为曲折。1861年，太平军攻至杭州，文澜阁藏书楼被毁；当时钱塘著名藏书家丁申和丁丙兄弟避难于杭州西溪，在街市闲逛时发现小摊贩用于包装花生、瓜子的纸，竟然是《四库全书》的散页，两人大惊失色。得知文澜阁本已流散民间，他俩先是设法收集，后又组织补抄，在漫长的历史中，共进行了三次补抄。其中后来曾任西泠印社社长（1963—1979）的张宗祥，为保护《四库全书》书写了浓重的一笔。1923年，时任浙江教育厅厅长的张宗祥，四处奔走募捐，组织人力补抄《四库全书》，并为其加上详细校注。共抄写了4497卷后，终于补全了文澜阁《四库全书》。现在“组装”的“百衲本”《四库全书》，比原版的还多出近千册，有着独特的版本价值，成为浙江图书馆的镇馆之宝。

孤山不孤，全书不散。抗战时期，文澜阁《四库全书》随浙江大学师生艰难辗转，一路西迁，得以完好保存。文澜阁《四库全书》西迁第一站，是杭州富阳的渔山村。这里是《富春山居图》的起笔处，素有“渔浦江山天下稀”的美誉。后来《四库全书》运到渔山，密藏在赵家老宅里。如今老宅经过修缮，变身为一个文化参观点；一个小山村都这样重视历史文化，真是不简单。

2015年，历经十年艰辛，杭州文澜阁《四库全书》影印出版，再续浙人“四库情缘”。这是浙江图书馆、绿城集团和杭州出版社等多家单位通力合作的成果。其中仅是将全书拍成数字照片，就花了整整一年时间，投入了大量的设备和人力。

近几年“四库学”活力十足，也是在2015年，杭州举办第三届中国“四库学”高峰论坛。来自海峡两岸的近80位专家学者共聚一堂，围绕“四库学”与中国传统文化，《四库全书》纂修、流传与影响研究，《四库全书》阁本文献学研究，文澜阁本《四库全书》专题研究等主题展开研讨。文澜阁《四库全书》曾为学者们原本展出。与会的浙江省社科院研究员顾志兴先生，是研究文澜阁本《四库全书》的专家之一，他著有《文澜阁与四库全书》

一书，详尽抒写历史，从中可以一窥“阁巍书雅、美轮美奂”。

对于公众来说，要看到珍藏的原本那是很不容易的，所以，能够一阅新的版本也很不错。文渊阁线装本，在视觉上是一种享受，在精神上是一种洗礼。尤其可贵的是，这是杭州的企业家、文化人的收藏和展示。

收藏展示者是杭州一位女企业家，也是企业家中的一位文化人。在精神文化上，她主张“穷理尽性”的“终极关怀”“至善高明”的觉悟。在她看来，将线装本《四库全书》供各界人士查阅与研究，是企业家服务、反哺社会之需要，“它存在的意义不是束之高阁，而是让更多人一起研读经典，追溯历史”。

而展示它的“西湖会客厅”，由一群杭州企业家共同打造，它要成为一张别开生面的、公益性质的城市文化名片，立足杭城，辐射海内外；它也是“中国四大书院”之一的庐山白鹿洞书院在杭州的一个传习基地，为有识之士的“参学”“穷究”“证悟”“考量”赋能。作为文化公益和公益文化，这是把灯点亮、把光传给他人。正如诗人雪莱在少年时期的立誓所言：“我要把内心的光传给世人。”内心有光亮，世界才有光明。

新版线装本《四库全书》入藏“西湖会客厅”，这就是让“四库”至善，让“会客”高明。文化需要这样的“内化”，也需要这样的“外现”。文化会客，远胜盛宴会客。文化，应该成为企业家们内心的向往，而不是装饰。人有物质能生存，人有思想成人生。人文文化，能够让人去繁化简，回归到纯真的本源，回到我们最质朴的内心。文化必须有贵族。从物质升华到精神，又从精神回归到物质，然后在更高的层面再次升华到精神，这就是精神与物质相结合的美好生活方式和璀璨人生历程。

人最可怕的是赚了钱之后不是升华而是堕落，不是燃烧而是腐朽。缺乏文化，就容易沉溺于自我营造的拟态环境，以致对人生、对世界失去最基本的判断力，最终可能成为“人不爱，狗不理”。我们绝不能是高楼大厦鳞次栉比，而文明的大厦却连地基都没用心去打好。

作为文化象征的《四库全书》，有着大用。“西湖会客厅”的这一套，就是为夯实我们的文化地基而打下的地桩之一。

谁在呵护

有一种人文关怀，叫作彻夜守护；有一种同理共情，叫作陪到苏醒。

这是发生在杭州的“一件小事”：一女子后半夜醉倒街头，派出所巡逻队员原地坚守一整夜！据 2020 年 6 月 18 日《杭 + 新闻》报道，某夜零点刚过，杭州三墩派出所巡逻队员刘亚强、郭飞在巡逻，路遇一女两男——女子摇摇晃晃，看似醉酒；两名男子则拉拉扯扯，意图不轨。职业敏感，让两位巡逻队员往三人方向走去。两名男子看到“穿制服的人”过来，便悄悄走开了。而姑娘坐到路边，意识模糊，明显处于醉酒状态；问她是否需要帮助，她并不理会；问她住哪里，有无亲友联系方式，她也拒不回答。

简单的方法就是带她回派出所醒酒，但醉酒女子大喊“都不要碰我！”她就这样赖在现场，完全没有清醒的样子。听到“渣男”等片语只言，大抵知道她是为情所伤。值班民警赶来后，也没有好的办法。如果撇下她不管，万一发生意外案件，也不是不可能。怎么办？刘亚强想了想说，“我们守到她清醒吧”。女子坐靠在路边停着的一辆车旁边，昏昏沉沉睡去了；刘亚强和郭飞就这样站在女子旁边守护，早过了凌晨 2 点半巡逻工作结束时间了，但他们必须醒着。这中间有一个细节是：刘亚强去岗亭找了件雨衣铺在地上，摇醒女子，让她睡在雨衣上，还拿来花露水给她驱蚊。

酒醉睡去的人不知天昏地暗，而醒着的守护人时间可比较难挨。他们又喊来两位同事支援，四人轮流值守。直到早上 7 点，女子终于醒了，窘迫之中，刘亚强他们也没多说什么，一起把她送到了亲友家之后才离开，前后历时整整 7 个小时。

面对媒体记者，刘亚强说得简洁明了："我就是把保护那位姑娘当成一个任务，认真执行。"这就是一种可贵的为民、忧民、护民之心；心里装着市民百姓，想问题、办事情，就会站在百姓立场；在一个细节、一件小事上，就能悄然增进群众的安全感和幸福感。

杭州是全国文明城市，是最具幸福感城市，是最具安全感城市。安全感不是天上掉下的毛毛雨，而需要人们从一点一滴做起，把一个个细节做好，最终赢得一座城市切切实实的安全。

人生难免有挫折，难免有人会借酒浇愁愁更愁；有人助上一臂之力，帮助渡过难关是难能可贵的。当年我在都市快报社工作，天天大夜班，后半夜一两点钟下班骑自行车回家，也会偶遇女子坐在街路边饮泣的情况，我会停下来问一句"需要帮助吗"；有一次也遇到一位喝得酩酊大醉的男子歪倒在路边，我问他"你喝醉了吗"，他还能回答"喝醉了，没事没事"……我作为路人，我看到了，我关心过，对方告知不需要帮助，我也就没事了；但是作为民警，作为巡逻队员，不能对方说没事就真的没事，然后一走了之，因为他们的肩上，扛着呵护市民百姓、保障社会安全的责任。

这背后，是一种良善的公共服务体系。公共服务体系的良好品质，是一座城市文明良善的基本盘；像杭州这样的全国文明城市，拥有良善的公共服务体系和品质，会让人感到亲切，感到有安全感；而检验的尺度，就是它对于普通人的态度、温度和格度。

立人一觞咏

文化的背后是人，文化的核心也是人。

人文是内力，人文是定力，这种内在精神的追求，这种内在力量的积聚，需要孜孜努力、毕生不息。

从财富追求到人文追求

（一）一阳来复阳明学

一元复始、一阳来复之际，连续两届“阳明学与浙江文化”学术论坛在浙江工商大学举行，我都应邀出席。论坛由浙江省伦理学会和浙江工商大学哲学系主办，这是落地的、接地气的学术交流，贴近浙江实际，贴近浙江文化。

2017 年是首届，在 1 月 10 日进行了一天，专家学者们共话“阳明学与浙江文化精神建构”；2018 年从 1 月 10 日至 11 日，时间扩展了一倍，除了学术交流，突出了“阳明心学与教育成长”的论题。

南宋以降，以浙学为代表的浙江传统文化，在中国文化版图中占据重要地位，至明清两代已成文化重心，此中最关键的人物便是王阳明。而今举办“阳明学与浙江文化”学术论坛，正是浙江文化领域的“一阳来复”。

第二届论坛邀请到台湾地区杨祖汉、蔡家和两位教授莅临做主旨发言，发表独到的学术见解。表现形式也有生动的变化，杭州电视台知名主持人李天琼女士将她的名栏目《钱塘论坛》搬到了现场，与会专家们坐成一排，面对电视镜头表达得更加华彩。

高大上的主旨发言，来自浙江工商大学校长、浙江省伦理学会副会长、王阳明的余姚老乡陈寿灿，他谈王阳明，亲切非常；来自中国孔子基金会副会长、浙江儒学学会会长吴光，他解读王阳明的政治哲学——“明德、亲民、止至善”是体、用、要的关系；来自台湾“中央大学”教授杨祖汉，他谈程朱、陆王二系的互通；来自台湾东海大学教授蔡家和，他阐述黄宗羲与王阳明“心体说”之合会可能——嗯，我边听边想：黄宗羲与王阳明这两个余姚同乡，真当是千古大咖、中国智者、浙江骄傲……

接地气的，是围绕着“阳明心学与教育成长”进行的电视论坛。给我印象最深的，是知名中学教育专家、海亮教育集团总校长叶翠微的发言，他一开始就说自己是湖北人，当年从荆楚大地到了浙江大地；之所以选择浙江，是冥冥之中选择了文化。翠微校长清晰地表达了他的教育理念：教育要有“致良知”的DNA，要回到“道”上，而不是在“技”和“术”上要聪明；教育要回归人的本性，不能只见分、不见人，抑或只见人、不见心；基础教育要“知行合一”，要引导学生认知人与自我、人与社会、人与自然……

论坛上专家学者们金句迭出：金子的成色与金子的分量要有清晰的区分；多一点“含文量”，少一点“含金量”；教育让人的生活更美好，文化是机器人所做不到的；让人回到人本身，幸福源泉一定是在精神层面的；物质的边际效应会丧失殆尽，精神文化一定变得最重要……

细思当今教育，其实处于一个艰难时刻。千圣皆过影，良知乃吾师；越是艰难处，越是修心时。面对阳明心学，我们更应清晰地明白：心灵是不能安装假肢的！

（二）从财富追求到人文追求

2019年1月9日，是先圣王阳明先生逝世490周年，在绍兴兰亭阳明园的阳明先生墓地，举行了一场规模盛大的“祭祀阳明先生典礼”。1月12日，在浙江工商大学，举办了第三届“阳明学与浙江文化”学术论坛，论坛主题是“阳明学与浙商精神”。浙江工商大学校长陈寿灿、浙江国际阳明学研究中心主任钱明教授、浙商研究会执行会长杨轶清等专家学者，以及丝绸之路控股集团董事长凌兰芳等浙商代表出席研讨，以知行合一的态度，关注当下世界，共话未来发展。

王阳明与杭州素有缘的，他一生曾多次来到杭州，万松书院等地是他游历讲学之所。阳明学“道映千古”，改革开放后，杭州是最早启动阳明学研究的地方之一，浙江则是阳明学研究的重镇。浙江省伦理学会、浙江工商大学哲学系等联合主办的“阳明学与浙江文化”学术论坛，目的是搭建一个横跨学界、业界的学术交流平台，既能够让学界直接关注业界实践的伦理体验，也希望业界能够听到学界的理性声音，从而让“阳明学”与当代浙江实践的源头活水相互融通、相互促进，既助力学术研究的理论创新，又助推阳明心学的实践应用。

改革开放40年，千万浙商艰苦创业，开创了浙江经济的绚丽图景；拼劲加诚信，构成了浙商精神的两大支柱。如今浙商学阳明蔚成风气，是从财富追求提升到人文追求的一个象征。随着物质的边际效应的逐渐消失，精神文化必然变得更加重要。文化本身是经济发展的强大动力，经济发展当然离不开文化的支撑。马克斯·韦伯在《新教伦理与资本主义精神》一书中，强调文化对经济制度的形塑作用。我们能从经济发展史中学到什么？在韦伯看来，“那就是文化会使局面几乎完全不一样，我们应从更广泛的经济繁荣的决定因素来理解文化的作用”。

人在现实中生活，又期待着某一种超越，得到某一种永恒，那么精神文化就是必然的追求。“儒商”比例越来越多的浙商，何尝不是这样？凌兰芳董事长在研讨中说道，“现在实体经济遇到前所未有的困难，同样也遇到前所未有的机遇”。越是在经济困难的时候，越需要精神文化的支撑；而走向反面的，那就是失去人心人文、失去良知良心；社会上的暴戾之气、营商领域的欺瞒诈骗、精神价值观的退步、世道人心的堕落，都是我们不愿看到的图景。

王阳明渡己渡人。阳明心学就是“良知心学”，“心之本体是良知”“良知即天理”。无善无恶心之体，谓之“道心”；有善有恶意之动，谓之“人心”；知善知恶是良知，谓之“知心”；为善去恶是格物，谓之“用心”。

“此心光明，亦复何言”，从心开始，止于至善。

“一颗桀纣心地，动辄要做尧舜事业，如何做得？”要做尧舜的事业，必有尧舜的心地，这就是“知行合一”，路径就是“致良知”。杭州知名家政服务公司三替集团，拥有 1.5 万多名在册服务人员，全员学习王阳明的“致良知”。董事长陶晓莺说得好：“‘致良知’让阿姨成为一名心中充满阳光和温暖的阿姨。‘好人好自己’，把心灯点亮。净化心灵，改变命运；哪有服务？只有做人！”

先立人，后谋事；先立地，后顶天。“得光明”因而“以服务”，“致良知”方能“利天下”，这就是秘诀。

字体新创和文化创新

这些年来，你可知道在书刊上、在街道的招牌上，看到最多的一款书法通用字体，那有点拙，有点憨，富有个性，过目难忘的字体创制者是谁吗？估计大部分人都不知道，其设计创造者的名字叫叶根友。

中文字体，是既传统又富有创新意义的文化符号，中国的字体在几千年前就诞生了；我们从甲骨文到小篆、隶书、楷书、草书以及现代书法，看到了字体发展创新的艺术魅力。字体的创新，不仅仅是书法大家的事，民间也蕴藏着蓬勃的力量。

作为著名书法家的叶根友，专注于中国书法艺术字体的研究研发，致力于创造书法新世界；经过十多年的努力，他新创了 150 多套风格各异的手写体和印刷字体。叶根友的书法作品雅致飘逸，而字体库里的字体更多的是洋溢着草根气息，正如他所说的：“作为书法艺术要接地气，要接近群众生活。”叶根友字体，成为字体界继方正、文鼎、汉仪后的一匹黑马，受到大众空前的欢迎，已成为设计师的必备字体；其中“叶根友毛笔行书”“叶根友刀锋黑草”等字体被广泛使用，大街小巷，网络平台，随处可见；在全国广泛使用的中国梦公益广告中的“梦”字就是叶根友字体；《中国旅游报》等报头也由叶根友题字；大量的电影电视篇名、日常生活用品包装上的名称都采用叶根友字体，数不胜数……在很多的艺术创造中，手工的美，是机器的美所无法替代的，手写的字体就具有这样的特性，十分接地气，非常有人气。

一个人一辈子把一件事情做好做杰出，也是了不得的事情。叶根友出生于景宁畲族自治县雁溪乡梅坞村，所以他的名字充满着泥土气息，他可不是“叶木艮友”，因为“根”始终要连着的。还没满18岁，他就闯荡温州去打工，底层的历练，树立了他吃苦耐劳的精神。他从小对书法感兴趣，而且具有非一般的天赋灵气，经过不懈坚持，他的书艺不断得到精进。早在2002年10月，他就在温州完成了一项吉尼斯世界纪录：连续书写17小时13分钟，耗尽体力，在一张80厘米宽100多米长的纸上，写下7659个“连笔空心字”……

这些年来，成为新杭州人的叶根友，致力于字体的文化创新和推广，一支笔，一张纸，写就一段人生的辉煌。在太极禅苑，随处可见叶根友富有个性的书法作品和实用字体，比如其中有一句“口号”——“创新才是最好的传承”。《尚书·洪范》里“有猷有为有守”六个字，就是有法则、有作为、有坚守；对于叶根友来讲，有法则就是尊重书写规律，有作为就是致力于开拓创新，有坚守就是牢牢守住书法创作、字体新创和推广的阵地。

字体文化，源远流长，博大精深。2019年是甲骨文发现和研究120周年，甲骨文始于公元前17世纪左右的商朝，是一种绝妙字体。而在公元前15世纪左右，地中海东岸的腓尼基人创制了象形的22个字母，成为今天我们熟悉的26个英文字母的源头，后来“哥特体”成为英文手写体的经典。日本17世纪的江户时代，创制了“勘亭流体”，这款日本汉字的经典手写体，笔画粗，多曲线，多弯角，字形圆润、敦厚、沉稳，广泛用于日式风格的招牌、标题、包装等上面，让人一见就会想到日本。而我国台湾地区的招牌字体中，最常见的是刘元祥先生创制的楷书繁体字，端正而略显修长，让人百看不厌。但这些年来，台湾自产的字型只有寥寥几套，“金萱体”是难得的新创的一种，有着爽朗的撇捺、勾笔圆润中又带力度，散发出台湾的亲切气息……相比之下，叶根友鼓动、鼓励普罗大众参与字体创新创作，正呈星火燎原之势，因为野百合也有春天。

在历史文化名城杭州，这样的文化创新，多多益善！

外卖小哥文化人

“归去，归去，江上一犁春雨。”外卖小哥雷海为，从央视第三季《中国诗词大会》现场归来，回到杭城后依然天天送外卖。

谁都没想到，一位正宗的“外卖小哥”，竟然战胜了一系列的强手，夺得了《中国诗词大会》第三季总冠军！

雷海为就是一首励志诗。在总决赛中败给雷海为的是北京大学文学硕士彭敏——这还真是“浅草”没了“马蹄”，彭敏钦佩地说：“海为就是《天龙八部》里那种‘扫地僧’，他根本就不管江湖中的事，但是他一旦出手，就会震惊整个江湖。”网友则感慨：“苔花如米小，也学牡丹开。”还有网友引用高晓松妈妈的名句“生活不只是眼前的苟且，还有诗和远方”，并加以改造，曰：美丽杭州又添温暖故事，海为的冠军让我们再一次体会——生活不只是眼前的苟且，还有诗和“远方的田野”。

雷海为不是来自大海，而是来自田野。他的老家在湖南省邵阳市洞口县，他是农村户口，他没有考上大学；2001年，雷海为从一所中专学校——娄底机电工程学校毕业，开始了外出打工生涯，他先后做过电话销售员、工地小工、服务员、传菜员、洗车工、保安……他辗转上海等地，在2008年春节后来到杭州打工，成了一名外卖员。

雷海为的职业，没有让他身陷于饭菜的大海；他在业余时间，都是沉浸在中国古典诗词的汪洋之中。早在读小学一年级时，他就对诗词产生了特别的兴趣。“小时候，我爸爸会把古诗词写下来，贴在厨房的墙上教我念。”雷海为说，“那时候，爸爸希望我成为有文化涵养的人，把山川湖海都揽入心中。”别人休息娱乐玩游戏之时，他总是捧着手机背诗。一有空他就去书店，专挑诗词书籍看；没有那么多钱买回家，就在书店默默地背，回家再默写下来，“如果有一两个字没记清，下次去书店还要再对一遍”。

有兴趣，能坚持，这就是雷海为的作为。他的“有兴趣”，是真正的有兴趣，并不是为了《中国诗词大会》去读诗背诗的。这恰恰是一个真正文化人的本质。“千淘万漉虽辛苦，吹尽狂沙始到金”——这个“金”，不是诗词大会的总冠军，而是文化人生。文化的回报，一定是真正丰厚甚至无价的回报。正如《中国诗词大会》主持人董卿在节目中对雷海为所说的：“你在读书上花的任何时间，都会在某一个时刻给你回报。”成为总冠军，现场百人团为雷海为鼓掌，掌声如潮，这是为励志人生鼓掌，更是为文化追求鼓掌。

读诗不一定能改变人生职业，但读诗一定能改变一个人的文化内涵。雷海为就是一位文化人，尽管他没能进“象牙塔”、没能进“藏经阁”。人们习惯于说“贫穷限制想象力”，而我总是认为，“文化贫穷才会限制想象力”。诗词文化，让雷海为有了不断前行的想象力和内在动力。参加《中国诗词大会》，是雷海为的“短歌行”；在37岁的雷海为那里，送外卖的“淡妆”，与背诗词的“浓抹”，注定是恒久的“总相宜”。

慈孝文化成风化人

春晖无尽，寸草有心；慈孝文化，成风化人。

杭州，2018第四届中华慈孝文化节在这里拉开帷幕。本次文化节包括："中华慈孝文化论坛"举办，"中华慈孝人物奖"颁出，"2018中华慈孝文化大使"受聘，"中华慈孝感恩音乐会"举行，"慈孝之美——丰子恺人生与护生漫画纪念展"开展……

这个纪念展传递出了丰子恺画作"真、善、美"的理念，举办地点在灵隐寺。通过已有报道的视频，公众可以看到"中华慈孝文化论坛"的深邃，看到"中华慈孝人物"称号获得者的感人事迹。

承欢膝下，孝道如金。既慈又孝，知恩感恩。让我们记下2018年"中华慈孝人物"获奖者的名字：在4个月大时失去双手却坚持授课、敬老爱幼的老师马复兴；发起建立"我们爱老兵"公益网站的"飞虎队"后人吴缘；创办台湾优质生命协会，关怀7700位独居老人和1165位智能障碍小朋友的台湾人纪宝如；克服藏汉差异照顾公婆的西藏基层检察官揣丽颖；开办照料室照顾高龄失能老人的黑龙江下岗夫妇尹吉霞、陈国刚；替阵亡战友尽孝的四川退伍军人董贵生；由养父李安明抚养长大、靠卖西瓜给自己挣大学学费的浙江"西瓜男孩"李恩慧；带着妈妈读书上学的湖北女孩黄愉婷等。

崇德向善，见贤思齐。在“中华慈孝人物”的身上，恰好体现了台湾中台禅寺著名的“中台四箴”：对上以敬，对下以慈，对人以和，对事以真；也体现了星云大师著名的“五和”之说：自心和悦，家庭和顺，人我和敬，社会和谐，世界和平。

弘扬孝文化，敬老尊贤，明礼知耻，守信厚德，愈发成为中国社会的当下所需、当务之急。已经持续举办四届的中华慈孝文化节，以文化为内涵，春风化雨，成风化人。成风，即形成良好的风气；化人，则是感染人、影响人、教育人、鼓舞人。成风在前，化人于后；成风是化人的基础，化人是成风的目标。尤其对于年青一代来说，慈孝文化的“成风化人”尤为重要和宝贵。时时念及家有父母的年轻人，不容易走歪路、干坏事。

我们常说“望得见山、看得见水、记得住乡愁”，个中有一核心要义，那就是去到多远，都要心中怀着父母、揣着亲情。在“中华慈孝文化论坛”上，主持人带领全场朗诵了孟郊的《游子吟》：“慈母手中线，游子身上衣。临行密密缝，意恐迟迟归。谁言寸草心，报得三春晖！”这首《游子吟》，曾是香港民选最受欢迎 10 首唐诗的第一名。

“一个人在家是孝子，出门应该是游子，出门以后不回来就是浪子。浪子衣锦荣归，‘欲回天地入扁舟’，就成了最初的浪子回头。所以，游子情结衍生为‘感恩’‘报效’‘反哺’之情。”台湾著名作家余光中先生说到游子文化，认为可以分成两面，一为伦理，一为地理——伦理就是人伦，也就是亲情；地理则可以是故乡的山水、儿时的古屋、遥远的乡音等。

从“游子文化”回归到“孝子文化”，回还到“慈孝文化”，回升到“慈孝之美”，实在是人生之幸之福！

慈孝人物和慈孝文化

在杭州举行的2019第五届中华慈孝文化节，有一系列的活动，其中最为隆重的是“2019中华慈孝人物”颁奖盛典，获奖者中有许多可是“鼎鼎大名”。

有跨越千里帮助无数骨肉团圆的浙江刑警“寻人总司令”隋永辉、辞去县委书记职务投身公益的陈行甲，有56年日积月累靠卖菜资助贫弱孤儿童的台湾地区爱心阿嬷陈树菊、坚守35年救助130多名轻生者的河北花甲老者郭文香，有“当代白求恩”加拿大华人医生岑颖干、茶楼卖唱17年含辛茹苦养育6名孤儿而“感动中国”的王宽，有带领志愿者团队帮助抗战老兵还乡的孙春龙，还有帮助抗美援朝英烈寻根的《人民日报》“寻找英雄”团队，等等。

慈孝文化，化文化人。慈是慈爱，是无私；孝是孝道，是孝敬，是孝行——孝道乃价值观，孝行是对父母前辈的具体行为。善心善行，感恩知恩，老老幼幼，利己利他。一如台湾中台禅寺惟觉大和尚的“中台四箴”：“对上以敬，对下以慈，对人以和，对事以真。”

是的，如果说“孝”是对上的，那么“慈”更多的是对下的。“2019中华慈孝人物”陈树菊，是一位平凡孕育伟大的台湾卖菜阿嬷，她拖着一身病体，靠着微不足道的小生意赚钱，56年来她一共捐赠了近2800万新台币（折合人民币约 630 万元），用于资助孤儿、为学校建图书馆、设立慈爱基金等公益事业。爱自己的孩子是人，爱别人的孩子是神。陈树菊就是孤儿心目中的“神”。她说，“我拼命地赚钱，我‘向钱看齐’，就是为了等我有钱的时候可以帮助别人，因为当年我也被救济过……”为慈善“挥金如土”，是因为“钱，要给有需要的人才有用”。然而，陈树菊拒收“中华慈孝人物”的奖金，她说要留给更需要的人。

什么叫“一个高尚的人，一个纯粹的人，一个有道德的人，一个脱离了低级趣味的人，一个有益于人民的人”。陈树菊就是。2010 年，这位普普通通的卖菜阿嬷，被美国《时代》杂志评为“全球最具影响力的 100 人”，与当时的美国总统奥巴马等人“同框”；同年还入选《福布斯》杂志“48 位亚洲慈善英雄”。

先哲有言：“幸运的人，一生都在被童年治愈；不幸的人，一生都在治愈童年。”现实世界，有许许多多的“童年”并没有像《童年》那首歌里唱得那么美好，而是像陈树菊资助的孤儿那样，需要“一生的治愈”，那么，“帮人老阿婆”陈树菊那样的慈爱之手，就不可或缺。

而“寻人总司令”隋永辉，是杭州公安局西湖区分局转塘派出所一名普通的刑侦民警，寻亲，其实并不是他的职责；但是 5 年来，他帮助全国千余个家庭团圆。接手“副业”，只为血浓于水的亲情；为了帮助更多人照亮回家路，他没日没夜地努力；大海再大，他也要帮助你捞起那根“针”。隋永辉刚被评为“2019 中华慈孝人物”，又因为寻人而上了热搜：经过多方调查后，他又帮助一位 85 岁的老人和阔别 18 年的孙子相认！“离家的路有千万条，回家的路只有一条。”多少寻亲者，希望隋永辉这里就是找寻亲人的“最后一站”……

慈孝文化，就是由这样一个个活生生的慈孝人物写就的。文化的背后是人，文化的核心也是人，文化的本质是人化，离开了人，尤其是离开“已入化境”的人，那么文化就不会存在，慈孝文化尤其如此。

人文的内力

人们通常都只注意到乔布斯手中的苹果，而不注意他心中的禅宗。这仿佛一个津津有味吃苹果的人，不去想为什么苹果品种繁多滋味各异一样。

乔布斯对东方精神、印度教、佛教禅宗有着浓厚兴趣，他去印度、跑日本，在灵地的缅想中，追寻东方宗教的“般若”智慧。禅修对他的影响确实很大，他说：“我一直都认为佛教——尤其是日本的佛教禅宗——在审美上是超群的。我见过的最美的设计，就是京都地区的花园，这一文化的产物深深地打动了我，而它们都直接源自佛教禅宗。”

人文文化是底蕴，是人之为人的底蕴，无论一个人他从事什么行业。在一定意义上说，一个不接触人文的人，是浅薄的。有信仰的人才会有灵魂。人文的最大内力，来源于心灵、灵魂与精神。灵魂属于心，心要平、净、安——心平天下平、心净国土净、心安众生安，这三句话说得丝丝入扣，多好。

有人说，科学、哲学与宗教是回答同一个问题的三种不同方式，而宗教可能是跟人们精神生活关系最为密切的方面。在科学和哲学还无法回答所有问题的今天，宗教的精神内力对于具象的人来说，就显得更为弥足珍贵。一个人的品性，取决于人文文化的积淀；而生命的和谐与从容，也离不开宗教文化的涵育与熏陶。

当下的我们，身陷在物化的俗世中，恰恰最容易短缺了人文品格。不说道德滑坡带来的种种不堪，看看一些“文雅之词”的背后，人文内涵是如何的枯竭——比如有个房地产广告词：“安得广厦千万间，大庇天下白领尽开颜。”杜甫老先生如果知道自己《茅屋为秋风所破歌》中的名句“安得广厦千万间，大庇天下寒士俱欢颜”被篡改成这样，大概也要捶胸五次顿足三番。“寒士”换成“白领”，正是人文品格的“人间失格”，杜甫再世，定然要写一首“茅屋为权贵所破歌”。

人文的内力是一点一滴长期积累而成的。在一个人的生命历程中，对人文和艺术的追寻和追求，应该成为不可停息的心灵事业。在艺术品收藏投资热浪滚滚的今天，面对大师的作品，是收藏欣赏，还是投资投机？从齐白石到潘天寿，从徐悲鸿到李可染，大师用作品说话，今人用行动回答——真正的人文态度，不该是重商的投资，而是重魂的赏识。当徐悲鸿得知保利拍卖对他的《九州无事乐耕耘》开出 1.5 亿元的起拍价，他会不会说这是富人的游戏，已与人文无关？

特别出乎我意料的是，有一位杭商钟情于遥远异国的罗丹的著名雕塑《吻》，立志要将它买过来：“欧洲那边开价非常高，我们现在还在谈，不管最终以多少钱成交，我们都会把它买下来，让它成为中国大陆第一件罗丹的原作。”源于但丁《神曲》的《吻》，其人文内涵博大超常，其人性张力更为惊人——罗丹用青铜和大理石，将瞬间的激情凝固成永恒的雕像。我想，原作可能会成为非卖品，因为它蕴含的人文力量实在太过强大了；由铸造者巴布迪安翻铸的小尺寸铜像倒有可能拿来出售。这既要看他们的人文定力，也要看我们的人文引力。

人文能量吸收的多少、人文力量释放的大小，毕竟与所在的场气场景、所处的制度环境息息相关。

人文是内力，人文是定力，这种内在精神的追求，这种内在力量的积聚，需要孜孜努力、毕生不息。

读库的千层浪

著名的图书品牌“读库”，在 2019 年 11 月 4 日上午向读者发出求助信，一石激起千层万层浪，不到半天，《读库》微信公众号这一篇推文的阅读量就达到 10 万 +。

这是《读库》主编张立宪亲撰的《来自读库的求助》。“亲爱的朋友：多事之秋，我们需要您的帮助。因不可抗拒的因素，目前位于北京郊区的读库库房面临搬迁。这是我们的第六次易址，也是最大规模的一次迁移：我们要在北京之外的地区，重建 5000 平方米的库区，并把 18 组高位货架、3300 个货位、所有仓储物流和安全保障设施、配送团队和体系，整体撤离北京，让我们的书在新的家里妥善安置，并以完美品相送达需要它的人手中……”

这样的大迁徙，确实伤筋动骨。求助信希望得到广大读者的帮助以完成此番迁徙，呼吁读者参加“把您的书房变为读库库房”活动，让库房里的现有书化整为零。“请相信，我们会渡过这个不大不小的难关，把更多的时间和精力、智商和情商用在更重要的事情上，把我们应该做的事情做好，用书说话。”爱书成痴的张立宪说，“库区的新生，我会随时向大家汇报。无论如何，不会让我们的书受丁点儿委屈。”

一声求助，应者云集。笔者也以实际行动支持张立宪，当即下单买了 9

册《读库》的书。

著名演员姚晨第一时间发微博说："《读库》的书，有趣有料，美不胜收。之前从不打折，这次是真遇到难关了。大家一起搭把手，把《读库》带回家吧。"当红作家马伯庸说："《读库》与六哥做书的态度，一直是让人钦佩的，希望能继续做下去！"著名导演陈晓卿则充满感情地说："早上醒来看到这个，心里很不是滋味。再过两天就是读库君50周岁生日，老六从不张口求人的，这次看来真的为难了。"

在京城，居不易，创业更不易，文化创业创新更加不容易。2012年夏天，北京一场暴雨，将《读库》的两个库房之一的房山库房冲垮，八成库存被冲走，其余两成被泥水浸泡后也成了废纸，损失极其惨重。张立宪当时对媒体说："我现在不想去想这件事，想起来简直是肝肠寸断。"

张立宪是著名出版人、作家，曾任现代出版社副总编辑。他在20世纪90年代初毕业于中国人民大学新闻学院，曾在2008年4月当选"思想推动中国——联想ThinkPad中国思想力人物评选"的十位中国思想力人物之一。因喜好数字六，自称老六，他人亦称老六。他创立、主编的图书品牌就是《读库》，一年出版6期，已经持续了十多年。这是"一个人的出版革命"，他以一己之力，独立完成一本书的策划、组稿、编稿、设计、印刷、宣传、发行、销售、客服各环节，创出中国出版界持续出版一种图书品牌的奇迹。

《读库》意为"阅读的仓库"，作为综合性人文社科读物，《读库》追求趣味和品味的结合，文章多为发人深省的历史纪实，所谓"摆事实不讲道理"。在编撰时，张立宪就奉行"三有"原则：有趣、有料、有种；施行"三不"做法：不惜成本、不计篇幅、不留遗憾。尽管这些年来《读库》发人"深省"的东西少了，但给人"滋味"还是做得不错。

除了《读库》，张立宪还策划出版了诸多有影响的书籍，为图书文化的繁荣作出了不菲的贡献。其中"旧书新出"的《共和国教科书》影响巨大，那是《读库》修复的全套民国老课本，共计28册。《共和国教科书》图文并茂，由上海商务印书馆首版于1912年，其后10年间，共销售达8000万册之巨。重新修复出版时，其中教科书部分的11册用宣纸印制，极为精美，我买了之后真是爱不释手。面对其中“天地日月”这 4 个字构成的一课，我感慨：“万岁”是速朽的，“天地日月”才是永恒的！

张立宪说：“我还是喜欢当编辑，出书的快乐是许多人所无法体会的。”在他眼中，每本书都是一个新生命，每本书都是一个“小上市公司”。书是为了阅读而存在的，阅读赋予书的生命。现在，这些“小生命”的生存环境遇到了困难，需要千家万户的“认养”。

出版不朽，阅读永恒；做书不易，来日方长！

李世石的人文与哈萨比斯的科技

北京时间 2016 年 3 月 15 日，李世石以 1 ∶ 4 输掉了举世瞩目的围棋人机大战。5 场比赛，加上中间休息的两天，恰好是一周的时间。这真是“令人惊叹的一周”！这一引起世界关注的新闻热点，已远远超出体育竞技的范畴。

3 月 16 日，全国两会结束后李克强总理会见中外记者时特别提道：“最近韩国棋手和 AlphaGo 进行围棋人机大战，三国很多民众都比较关注，这也表明三国之间文化有相似之处。我不想评论这个输赢，因为不管输赢如何，这个机器还是人造的。中日韩三国，或者说我们中日之间，应该有智慧来推动智能制造、发展科技合作，创造人们需要的高质量产品。”总理的这番话，恰好把文化与科技都囊括进去了。

这个人工智能机器，终归“还是人造”的。那是人类智能的外储式的延伸，它追求的是“全信息”和“全信息判断”。而人类本身，作为个体的大脑，无论智商有多高，都是做不到掌握“全信息”的，正如以色列历史学怪才尤瓦尔·赫拉利在他的《人类简史（从动物到上帝）》中的识见：人类文明之所以诞生，是因为人类具有一种其他生物所没有的能力，能够在大脑中想象世界上不存在的东西；人类还有一个能力，能够凭借不完整甚至极不完整的信息作出决定和判断，如果完整信息是 100%，人类能够凭借 10%、20% 的信息加上我们的直觉，就能作出自己的判断。相比于人工智能围棋手 AlphaGo，李世石作为世界围棋的顶尖高手，他的相关信息的掌握当然只是一小部分，与 AlphaGo 的海量信息不可相提并论。

终归是“为人类赢了一局”的李世石，在谈到整个五番棋的感想时说:“与 AlphaGo 进行比赛，和与人对局是完全不一样的，在对局过程中人在心理上会有很多动摇，是一个不断集中注意力的过程。如果再有下一次比赛我也不确定能不能赢……这不是人类的失败，是我本人的失败，今后我会努力向大家展现一个更好的李世石。”在谈到 AlphaGo 的弱点时，谷歌方面说：第四局输了，AlphaGo 也暴露出一些弱点，那是被李世石九段逼出来的，被他的妙招激发出来的。“AlphaGo 的神经网络和人一样也会有一些盲点，随着时间的推移和我们的改进，AlphaGo 的盲点会越来越少。”

1983 年李世石生于韩国全罗南道，由于韩国属于汉语大文化圈，大部分韩国人都用汉语取名字，李世石在身份证上登记的汉语名字为“李世乭”，“乭”是个朝鲜汉字，在中国还真没几人认得，“半文盲爱念半边字”，于是“李世乭”就成了“李世石”。李世石属于典型的力战型棋风，他善于敏锐地抓住对手的弱处、缺陷乃至“一着不慎”，主动出击，以强大的力量击垮对手，他的攻击“稳，准，狠”，经常能在劣势下完成逆转。李世石看上去很内向的样子，其实他的个性极强，遇到不满，他往往以“弃赛”应之。

不久前的 1 月，来自中国浙江丽水的天才棋手柯洁，险胜李世石，获得第三个世界冠军。作为人工智能围棋手的 AlphaGo 在这次战胜李世石后，排名升至世界第二，仅次于柯洁。李世石的临时排名位列世界第五。要成就柯洁和 AlphaGo，需要这个“李老五”。就围棋本身来讲，这个在棋类上中国古人最伟大的发明，更大程度上是一种艺术，而不是科学。“文无第一，武无第二”，那么，作为艺术，作为文化，作为人文，输掉围棋的李世石，并不能被看成是失败者的“第五”，他同样是胜利者。我们要向李世石致敬，向围棋艺术致敬，向人文文化致敬。

“AlphaGo 只是人类的工具，它能帮助人类取得更大的进步。”这是

“AlphaGo 之父”戴密斯·哈萨比斯所说的话。哈萨比斯此时还不到“不惑之年”，他 1976 年 7 月 27 日出生于英国伦敦，父亲拥有希腊塞浦路斯的血统，母亲是新加坡华人。孩提时代，他是国际象棋的“神童”，13 岁时就已取得国际象棋大师的头衔。他与一般青少年棋手不一样，他在比赛之余爱琢磨事，想象力非常丰富，他思考的是：人的大脑是如何掌握如此复杂的任务的，计算机是不是也可以？后来，他用比赛所获得的奖金，买了一台频谱计算机，自学编程。16 岁时他到剑桥大学攻读计算机科学，并开始学习围棋。那时 IBM 推出了超级计算机“深蓝”——这个名字如今是够著名的了。“深蓝”与国际象棋大师卡斯帕罗夫之间进行了数次“世纪对弈”：头一次较量在 1996 年，卡斯帕罗夫以 4 ：2 获胜；第二次较量在 1997 年，改进的 2.0 版“深蓝”被称为“更深的蓝”，这回它以 3.5 ：2.5 的微弱优势战胜了卡斯帕罗夫。观看对弈的哈萨比斯动了心思：什么时候能开发出与围棋相关的计算机程序，也能战胜人类？

早在机械时代，人类就有让机器战胜人类的“梦想”，最著名的就是 18 世纪的“土耳其行棋傀儡”，发明者声称这是“可以自动下棋”的机械装置。它的外观是一个木柜，打开后可以看到里面是一些类似机械表的装置，那是相当的复杂；后面立着行棋的人偶，模样像土耳其人，通过机械手来移动棋盘上的棋子。这个“土耳其人”在欧美曾与许多名人对弈，最著名的是拿破仑亲自上阵与它干了一仗，结果输了，让他很是郁闷了一阵子。事实上，这在当时就被看成是魔术，那么它是怎么样的“魔”法，200 多年来让人想破了脑袋；有的魔术揭秘者认为，土耳其行棋傀儡其实就是棋艺高手躲在里面操控的。

今天已不是魔术时代，而游戏精神仍在。哈萨比斯大学毕业后，成立了自己的游戏公司，后来他意识到让“游戏”升级的重要性，那就是需要有人工智能的加入。于是他回炉深造，到伦敦大学念完了神经科学博士，专业是计算神经科学。到了 2011 年，哈萨比斯创立了以“解决智能”为理念的 DeepMind 公司，成了一个“创客”。该公司致力于开发模拟人脑神经元、能“深度学习”的人工智能。2014 年，谷歌收购了 DeepMind，价格高达 4 亿英镑。哈萨比斯由此成为谷歌副总裁，他带领他的团队，开发出 AlphaGo——结合人脑神经元与大数据的人工智能围棋项目。AlphaGo 与现有的其他围棋程序较量，获得了 99.8% 的胜率；与欧洲围棋冠军樊麾对弈，五番棋零封对手。

AlphaGo 的人工智能，既是“通用”的，又能“深度学习”——可以像生物系统一样从零开始学习任务，它厉害就厉害在能够“深度学习”。

而对于哈萨比斯和谷歌来讲，科技创新，永远在路上：开发无人驾驶汽车；做空中自行车项目，既通过修建空中自行车专用道，来解决未来城市的拥堵和污染问题；做高空热气球互联网服务，拟用高空气球将互联网接入到世界每个角落；做住宅自动化技术，将整个住宅智能化并接入互联网；做谷歌眼镜项目、智能可穿戴技术；等等。他们期待未来的“超智能机器”会跟人类专家协同工作，攻克有关癌症、气候变化、能源、基因组学等方面的种种难题。哈萨比斯这批“谷歌人”，在科技创新领域，还真是“干在实处永无止境，走在前列要谋新篇”，值得“深度学习”。

本质上，AlphaGo 是文化与科技、智能融合发展的创新成果，是全球科技创新的一个象征。笔者所在的杭州，是全国首批“国家级文化和科技融合示范基地”，应该可以从中得到应有的启迪，以对得起这名称。

AlphaGo 在这次比赛获得的 100 万美元的奖金，捐赠给了联合国儿童基金会等慈善机构。

科学的探月和人文的探月

“月出皎兮，佼人僚兮。”2007 年 10 月 24 日这个金秋的傍晚，随着火箭顺利点火升空，随着收看直播的同事一声“太帅了”的惊叹，“嫦娥”开始了奔月的美丽之旅。

人类探月，就是对美好世界的向往与探寻。“异想天开”既是诗人的亦是科学家的。一次科学探月，就是一个知识共同体、一座科技集中营。但科学的探月并不容易。“嫦娥”奔月有多重风险，毕竟我们是首次发射月球卫星，最终成功与否还需很长一段时间的验证。此前，人类世界共进行了 123 次月球探测活动，美国发射了 56 颗月球探测器，俄罗斯（苏联）发射了 64 颗，日本 2 颗，欧空局 1 颗，成功 60 次，失败 63 次，成功率不到 50%；迄今只有欧空局的探月是第一次就成功的。尽管“科学有险阻”，但科学的探月最终都走向了成功。“人攀明月不可得，月行却与人相随。”李白的诗句，已经大大地“落后于时代”了。

人类不仅有科学的探月，更有人文的探月。人文的探月，是思想、精神和想象力的“探月”——38 万公里之外的“月球”那么远，抬头能见的“月亮”却这么近；就像《诗经·月出》所描摹的，月如美女，美女如月，人类如果没有月亮，诗意与美好就失掉了大半。我们古老的祖先，派了嫦娥率先到月亮上去，这是多么聪明睿智的探月举动。

科学探月是现代的，人文探月是古老的。夸父逐日、嫦娥奔月的时代，古人就开始了人文意义的思想追求与精神探索。一个爱月的民族，一定是个爱美的民族。从“疏影横斜水清浅，暗香浮动月黄昏”“有花方酌酒，无月不登楼”，到“月亮走我也走”“月亮代表我的心”，再到今天“我和月亮不得不说的故事”“让我们去团购一个月亮吧”，月亮从来都是那么的美丽美好，让人心颤。巧的是，这次“嫦娥”的发射地西昌，就被称为“月亮之城”，因为海拔、气温、日照、经纬度等条件好，加之空气能见度高，所以月亮又大又圆又亮。月亮是美的，嫦娥是美的，“嫦娥一号”被韩国媒体翻译成“美女一号”，这多么人文，多么有趣。

无论是科学领域还是人文领域，人类世界都应有越来越多的人“志于道，据于德，依于仁，游于艺”。英国作家毛姆的名著《月亮与六便士》此刻像月亮一样在我的脑海里浮现，小说原型、法国印象派画家高更抛弃世俗的一切，到遥远的塔西提岛上追求心中的艺术月亮。是的，人类仅仅只看到“六便士”是不够的，还需望星空、看月亮、探月亮、追月亮。

对于科学探月来说，“控制”是关键：嫦娥一号卫星采用一种非常独特的飞行方案，卫星需要经过多次轨道控制，花费大约两周时间才能建立月球工作轨道。“控制”是人对“嫦娥”下达的一道道指令，“嫦娥”要严格按照指令行动，才能抵达那属于自己的轨道，这就是科学的缜密。而人文的探月，恰恰是“非控制”为关键，每个人对月亮的向往，都可以“随心所欲”，那样得来的“月亮”才是灵动可爱而多姿多彩的；嫦娥也逗留在月球上，干脆不回来了。

科学与人文，两者不可分割。“个人一小步，人类一大步”，1969 年阿姆斯特朗作为人类访问月球的第一人，他说的这句话就具有深刻的人文意义。他并没有说那是“美国一大步”。在遥远的太空看地球，它是那么的渺小；看地球上的人类，更可谓“一小撮”。这颗蓝色星球上的人类，没有理由不和谐相处。嫦娥愿意作证，月亮愿意作证：睿智的人类对太空的探索，不再是“太空竞赛”而是“太空合作”。从此，嫦娥不悔偷灵药，碧海青天夜夜心……

何处寻求科学的人文精神

尽管起飞时发生绝热瓦和绝热泡沫脱落，尽管在经过宇航员太空行走、太空维修后仍然是“带病”回家，尽管1小时“回家”路程的种种风险让人提心吊胆，2005年8月8日，“发现”号航天飞机还是成功地返回了地面。

“发现”号航天飞机这次的太空旅行，除了显见的科学精神，我们不能忘记其背后的人文精神。在“发现”号发射成功的时候，《新京报》曾在社评里表达了一个诗意的说法：“人类必须正视挑战与风险，这是‘发现’号从外太空传回来的第一个信号。”因为美国的航天飞机毕竟有两次失事的惨痛经历，共有14名宇航员的英魂永远翱翔在太空。而“发现”号航天飞机女机长柯林斯发回的第一条短信，这条来自太空的短信说道：“当我们回头观看美丽的行星时，再向前看未知的宇宙时，此时我们比任何时候都感到生活在地球上的人们对于探索太空的重要性；我们的航程正是人类未来探索宇宙许多次航程的一次……”这里一虚一实的两个“第一信号”，让我读出了科学里的人文精神。

在智力劳动的成就中，科学的地位越来越突出；而与此同时，科学中的人文精神也越来越凸显。通常的说法是，科学与人文是支撑起人类文明的两大支柱；可我们许多人往往将科学与人文隔离开来，“自然科学”与“社会科学”大抵也是老死不相往来。在我看来，科学与人文都是人类的“大脑”，就算有左右之分，那也是一个脑瓜里的东西，由一个中枢神经控制，两者不能分离，“人文”需要“科学”，而“科学”同样离不开“人文”，科学最需要的就是人文精神的渗透。

科学领域的人文精神，应该包含有制度文明、人类关怀、公道正义、敬业进取、不畏风险、异想天开、实事求是等内涵要素。人文精神对科学领域的渗透，是一种长年积累的过程，这其中的“文脉”是不可断的。季羡林先生在《留德十年》一书里的《大轰炸》一章中，回忆了“二战”期间英国飞机来轰炸时，他看到的德国科学家所表现的细节，这段描述让人感慨。

有一夜，英国飞机光临，投下气爆弹，目的是震碎全城的玻璃。清晨，在到处清扫玻璃的哗啦声中，季羡林沿街前进，看到一个老头，正弯腰曲背，仔细看着什么——原来他是德国飞机制造之父、蜚声世界的流体力学权威普兰特尔教授。“他告诉我，他正在看操场周围的一段短墙，看炸弹爆炸引起的气流是怎样摧毁这一段短墙的。他嘴里自言自语：这真是难得的机会！我的流体力学试验室里是无论如何也装配不起来的。”无独有偶。在另一座城市，一天夜里盟军的大批飞机来“铺地毯”，轰炸高峰时人们纷纷下楼往防空洞里逃窜，急急如漏网之鱼；“然而独有一个老头却反其道而行之，他是从楼下往楼顶上跑，也是健步如飞，急不可待。他是一位地球物理学教授。他认为，这是极其难得的做实验的机会，在实验室里无论如何也不会有这样的现场：全城震声冲天，地动山摇。”头上飞机仍在盘旋，然而他全然不顾。季羡林在书中问道：“对于这样的学者，我又有什么话好说呢？”是的，硬要说什么“话”的话，那么，不怕危险、敬业进取，应该是题中之义。

“科学家追求真理，仿佛是一个遥远而不知名的慈善家；他在孤独寂寞中珍惜真理，爱护真理。”这是英国诗人华兹华斯的话。这里的“慈善”与“真理”，就有着鲜明的人文色彩；而孤独、寂寞、追求、珍惜、爱护等语词，就渗透了人文精神。“发现”号重返太空告诉我们：在诸多尖端科技领域，科学家不仅仅是忍耐孤独寂寞就可以了，还需要承担巨大的风险——不怕危险、不惧风险，这就是一种强大的人文精神与人文力量。此前，美国宇航局还组建了由四名宇航员组成的应急救援小组，随时准备升空，执行最难以预测也最危险的航天救援任务。从“二战”期间的德国科学家到今日美国航天飞机重返太空，从个人到群体，我们能够清晰地看到那一脉相承的科学人文精神的强大力量。

就科技本身来讲，人文精神、人文理念与科技的自觉结合，其显示的力量也是巨大的。日本一家公司发明了内置太阳能电池手机；另一家公司则开发出可以显示图像的彩色电子纸，这种电子纸即使切断电源图像也不会消失；还有研究人员研制出一种指甲存储技术，在指甲盖中记录数字信息。日本研究成功双图像显示屏时说：“新的电子材料的亮相将成为下一轮技术创新的推动力。”而电子材料是最为节约的材料。他们已将“节约”这个人文概念透彻地用于科技实践中了。

我们这里，“人类灵魂的工程师”这话已耳熟能详了，“工程师的人类灵魂”却不大听见。可是，科学所蕴含的人文精神，其精义就是“人类灵魂”，博大的“人类灵魂”。科学人文精神的稀薄、稀缺，是阻碍科技进步的一个重要内因。

人文精神是科学发展的重要内动力。2005 年 7 月 29 日温家宝总理看望了 94 岁高龄的“人民科学家”钱学森。钱学森讲道：“我要补充一个教育问题，培养具有创新能力的人才问题。一个有科学创新能力的人不但要有科学知识，还要有文化艺术修养。没有这些是不行的。小时候，我父亲让我学理科，同时又送我去学绘画和音乐。我觉得艺术上的修养对我后来的科学工作很重要，它开拓科学创新思维。现在中国没有完全发展起来，一个重要原因是没有一所大学能够按照培养科学技术发明创造人才的模式去办学，没有自己独特的创新的东西，老是‘冒’不出杰出人才。这是很大的问题。”何处寻求我们的科学人文精神？钱老的话应该给我们以启示。无论个体还是团体，无论个人还是国家，无论科技中人还是非科技中人，都应好好地反省这个问题。

裸女树·浅文化·深保护

真不错，保住一棵裸女树。

或许，可用一句通俗的话来说：这是“史上最美的裸女树”。看了新闻照片就知道，那是线描的裸女漫画，妙曼地刻在一棵不大不小的树上，边上还刊刻了名字和日期。这是一棵山毛榉树，长在英格兰，树龄大约400年了。在英格兰萨里郡辛德海德地区，这里正准备兴建一条耗资3.71亿英镑的公路隧道，施工人员勘查时发现，现场有这么一棵“裸女树”挡住了去路。

为保留这棵裸女树，林业部门和施工部门商定，改变原计划，让公路隧道绕道！

几经考证后发现，这幅61厘米高的“裸女图”，作者是杰拉尔德·威德汉姆，家住伦敦西部的索撒尔地区。“二战”时期的1943年，他完成这一“杰作”时，还只是一个16岁的懵懂少年，今天他已经去世了。很可能是在一次愉快的短途旅行中，青春少年在山毛榉树上，率性刻下了这幅描摹裸体青春少女的“杰作”。山毛榉树象征着力量和优美的天然平衡，有悠久的使用历史，最早使用文字的亚洲雅利安部落，就将文字刻在了柔顺光滑的山毛榉树皮上，成为书本的雏形。

感谢当地林业委员会强烈的保护意识，其实他们的护林员多年前就发现了这棵“裸女树”，但一直守着这个秘密，因为不希望看到它遭到人为破坏。

更感谢施工方，他们与英国自然资源保护者协商后，作出了一个意义非凡的决定：将原有施工路线稍作改变，绕道而行，把“裸女树”好好地保留了下来。

今天的这棵裸女树已经成为文化之树了。它是文化的，是历史的，也是人性的，它蕴含着人类学和社会学的价值。它是世界上独一无二的，因此它也是无价的。公路隧道为它稍稍绕道以表达敬意，这样多花一点钱，值！

或许有人会认为这是小题大做。不是的，我们应该看到，因为有了这幅裸女漫画，它就已是一棵有灵魂的树了。从文化的意蕴看，尽管它具有的还是“浅文化”。浅文化就是这样，并不高深，并不专业，往往是普通百姓所创造，更为普罗大众所接受的。但浅非肤浅，而像动听的轻音乐，轻盈美好，通俗易懂，雅俗共赏。

在这棵裸女树身上，“浅文化”就这样得到了“深保护”。我们喜闻乐见“浅文化”，我们更应该乐见喜闻“深保护”。“深保护”就是一种本质的、持久的、深入到人性深处的保护。对生物多样性需要“深保护”，对生态多样性需要“深保护”，对社会多样性需要“深保护”，对文化多样性需要“深保护”，对人性多样性——更需要“深保护”。而这棵刻有裸女的古树，恰恰兼备了种种“多样性”，尤其是它能让我们看到人性的本真，而本真的人性总是美好的。

为什么那些围绕着裸女树的人们，能够自然而然、浑然天成地把裸女树给保护下来？最简洁的解释，就是人文文明渗透到了他们的骨髓。有了文明的长久浸润，不是贵族也胜似贵族。只有经过天长地久的涵育熏陶，才能让一个人、让一群人的眼睛看见美，发现美，才能在心灵深处感知到文化，感悟到文明。

文明就是这样一点一滴累积起来的！

那棵裸女树，或许就是历史与现在、自然与人类的无声“契约”。天地有大美，自然有大美，人间有大美，人性有大美，这就是契约中的条文。“二战”之后，人类已逐步摆脱野蛮史、愚昧史，当今人类生活于大美的世界，心情仿佛如沐春风般舒畅，一如那在树上刻画的小小少年。

相同之“礼”和不同之“仪”

“入境而问禁，入国而问俗，入门而问讳。”这是中国古代典籍《礼记》中的话。显然，这主要是对“客人”入乡随俗的善意提醒。中国自古以来被誉为“礼仪之邦”，有着深厚的礼仪文化。2008年，北京迎来了奥运会，可在此之前，一说准备奥运会，就是咱们得适应西方的礼仪，本来不成问题的礼仪反而成为一个问题了。

“奥运礼仪”需要向西方看齐吗？已有教育、培训、指导说，中国人见到老外不要随便打听人家的私人情况，比如婚否、工作、信仰一类的。“出国观光”与“在京迎客”，是有很大不同的。但我们忽略了一个问题，奥运会本来就是展示中国的文化文明，那种礼仪细节的碰撞，并不会影响人家对中国的看法，相反，如果我们一味迎合，反而让人看不到中国文化的特点。

礼仪文化是民族文化的重要组成部分，并没有“国际通用标准”，所谓“和国际接轨”是不存在的；全世界每个民族都有自己的礼仪，西方礼仪也是国际礼仪的一种。文明举止当然时刻要学习提高，但不必念念不忘学习使用西方的礼仪；我们需要知道一些西方的礼仪，但不要将其当成自己的行动规则。中国人见面，要想表示亲近，就是要问问你“吃了没”，其实这无伤大雅。人的交往聚会，应当遵循的原则是“客随主便”，即客人一方尊重主人一方的礼仪，这样才能领略不同民族的礼仪文化，这也是各民族平等享有尊严的表现。

文化有差异，文明无高下。正是文化的差异性造就了文化的多样性，中外差异是一种客观存在。你是胡椒我是芥末，没有什么不好。差异才导致吸引力。不同地域产生的语言差异也是一种文化差异，比如港台地区将自行车称为“铁马”，日本称豆腐为“冷奴”，这些差别是文化性的，很有意思，不必“整齐划一”。有些文化差异是长期形成的，思维有不同，文化有差异，但幽默是相同的，我们中国人肯定看得懂山姆大叔的幽默。

百里不同风，千里不同俗。一方水土养一方人。中国是由56个民族组成的多民族国家，各民族在衣食住行、迎来送往、婚丧嫁娶、宗教信仰、社会结构等许多方面千差万别、千姿百态；不同的地理环境养育了各族儿女，塑造了不同的民族性格和习惯，形成了风格迥异、色彩斑斓的文化风俗，通过奥运会尽可能多地展示一些不同文化，这才是好事情。西南联大纪念碑中有一段话说得很到位：同无妨异，异不害同，五色交辉，相得益彰，八音合奏，终和且平；万物并育而不相害，天道并行而不相悖；小德川流，大德敦化，此天地之所以为大。

“人文奥运”是否成功，很大程度上是看主办国是否成功地向世界展示了本国的文化与形象。越是民族的越是世界的。是民俗就不必伪饰，更没必要“临时改变”。礼仪方面如果临时改成人家的方式，反而可能成为东施效颦。文学家梁实秋曾说：“大概风俗习惯，总是慢慢养成，所以能在社会通行。如果生吞活剥地把外国的风俗习惯移植到我们的社会里来，则必窒碍难行，其故在不服水土。” 世界的经济可以全球化，价值追求可以全球化，但千万不能将民族风俗习惯给“全球化”了。

礼仪礼仪，相同的是“礼”，不同的是“仪”。礼仪文化没有国际标准，我们不可拿一个民族的风俗习惯，来衡量另一个民族的风俗习惯是对是错。风俗礼仪、处世习惯，因民族而异，但良德善意，无论在哪里都会被认可。待人接物之际，微笑是相同的，热情是相同的，发自内心的尊重是相同的。

有了这些让人“心里一暖”而不是“心里一紧”的相同，那么，不同国度的人就能相通、互敬。

奥运聚会，是了解沟通，是展示呈现，是欣赏体会，是合奏融合；奥运会不仅仅是比赛得金牌，更重要的是“跨文化交流”。

姓氏文化的现代视角

姓氏作为民俗文化，是很有意思的。它是生命的标志符号，能超越时空；它与老百姓密切相关，百姓百姓老百姓嘛！

作为中科院的研究项目，中科院专家袁义达用了两年时间，调查完成了《中国姓氏统计》，这是中国历史上第一部按照姓氏数量排序的“新百家姓”，调查人群数量将近3亿，基本涵盖全国，找到约4100个姓。而我国历史上最多曾出现过2.4万多个姓氏，如今只剩“零头”了。

这是历史流变，也是生活流变，更是文化流变，不管是今天留下多少个，姓氏是不会消亡的。当代中国人的姓氏，大都可与历史上著名人物的姓氏联系起来，甚至可以追溯到太古初民的原始崇拜。比如今之“屈”姓，上溯至屈原，再由屈原上溯至“帝高阳”——屈原赋《离骚》，首句即为“帝高阳之苗裔兮”。有的姓氏蛮有趣：柴米油盐酱醋茶，开门七件事，事事有人姓，不可思议的“酱”姓人也被找到了。还有“一”，江苏昆山玉山镇有此姓，有的属一那娄氏之后，有的由乙姓演化而来；“拾”，徐州九里区有此姓，出处不详；“百”，重庆北碚区有此姓，源于黄帝之后；“千”，郑州上街区有此姓，其祖先可追溯到三国时期。

如今有许多人、许多单位在研究姓氏，这在饭都吃不饱的时代是不可想象的。观察今天的姓氏，需要现代视角，因为时代在进步。把父母两个姓氏合在一起作为自己姓氏的越来越多，有的时尚人士新造时尚姓氏，而网名的“姓”“名”更是千姿百态了。2006年《新民晚报》有个有意思的报道：大连福利院让孩子们改用普通姓氏，男孩不再姓“国”，女孩不再姓“党”，这意味着沿用了30多年的规定被打破。而让孩子们自己选择姓氏，“百花齐放”，避免整齐划一，这就是一种进步。我们不要为姓氏的改变过于担心，文化从来都是在变与不变中发展的。

在姓氏研究中，作为专家的袁义达很有现代视角、现代思维，他将姓氏分布与疾病分布联系起来看，发现许多地方“不谋而合”，提出“对姓下药”的想法。比如在《中国人口主要死因地图集》中，糖尿病在山东地区发生率较高，而孔姓在山东出现的频率也是最高的。“这二者之间一定存在某种内在联系，如果找到姓氏和遗传基因的关系，根据姓氏开发出个性化药物，甚至‘对姓下药’也不是不可能的事情。”这看起来颇像名导赖声川的“创意学”，有点把“暗恋”与“桃花”连在一起而成为舞台名剧《暗恋桃花源》的味道。姓氏文化研究，还真需要这么一点创新、创意。

姓氏作为文化，凝聚着民族性格、民族精神，蕴含着民族的真善美，是中华民族认同的标志，是同胞百姓沟通的纽带。拓展姓氏研究领域，是认知历史的需要，是传承文明的责任，也是构建和谐的内容。而一个人爱自己的姓名，也是内心和谐的因素。正像易中天所说的：“鄙人50多年行不更名，坐不改姓！就是真名实姓在江湖上行走！”

“行不更名，坐不改姓”，不亦乐乎！

文化传承的双重尊重

大学是文化的传承者，大学是文化的开拓者。文化、科学在大学里讲授，传播给后继的一代代；文化、科学在大学里研究，收割了丰收的一茬茬。现代的、文明的、发达的国家或地区，一定是把大学办得又好又多的。2015 年从杭州传出的消息是，一所新型的一流民办研究型大学——西湖大学开始筹办，选址在西湖区云栖小镇；西湖大学将参考美国加州理工大学的规模、借鉴斯坦福大学的办学理念，培养国家未来发展需要的创新型、复合型人才。我所理解的“复合型”，最基本也是最重要的，是人文文化和科学技术的复合，而不仅仅只是重视科学的研究。

2015 年 7 月 13 日，此时正是高考录取工作的开始阶段。莘莘学子，翘首期盼。有个颇具文化意蕴的好消息映入眼帘：陕西师范大学即将发出 4500 份用毛笔手写的通知书！在这个“提笔忘字”的时代，这可是全国高校中的“独此一家”。此次主要由 7 位老教授书写通知书，年纪最大的已经 82 岁；著名硬笔书法家庞中华特地从西宁赶来，加入手书行列。“世上最值得珍藏录取通知书”——网友毫不吝啬地把这个称号给了陕西师范大学。原来，用毛笔为新生书写录取通知书是陕西师范大学的传统；而上网搜索在浙江诸多大学录取通知书的照片，所见皆为工工整整的“印刷体”。

“作字行文，文以载道，以书焕彩，赋以生机”，这手书的通知书，就像不轻易显山露水的佳酿，从叩开的那刻起，就让炽热绵长的浓情，持久地荡漾开去。难怪庞中华一边仔细书写，一边由衷感慨：陕西师范大学手写通知书做法令人感动，饱蘸浓墨，一笔一画，不仅饱含对学子们的祝福和殷切希望，更是对中国博大精深传统文化的传承和坚守。

是啊，这是文化传承的双重尊重：尊重文化，并且通过尊重文化来尊重人。毫无疑问，伴随着中文而生的书法，是一种文化底蕴，是世界独有的美的艺术。当年泰国的诗琳通公主在北京大学留学期间，热心学习汉字书法，而且还很有环保意识，练字时舍不得用宣纸，而是写在旧报纸上。我们没有理由不尊重自己的汉字书法，不传承书法艺术、书法文化、书法传统。而用毛笔书写录取通知书，则是对学生最亲切最贴心的尊重。见字如面，见字如晤——在当今冷冰冰的数字化时代，这种温暖的文化情感的传递，多么的宝贵。

从“立人”的角度看，大学教育的根本，就是一种人文情怀的培育，实在不必太具功利性；而这种情怀的涵育熏陶，必然是潜移默化的——从手写通知书开始，自是最佳。真正的尊重，一定是有方向性的。相比之下，辽宁大学曾将艺术学院命名为“本山艺术学院”，那方向是朝着名人的，不是朝着学生，这就太缺少文化底蕴了；好在后来已将其名改为“辽宁大学艺术学院”，这好歹是一个归正行为。学校是不是有深厚的人文情怀、人文底蕴，在细节上真是可见一斑。

先哲有言：通常来讲，人类会养育两类子女，一类是“身生子女”，一类是“魂生子女”。我们期待所有的大学，都能尊重人，尊重文化，尊重文化的传承，在人文文化的传承中，培养好一个个具有文化灵魂的“魂生子女”！

刘广宁：一个时代的天籁之声

时间让优质艺术更具魅力。

2020 年 6 月 25 日，著名配音艺术家刘广宁在上海逝世，享年 81 岁。一时间，有关刘广宁的信息和她配音的电影，在网络上引起热议。她的“公主音”，在过往的流金岁月里，在无数影迷心中留下了不可磨灭的记忆。那是一个时代的天籁之声，穿越时空，魅力依旧。

刘广宁祖籍福州，1939 年出生于香港。3 岁时，刘广宁随全家移居上海。她是典型的大家闺秀，受家庭环境的影响，从小就接受艺术的启蒙和熏陶。

刘广宁高中毕业后，以一封自荐信大胆地向上海电影译制厂（上译厂）推荐自己，表达了自己对朗诵、配音的喜爱，那是 1950 年；1960 年，在经过一轮轮、一次次的长时间的测试考核之后，她终于如愿以偿，成为当年唯一的录取者。从此，她的一生都是为了干好这一件事情：把配音艺术发挥得淋漓尽致，抵达一个难以企及的高峰。

优质的配音，赋能电影艺术。刘广宁所著的《我和译制配音的艺术缘——从不曾忘记的往事》一书中，附有她的“配音年表”，从 1960 年苏联影片《科德雷的酋长》开始，那是一份非常且非凡的长长名单。“60 后”这一代人，恰逢改革开放初始时期，也是译制电影公映的黄金年代，因此对刘广宁他们译配的“黄金声音”，可谓爱不释“耳”、如数家珍。

其中有墨西哥的《冷酷的心》《叶塞尼亚》，有美国的《魂断蓝桥》《音乐之声》《凡尔杜先生》《大独裁者》《情暖童心》，有法国的《基督山伯爵》（上下集）、《佐罗》，有日本的《生死恋》《望乡》《吟公主》《绝唱》《砂器》《啊，野麦岭》，有英国的《尼罗河上的惨案》《苔丝》，有印度的《大篷车》，等等。尤其是《魂断蓝桥》中的玛拉、《生死恋》中的夏子、《绝唱》中的小雪、《叶塞尼亚》中的路易莎、《冷酷的心》中的莫尼卡……那些经典的美丽女子，正是刘广宁的美妙声音，让她们在中国人心中活了，永远地活着。

刘广宁的嗓音有一种天生的妩媚，又甜又纯又润，带有一种天然的善良、美丽的气质，构成了极富魅力的"声音形象"；她的声音辨识度极高，纯正流畅、晶莹剔透，"有一种犹如风铃一般清澈的声线，声音略带细微鼻音，永远显得天真、纯净、年轻；尾音像拖着细密的糖丝，化不开却甜不腻……"这是真正令人难忘的"中国好声音"。在塑造温柔、善良、天真、纯洁的姑娘这类角色方面，她的声音尤为贴切传神，无出其右。按照作者张稼峰在《那些难忘的声音》一书中的说法，刘广宁进入上译厂，仿佛给大家带来了"一架竖琴"。

"要爱心中的艺术，而不是爱艺术中的自己。"艺术大师斯坦尼斯拉夫斯基的这句至理名言，是刘广宁的座右铭。事实上，更重要的是，刘广宁这一批老一代的配音艺术家，真正具备艺术工匠精神，为配好每一部影片的每一个角色，精益求精，孜孜不倦。童自荣、乔榛、毕克、丁建华、尚华、曹雷……一个个都是如雷贯耳的名字，一看到他们的名字，就会想到那些富有磁性和个性的声音。而他们一到配音时，就会"热血沸腾，心跳加快"。

如果仅仅是天赋，那远远没有到艺术的世界。认真、敬业、规范、精致，构成了刘广宁配音艺术的特质，成为中国译制片黄金年代的显著标识。对每一句配音都一丝不苟的艺术工匠精神，正是当下所缺乏的。

"我觉得一个文艺工作者，对自己的事业非得有个'着迷劲儿'才行。我最爱的工作是在录音棚的话筒前录音。"她在《我和译制配音的艺术缘——

从不曾忘记的往事》一书中说，“比起五光十色的舞台、热闹多彩的摄影场，灯光柔和、环境安静的录音棚显得单调多了。可在这里我感到最踏实安定，最能唤起我的语言表演艺术创作的激情。我喜爱这块艺术小天地。”

配音可不是简单的“伴舞”，而是艺术再创造，需要对角色进行深入的研究。影片《苔丝》，根据19世纪作家托马斯·哈代的名著《德伯家的苔丝》改编，导演是大名鼎鼎的罗曼·波兰斯基，苔丝由娜塔莎·金斯基出演，她被誉为“完美的苔丝”。如何让苔丝的中文声音也变得完美？刘广宁认真研究角色，认为苔丝的性格中具有一定的反抗性，但她能克制自己，感情不完全流露在外，“她的个性是表现内在的坚韧，内心总好像潜藏着一股感情的激流，用一句不很恰当的比喻来说，就是犹如‘红装素裹’；确定了人物的基本色彩后，在各个细节的台词中，通过浓淡适度的语气处理，吐字点送，细致地表达出来”。

《叶塞尼亚》中的妹妹露易莎，是个天真善良、温柔开朗的姑娘，她的声音轻快而流畅；《生死恋》中的夏子，是个受过高等教育的现代女性、大家闺秀，她对爱情的追求炽热而固执，感情热烈，配音要尽量娇柔、开朗，音色甜润、飘逸。

正因如此，“老上译的大师们确实把声音提升到了一个可以关掉画面的境界”，这样的声音更经得起重复而不容易厌倦。哲学家尼采说：“能力可以使人避免痛苦。”其实对于这些配音艺术家来讲，“能力”背后是“努力”。

然而，日发千言，不损自伤。“我担任《尼罗河上的惨案》中杰基一角配音，几段急促呼吸的戏，才切身体会到脑子缺氧、发凉发麻、大喘气后那种极难受的感觉，真是吃不下饭了。”刘广宁说，“我也没有喊累喊苦，倒不是我多么能吃苦耐劳，而是我根本喊不动了。”

那是物质贫乏的年代，也是艺术家辈出的年代。刘广宁从艺的年代，正遇上“三年困难时期”，很长时间里，上译厂的录音棚都非常简陋，夏天闷热，冬天寒冷，但无论条件怎么差，艺术家们都是精益求精。“由于他们必须长时间在棚里工作，而且演员配音时还必须站着，当时恶劣的食品供应条件，很快对他们的个人工作状态和体质产生了很大的影响。”刘广宁的大儿子潘争在《棚内棚外：上海电影译制厂的辉煌与悲怆》一书中，详叙了当时的困难。而家庭居住条件之艰苦，更是非今人所能想象。在十六平方米的家中，两个儿子为写作业占领了书桌，刘广宁只能在地上铺一张凉席，在席子上放一床被子当桌子，盘腿而坐，“身体前倾，弯腰驼背地俯身读着被子上摊开的剧本，‘明星风范’荡然无存”。

由于影片影响力很大，收到很多观众来信，刘广宁成了上译厂收到来信最多的人。刘广宁曾谈到一个细节：有个观众来信说，希望来上海学配音，表示愿意帮她家干杂务，至于住处，“就睡在你家的厨房里好了”。刘广宁和丈夫看了信不禁苦笑起来，“当时我们一家四口住一间十六平方米的房间，一住就住了近二十二年，直到大儿子将高中毕业”。

历经波折，多年来艺术家们一旦回到话筒前面，都是兢兢业业干事业。刘广宁这位“公主”更是个“拼命三娘”，她常常是工作十几个小时，不知夜之已至。回到家里——那十六平方米的世界，孩子睡下了，她就凑着台灯默念剧本，有时情不自禁声音大了些会吵醒孩子。她回忆说：

> 那次我念《恶梦》（1979 年译制的美国片）的台词，大意是：“我们没犯法，他们不能把我们关进监狱……”大儿子惊醒了问：“妈妈，你说什么关监狱？”反把我吓了一跳。另一次我念“来杯巧克力”，只听小儿子迷迷糊糊地问：“巧克力是不是给我吃啊？”真是啼笑皆非。

刘广宁一生中，参与配音的中外影视片上千部，对于每一部、每一集，她都是兢兢业业、认认真真地参与配音，进行声音的艺术创作。

张稼峰在《那些难忘的声音》一书说刘广宁：“那声音的质感又如同一串水晶葡萄，可谓天生一个公主的声音。遗憾的是，这样一种声音，由于那史无前例的‘文革’，沉寂了近十年。‘文革’结束后，刘广宁进入了艺术创作的最佳时期，犹如绽放的花朵，她声音的特质得到了全面发挥。”这里既准确又不准确，说“不准确”是因为从 1966 年到 1976 年这十年间，按照刘广宁的配音年表，空白的年份有 3 年，分别是 1966 年、1968 年和 1974 年，其他年份或多或少也有配音作品，但所配的大多为“内参片”，没有公映。其中有 1970 年的《舞宫莺燕》（美国）、《红与黑》（法国）、《漂亮的朋友》（法国），1971 年的《湖畔》（苏联）、1975 年的《怒火情焰》（美国）、《鸳梦重温》（美国）、《红袖倾城》（美国）、《孤星泪》（美国），1976 年的《美凤夺鸾》（美国）等。

除了担任外国影片配音外，刘广宁还担任了不少国产故事片的配音任务，那是改革开放的初期。其中有上海电影制品厂（上影厂）的《珊瑚岛上的死光》、谢晋导演的《天云山传奇》等，展现不同色彩的声音。2009 年，在电影《十月围城》中，刘广宁还客串饰演了一次慈禧太后，搞笑的是居然还是别人给她配的音，大概是因为她的“公主音”太不“慈禧”了。

为艺先为人，刘广宁很善良，她严于律己，从不迟到、从不犯规，尤其是从不为一己私利而伤害别人。2009 年 8 月，在上海展览馆举行的一次观众见面会上，观众中有一个盲女孩，当她叙述自己对译制片的热爱，说虽不能目睹光与影的灿烂，但能在声音中感受世界的美丽时，刘广宁流泪了。她从台上走了下来，久久地把女孩搂在怀里……

刘广宁的家庭是幸福之家。1963 年，她和上海歌剧院小提琴演奏员潘世炎结为琴瑟之好。大儿子潘争 1990 年毕业于上海戏剧学院导演系，后来是加拿大卡尔加里大学 MBA 硕士毕业；小儿子潘亮曾在哈佛大学从事博士后研究，他们都是事业有成。1991 年刘广宁退休后，曾和家人一起移居香港，回到这个她出生的地方生活了一段时间，进行普通话推广和教学工作；2008 年她又回到上海，继续在台上台下发挥她的余热。

刘广宁告别人世后，同事、同行、观众中，数不清的人写文章、发唁电，那是发自内心的深切怀念。《生死恋》中夏子的扮演者栗原小卷发来唁电，她感谢刘广宁“多年来给予我的诚挚友情和关心”。“配音王子”童自荣当天手写纪念文章：“一整天我心乱如麻，悲从中来，往昔幕幕在眼前，仍然那么鲜活：我们一起配《天鹅湖》，一起配《绝唱》，一起配《大海的女儿》……我这个观众眼里的配音‘王子’一直是陪伴这位配音‘公主’

而存在着的，如今‘公主’却先走一步了，怎么叫人不难过呢？经典片段《绝唱》，如今真的成为绝唱，令我唏嘘不已！”

“老兵永不死，只是渐凋零。”广宁已逝，天籁永存——“配音公主”，永远活在我们心中！

春风一蓑雨

地名，那是我们回家的路。

文化能趋同，文化亦可立异。而尊重文化多样性，就要尊重文化的独立性、异质性和完整性，不是把这“鸭头”当成那“丫头”。

谷雨·联合国·中文日

人间四月，万物生长，欣欣向荣，蒸蒸日上。

2019年4月20日，是农历二十四节气之谷雨，是第十个联合国中文日。当时联合国全球传播部发起有关“语言日”的倡议，目的是庆祝并促进多种语言的平等使用，不断丰富文化的多样性。其中，中文日就定在“谷雨”，以纪念“中华文字始祖”仓颉造字的贡献。

谷雨，是春季的最后一个节气，“雨生百谷”；而此间的“雨前茶”，因为叶含春雨，叶芽长得更加丰美，茶香更为丰沛怡人。“谷雨祭仓颉”，是自汉代以来流传千年的民间传统，在北方一些地区至今保留着该习俗。

因“谷雨祭仓颉”而来的中文日，如今已成为国际社会了解中国文化的重要窗口。联合国微信公众号报道说：十年大庆之际，纽约联合国总部举行了盛大的中文日庆祝活动，内容涵盖书画展、中文学习论坛、传统戏曲讲座等，一时间联合国总部洋溢着中华文化的气息。

中华文化，源远流长，海纳百川。汉字古老而美丽。“方块字”横平竖直，整齐均匀，早早就让书法成了艺术作品。作为中华创世神话之一，相传仓颉首创象形文字，“始作书契，以代结绳”，开创文明之基，而成“字圣”“中华文祖”。不管仓颉始创或整理了多少个象形文字，我们知道，中文之字、中文之文，是几千年来中华儿女以杰出的聪明才智创造、丰富起来的。

中文，即中国语言文字，进一步可拓展为中国语言文学。中文是世界上最常用的语言，拥有超过10亿的使用者。汉语言文化圈，不仅局限于中华大地，对周边国家影响也很深远，比如日本。2012年12月17日，日本朝日新闻中文网新浪微博，首创首发网络新成语“又双叒叕”，结果一语风行。“又双叒叕”，有着独特的造型：4个汉字拆开就是10个“又”字，厉害，真当是厉害！

建立在汉字基础上的汉语，呈现着独特韵味和结构美感。千百年来流传的对联，集中体现了这种整齐的结构美，其他国家的语言大约只能望而兴叹。而汉语之诗，最能体现汉语言的炼金术。比如唐代长沙《铜官窑瓷器题诗》，可能是当时流行的里巷歌谣，是如此大俗大雅：“君生我未生，我生君已老。君恨我生迟，我恨君生早……”在宋代诗人王观的笔下，春天是如此的鲜活迷人：“才始送春归，又送君归去。若到江南赶上春，千万和春住。”百年前李叔同写下《春游》的歌词，一句“莺啼陌上人归去，花外疏钟送夕阳”，把春天、春物、春人融为一幅春游图，看得人神醉心往……

进入现代汉诗时期，中文的表现力不断得以开拓。比如台湾女诗人夏宇的名诗《甜蜜的复仇》，只有寥寥19个字，却写尽了一生的情爱：“把你的影子加点盐/腌起来/风干/老的时候/下酒”。

联合国一位官员称中文是“华丽而微妙”，此言不虚。

香港中文大学电子杂志《独立时代》举办微情书征文大赛，获一等奖的作品《你还在我身边》，以逆向思维的独特语言建构，成为当代“游子吟”，火遍互联网：“瀑布的水逆流而上/蒲公英的种子从远处飘回，聚成伞的模样/太阳从西边升起，落向东方/子弹退回枪膛/运动员回到起跑线上/我交回录取通知书，忘了十年寒窗/厨房里飘来饭菜的香/你把我卷子签好名字/关掉电视，帮我把书包背上/你还在我身旁。”真可谓“言浅可以托深，文小可以喻大”。

语言是交流的基础，语言是表达的艺术。语言是有严格规范的，语言又是可灵活运用的；语言是约定俗成的，语言又是发展变化的。以汉字、汉语言为核心的中文，需要变得越来越美、越来越魅。毫无疑问，中文是世界顶级的非物质文化遗产，是属于全人类的瑰宝。

被保护的世界遗产

2016年，炙热酷暑，从土耳其伊斯坦布尔第40届世界遗产大会传来炙热的消息：我国又有两个项目申遗成功——湖北神农架成为世界自然遗产，广西左江花山岩画艺术成为世界文化景观遗产。联合国教科文组织总干事伊琳娜·博科娃接受新华社记者专访，认为中国是保护世界遗产的典范。

中国年年都积极申报世界遗产，这本身就是对遗产的高度重视。自1985年加入《世界遗产公约》至今，我国已经拥有世界遗产总数50项，仅次于意大利的51项，位列世界第二，其中世界自然遗产11项、文化遗产30项、自然与文化双遗产4项、文化景观遗产5项。我国是名副其实的“遗产大国”。

“中国人有很深的文化感和历史感，因而也具有很深的遗产感。”博科娃说，“中国对遗产的认识非常深刻，认为遗产不仅对增强民族自豪感非常重要，对围绕一些发展目标来动员民众也十分重要。”“遗产感”是一个很好的词语。我们需要“遗产感”，杜绝“遗憾感”。要杜绝“遗憾感”，唯有保护保护再保护。

遗产是最好的名胜、最美的风景。杭州的“双遗产”——西湖、大运河就是这样。如果最好最美的遗产都不好好保护、保护得好好的，那是对不起古人今人，对不起后代子孙的。神农架申遗成功后，当地将对游客人数进行限流，年游客量控制在 79.8 万人次以内，目前是 70 万人次。这也是保护措施之一。作为文化景观遗产的广西左江花山岩画，距今已有 2000 多年的历史，一直保护传承到现在，真是不容易。它是世界上规模最大的古代岩画之一，画面宽 170 余米，高 40 余米，面积 8000 平方米，可数的图像尚有 1800 余个，以人像构成主体；图像由单色平涂创作而成，场面壮观，富有动感，形成剪影般的视觉效果，具有强烈的艺术感染力，是壮族先民绘画艺术的不朽杰作。像这样的单色平涂岩画，破坏起来很容易，好在一直保护保留了下来。

保留下来的，就变成了遗存，变成了文化。文化景观遗产，是人类罕见的、无法替代的、全人类公认具有突出意义和普遍价值的“自然和人类的共同作品”。它的产生具有唯一性，它若被破坏就具有不可逆性。世界遗产属于我们全人类，接下来我国遗产总量很可能会超过意大利，成为世界第一，这是中国的骄傲，也是世界的骄傲，中国应该成为保护世界遗产的典范。

我国之后提交申遗的将是青藏高原上的可可西里。可可西里国家级自然保护区，位于青海省玉树藏族自治州西部，是世界上原始生态环境保存较好的自然保护区，也是我国面积最大、海拔最高、野生动物资源最为丰富的自然保护区之一，是藏羚羊、野牦牛、藏野驴等珍稀野生动植物的栖息地。在高原上，在无人区，保护自然环境，保护珍稀动物，其实难度更大，更需要花大力气把保护工作做扎实。

努力保护和捍卫世界遗产，已列入联合国《2030 年可持续发展议程》的具体目标之一。人类要想做到“可持续发展”，那么世界遗产就必须做到“可持续保护”。

巴西博物馆，不可想象

真是不可想象！

2018年9月2日晚，在巴西里约热内卢，巴西国家博物馆发生严重火灾。经过一夜的灭火抢救，当地消防队控制了火情。但是，揪紧了的心完全放不下。报道说，博物馆整个三层建筑基本被烧毁。从空中俯瞰，大火过后的博物馆几乎只剩一个空壳，曾经存放文物的房间早已在大火中焚毁、坍塌。在博物馆的一楼，地上堆满了散落的建筑碎块。国家博物馆副馆长表示，博物馆仅有10%的馆藏品得以幸存，包括陨石、矿石和部分陶艺收藏等。哦，陨石、矿石和陶艺相对不怕火烧。

巴西国家博物馆建于1818年，前身是一座供葡萄牙王室居住的皇家宫殿，是巴西最古老的历史建筑之一。它是整个美洲大陆历史最悠久、馆藏最丰富的博物馆，收藏有2000万件文物和资料，其中包括古埃及、古希腊、古罗马的文物，拉丁美洲多个民族不同年代的文物，以及各种艺术品、巴西500年历史文献等。毫无疑问，里面有不少是世界闻名的珍贵文物。

博物馆工作人员在废墟之中找到一块头骨，而这很有可能是博物馆的镇馆之宝——拥有11500年历史的美洲最古老人类化石“卢西亚”，专家组正在对头骨进行鉴定。

这场灾难，给巴西造成了无法估量的经济与文化损失。截至我写稿时，官方尚未公布火灾原因。这是你想象不到的悲剧：灭火时，距离现场最近的两个给水栓，竟然没有水源储备！消防员不得不用运水车从附近的湖泊取水。巴西媒体普遍认为，资金不足、年久失修，是酿成这场大祸的主要原因之一。无论火因是何，没有保护好历史文化遗存，是“文化自毁”！

水火无情，古老的博物馆，最怕的就是一把火。我曾经去过德国的“文化心脏”魏玛。魏玛古城是世界文化遗产，然而很不幸，2004 年 9 月 2 日晚间，魏玛著名的安娜·阿玛利亚公爵夫人图书馆发生了冲天大火。火灾是由顶楼电路故障引发的，整整烧了 3 个小时，3 万本珍本图书被烧毁，其中包括 1 万多册孤本，以至于德国文化部长说这是“德国文化的一场大难，世界遗产的重大损失”。

这个创立于 17 世纪的图书馆，是世界文化遗产之一。它的洛可可式大厅非常漂亮。馆内拥有超过 100 万册藏书，16 世纪马丁·路德的圣经，歌德、席勒及莎士比亚当年的原版剧本，都是馆藏经典。歌德这位世界级文豪，曾经应邀当了 35 年的图书馆馆长。

当年 300 多名消防员冒险冲入大火中，图书馆工作人员以及市民也都赶到出事地点，和消防员一起组成了一条移动的传送带，奋力将其中的 12 万册图书运送到了安全地带。

他山之石，可以攻玉；他山之“滚石”，可以毁玉。教训是深刻的，警示是深重的。对于历史文化遗存，人类世界还有一种非常可怕的无形大火——或者说是无形的“小火”，经过长时间的看不见的“燃烧”，慢慢地、悄无声息地把一些历史文化遗存给毁灭了。从较长的历史时空看，这种湮灭同样也是非常可怕的。

巴黎圣母院的大火

世界文化遗产，如此多灾多难。2019 年 4 月 15 日，对于巴黎，对于法国，对于全世界来说，都是一个不幸的日子——位于法国首都的巴黎圣母院发生大火。巴黎圣母院损毁严重，顶部三分之二被焚，哥特式的塔尖在火中倒塌。

4 月 16 日，中国国家主席习近平向法国总统马克龙致慰问电，向全体法国人民表示诚挚的慰问："巴黎圣母院是法兰西文明的重要象征，也是人类文明的杰出瑰宝。中国人民同法国人民一样，对此次火灾深感痛恻。相信在法国人民努力和国际社会支持下，巴黎圣母院一定能顺利修复、再现辉煌。"

"痛恻"一词，让人过目难忘！巴黎圣母院是法国的文化地标，是联合国教科文组织确认的世界文化遗产，是人类历史上最为辉煌的建筑之一，其地位和历史价值无与伦比。大火发生之际，法国总统马克龙沉痛地说："圣母院的火焰吞噬了巴黎，而激动的情绪席卷了整个法国。此时此刻我感到很痛心，我们每个人的内心都有一部分被大火烧掉了。"

文物的生命只有一次，失去就不会再来，这是世界文明的重大损失！我手头有一本北京美术摄影出版社出版的《哥特艺术》，重达 6 公斤，其中用 4 个页码大篇幅地介绍了巴黎圣母院，图文并茂：1150 年开始兴建的巴黎圣母院，是一座伟大的哥特式建筑；巴黎圣母院从一开始就是以城市的核心建筑来设计的；建筑师以独特的方式，让巴黎圣母院超越其他所有建筑的传统规制，获得突破，发展到一个全新的境界……

法国大文豪维克多·雨果的小说《巴黎圣母院》，让巴黎圣母院尽人皆知。雨果偏爱宏伟和壮丽，巴黎圣母院正是一座巍峨壮丽的建筑。雨果酝酿小说时，就决心以这座大教堂为中心建构故事，以倾注他对圣母院的深厚之爱。

与全世界所有古建遗存一样，只要有木结构，都会怕水火。“人间至辉煌者，宫阙巨殿；人间至无情者，水火生死。”经过这场“火殇”、这场“炼狱”，世上再无完美的巴黎圣母院。

巴黎圣母院，全身都是宝；大火延烧近 10 个小时，400 多名消防员奋不顾身冲入火场抢救文物，至少 30% 的艺术品得到了抢救性保护，其中包括重量级文物——耶稣受难荆棘冠和圣路易斯长袍；三个古老的、巨大的、漂亮至极的、著名的玫瑰花窗幸免于难；被雨果称为“石头交响乐”的石材主体结构得以保存。

作为世界顶级文化遗产，需要世界顶级的消防安全。目前起火原因尚在调查中，法国有关方面说，可能是顶楼电线短路引发，也可能与现场的修缮施工有关。消防，消防，应该先防后消，科学救援。有报道说，大火发生后，不动用直升机洒水灭火，是担心整个楼顶坍塌。相信法国方面事后会做科学的分析研究，避免今后悲剧重演。

这些年来，世界各地文明遗迹毁于大火的案例不少。就在同一日，千里之外的耶路撒冷阿克萨清真寺也发生火灾，幸好受损不严重。但 2018 年 9 月 2 日巴西国家博物馆发生了严重的火灾，文物损失极其惨重。而在 2004 年 9 月 2 日晚间，德国魏玛著名的安娜·阿玛利亚公爵夫人图书馆顶楼电路故障引发大火，烧毁了 3 万多本珍本图书……

唯有严密强化消防安全，才能避免这样的“文化灾难”；唯有做到“万无一失”，才能避免“一失万无”。这天，“故宫消防”上了热搜，因为故宫有着强大的消防安全网，如今“禁烟、禁火、禁车”，先后保持了 49 年零火灾的纪录。杭州也正在施行“天地一体”不可移动文物实时监测系统建设，力图构建物联网电气火灾风险管理系统，保证文物保护管理实现科学化、规范化、智能化……

文化遗存的消防安全管理，世界各地差距很大。联合国教科文组织应该出面，督促世界文化遗产都能落实世界顶级的消防举措。

世界文化遗产，体现了人类文化、文明的最高海拔高度；现在，我们需要提高对其安全保护的认知高度，唯有两者的高度相匹配，安全才能真正做到“万无一失”。

春风百里不如读书

春风百里不如你。春风百里不如书。春风百里不如读书。为好书加油，为阅读助力。随着春风送暖、春花灿烂的季节到来，“2019 春风悦读榜”评选活动开启。评选活动由浙江省新华书店等单位主办，浙江省作协主席艾伟等著名作家出任评委，各大出版社社长参与荐书。刚刚看到广西师范大学出版社社长张艺兵先生推荐了“回望之书”3 种：《风雅宋》《枢纽》和《一个人的文学史》。

这次评选活动，最终将评选出白金图书奖、浙版好书奖等七大奖项。这都是在鼓励写好书、出好书、读好书。书出得好，还需发行好。1937 年 4 月成立于延安清凉山的新华书店，是我国的国有文化企业，是图书发行的重镇，是一块金字招牌。2019 年，是浙江省新华书店与读者同行的第七十年。浙江省新华书店出面主办“悦读榜”活动评选好书，是颇具眼光的。好酒也怕巷子深，“卖书”如“卖酒”，也需要好好吆喝。

阿里巴巴发布的《2018 年中国人读书报告》显示：2018 年我国新增的阅读人数接近 3000 万，人均购买纸质书达到 5.5 本。这是一个好的趋势，说明买书读书的春风渐渐猛了起来。如今图书的载体越来越多元，纸质书、电子书、手机 APP 听书，已然三分天下。我手头的《风雅宋》（吴钩著）、《枢纽》（施展著）是实体书，《一个人的文学史》（《收获》主编程永新著）

则是电子书。

实体书的藏书成本如今越来越高，每本书所占房子的“平方厘米”，其价格往往超过书的售价。我本人买书太多，藏书亦成负担，为了“减负”，在3月20日那天，我将近万册藏书捐给了浙江大学宁波理工学院传媒与设计学院。这是家中藏书的一半，这两年主要放在租来的房子里。那天来了一批工人，搬来两台打包机打包，最后运了两卡车。几十年来，我的写作很大程度上是靠这些多年积累起来的书滋养的。捐书那天恰逢联合国“国际幸福日”，捐书以让书籍发挥更大的作用，是谓幸福。

学习型的杭州，是阅读之城、是写作之城。读写是一家，我期待杭州的作家、学者，能够像天下第一“宋粉”吴钩那样，写出像《风雅宋》那般有影响力的有关南宋的畅销书、常销书，毕竟杭州是南宋的“老家”。

如今杭城读书氛围营造得越来越好。杭州市图书馆有个著名的“馆规”：欢迎流浪汉、拾荒者来看书，只要把手洗干净。这让我想起最近爆红网上、被网友戏称为“流浪大师”的上海流浪汉沈巍。他一身破烂，但因为酷爱读书，尤其是古书，且言语表达流畅、颇具哲理——这与他的流浪汉形象反差强烈，从而引起了公众的强烈兴趣。他当然不是什么大师，而是有典型的第欧根尼综合征——一种轻度的精神病，又名肮脏混乱综合征。他有两个“为生”：一以捡垃圾为生，二以买书读书为生。他经常蹲在地铁里或路灯下长时间地看《尚书》等古籍，这可不简单。公众不是对流浪汉感兴趣，而是对流浪汉爱读书感兴趣，这很有价值。流浪汉都如此痴迷读书，那么我们正常、寻常的人，更不应该离开阅读了。

苏联作家肖洛霍夫说：“我愿我的书能够帮助人们变得更好些，心灵更纯洁，唤起对人的爱，唤起积极为人道主义和人类进步的理想而斗争的意向。如果我在某种程度上做到了这一点，我就是幸福的。”好书具有影响人的智慧和心灵的强大力量；好书造福人类，读书造福自己。阅读和悦读，正是最暖的拂面春风。

最是书香能致远

让读书成为习惯，让阅读成为常态。

2019 年 4 月 23 日，正是“世界读书日”。每年的这一天，图书就成了公众聚焦的主角，图书的创作者、出版人、销售商以及媒体，如火如荼地参与着一场场与阅读有关的活动。

这一天，中央纪委国家监委网站开展了“世界读书日 · 你读我听”征集活动，面向各级纪检监察干部征集读书感悟、心得；当当网举办“书香节”，推出“满 100 减 50”活动，等于打了一个对折，大受读者欢迎。此外，今年读书日适逢国际天文联合会成立 100 周年、人类首次登月 50 周年；浙江图书馆白天有相关新书分享会，晚上的“图书馆之夜”活动，主题定为“星耀九天 畅想未来”，呈现了一场“天穹乐音”主题音乐会。同时，自 4 月 23 日起，杭州市公共图书馆统一免除逾期费，以降低借阅的门槛……

如今阅读越来越广义了，通过手机和阅读器，阅读电子书，已然越来越普遍。4 月 19 日，国家图书馆互联网信息战略保存项目启动，以保存互联网时代的国家记忆和数字遗产。保存，以留给未来人阅读，一种重要的非物质记忆遗产。

世界读书日到来之前的周日，是读书日活动的黄金时间。杭州图书馆 1 号门前广场，杭州市献血管理中心等单位举办了第六次读书日专题献血活动，邀请多位在杭作家现场亲笔签名赠书。我作为其中一员，带去了两本不久前出版的书：《在大地上寻找花朵》和《敬畏与底线》。读书是“个益”，送书是公益；为了这文化公益，文心与爱心齐飞，暖阳共暖春一色。这天，杭州图书馆启动第三季“我和我的祖国 为地球朗读”24 小时全球接力公益朗读活动；该馆的市民朗诵团，还走进环保分馆、运动分馆、法律分馆、自然分馆、李白诗词文化分馆，举行全城阅读朗诵快闪活动，用诵读的方式，展现阅读的魅力，与杭州市民分享阅读的快乐。

尽管读书不只是“读书日”这一天，读书也不应该成为一种被提醒和标榜的符号，但现实告诉我们，有一个具有仪式感的节日，以推进全民阅读，对于当下的我们来说是不可或缺的。不久前，中国新闻出版研究院发布了 2018 年全国国民阅读调查结果，结果显示，我国成年国民人均纸质图书阅读量为 4.67 本，电子书阅读量为 3.32 本。这一数字与 2017 年基本持平，但与爱阅读的国家相比，差距十分巨大——世界上读书量最大的国家是以色列，人均每年读书 60 多本。所以，我们需要营造一个良好的读书环境与氛围，从而影响更多的人积极加入阅读的队伍，让每天都成为每个人的读书日。

最是书香能致远。世上最好的“芝兰之室”，就是书房、书店、图书室、图书馆。只要“芝兰”是书籍，那么，久入芝兰之室就能恒闻芝兰之香。古人所言“读万卷书，行万里路”，就是不但要行走于万水千山中，还要行走在字里行间；而字里行间的万水千山，一路都洋溢着芝兰之香。

民间自发进行的“晒书接龙”活动，也是为阅读助力，也在向阅读的万水千山挺进；我也从一位书友手中接过接力棒，按要求连续 5 天晒出读过的书籍封面，我是每天晒 6 本。我家什么都不多，就书多，家里就是一个小型图书馆。我觉得今后最理想的状态，就是家家户户都能设一个专属于自己的“小图书馆”。

对于个人来讲，读书是在别人思想的帮助下，建立起自己的思想，并且让自己的思想变得更广袤深远；对于城市而言，则一定要书香四溢，这样才具有真正的城市品位和城市魅力。

书香，书香，最是书香能致远！

世界读书日：日日读书读世界

“在密密的书林里，到处有我们的宿营地……”这说的是读书。

2020年4月23日，又是一年一度的世界读书日。这一周，在许多地方都办成了“读书周”。《南方周末》联合多家出版社，举办“春日读书周”活动，邀请读者一同开启阅读计划。凤凰网的“文度记”，推出“度书三问”活动，邀请出版人、读书人、写书人、评论人等上百位知名人士，和公众分享阅读心得、推荐好书……

杭州是个充满书香的城市，《都市快报》今年再次推出全民阅读活动，举办“首届快抱读书节”，活动先后将持续一周时间，包括名家大咖带你读好书、春日书香朗读亭、线上打卡阅读赢好礼、网红爆款书福利专场……其中特别邀请作家麦家、海飞、王旭烽担任“首届快抱读书节”阅读大使、作家大使，为读者准备了“书香好礼”——签名书。

4月22日晚，在杭州的“文化客厅”——纯真年代书吧宝石山店，举办了著名姐妹作家张抗抗和张婴音的作品合集《姐妹》新书首发式。这是姐妹俩首次联袂推出作品集，《姐妹》所书写的，是对自然、人性、社会的挚爱与反思。姐姐张抗抗19岁离开故乡杭州，远赴北大荒，后来成为中国著名的作家，是中国作协副主席；妹妹张婴音留在杭州，成长为儿童文学作家，在文坛，她的知名度也不小。尤为可贵的是，96岁高龄的父亲张白怀，为女儿的书写序，他也是风骨铮铮的著名作家和报人……一个家庭写书出书的小事，同样折射出杭城书香盈盈的大事。

杭城书香，常常与公益活动连接在一起。4 月 23 日世界读书日当天，杭州市献血服务中心等单位将第七次举办“无偿献血，书香为伴”主题活动，地点就在其单位所在地武林路 345 号，在杭 4 位名作家为献血者签名赠书……就像得名于“温度计”谐音的“文度记”一样，这样有温度的公益活动，就像是一支人文“温度计”，以人文情怀激励公益行动，以文化精神挖掘人生美学。

生有涯，知无涯，所以要读书，要一辈子持守地、不可中断地阅读。不读书而想混世界，最终是混不下去的。不读书的无知者，他整理来整理去，其实只在整理自己的愚昧与偏见。对任何人来说，读书就是本分，读书就是修行。事实上，看看读书的投入产出比，其收益可是最高的。所以，我们要不断地为自己的阅读、为他人的阅读加油。

这是一个流传很广的关于“加油”的故事：道光年间，张之洞的父亲张锳任职贵州安龙城，他非常尚学重教，每天夜里都派两个差役，深夜出门，前一个提着灯笼，后一个挑着桐油篓，沿着大街小巷游走，只要见到哪户人家亮着油灯、有人尚在读书，就会停下来，高唱一声：“府台大人给相公添油啰！”读书人开门后，差役就从油篓中舀出一勺清亮的灯油，倒进读书人的灯盏里……就这样，张锳派人每晚给读书人添加灯油，前后坚持了 13 年，夜夜如此，“加油”一词，也因此而流传。

日日读书，夜夜读书，日夜读书，遍读世界。让我们一起不断地为读书“加油”，为前行“加油”，为进步“加油”！

“小镇”里的“文化升级”

有一种生活风格，叫小镇；有一种文化风情，叫小镇；有一种梦想风帆，叫小镇。

新华社 2016 年 6 月 26 日报道，一个月后，美国艺术家安·汉密尔顿的装置作品《唧唧复唧唧》，将在乌镇国乐剧院展出——一台老式织布机摆放在舞台中央，线轴连在剧场的座椅上，整个剧院将化身一台体量硕大的手工织布机。这是应“乌镇国际当代艺术邀请展”之邀，汉密尔顿创作并展出的作品。自 2 月起，首次来到乌镇的汉密尔顿，和她的学生挨家挨户敲当地居民的门，收集不要的旧毛衣。从传统文化到当代艺术，中国江南古镇正走在“文化升级”之路上。

既有的文化，让“江南小镇”变成了“江南古镇”，变成了“旅游热镇”。作为一个拥有 1300 年历史的文化古镇，乌镇 2015 年的游客量超过 970 万人次，是中国接待量最大的单体景区之一。但仅仅躺在前人留给我们的“历史文化名镇”上过幸福的日子是不够的，所以乌镇期待一步步的“文化升级”。

文化是小镇之魂。文化化人，文化是人创造的，又是熏陶人的，且是人们愿意主动受其熏陶的。经典文化的传承，一定能够引起后代的共鸣。1996 年诺贝尔文学奖得主辛波斯卡，在她的名诗《博物馆》中说：“王冠的寿命比头长，手输给了手套，右脚的鞋打败了右脚。”这，就是文化的生命力。家乡在浙江南浔的著名作家徐迟，以一部自传体长篇小说《江南小镇》，给“水晶晶的家乡”留下了不灭的文化记忆。我聆听着罗大佑的《鹿港小镇》，去到台湾的鹿港小镇，感受民俗文化的风华，体会“鹿港的清晨鹿港的黄昏”，体会“徘徊在文明里的人们”，那也是别有一番滋味在心头。

在行政地域概念的小镇之外，浙江崛起了一批“特色小镇”。2014年10月，时任省长李强首次提出“特色小镇”的概念；2015年6月，首批37个省级特色小镇名单公布；2016年6月，特色小镇2015年度考核成绩单发布，其中7个被评为优秀、9个良好、17个合格，还有3个被警告，1个被降格。在7个“优秀小镇”名单中，杭州有3个——上城玉皇山南基金小镇、西湖云栖小镇、余杭梦想小镇。《杭州日报》记者日前专访了3位小镇“镇长”，揭示了“优秀小镇”优秀的DNA：

玉皇山南基金小镇，构建了一个“金融生态圈”，3年来，税收实现“三级跳”，今年小镇税收预计将突破10亿元大关；云栖小镇，逐步形成了较为完善的云计算产业链条，去年近80亿元总产值中涉云产值近30亿元；梦想小镇，最大限度地降低创业成本，形成“新陈代谢”的良性循环，从粮仓到“良仓”，集聚创业者近5900名、项目近640个，开园当年税收过100亿元……

毫无疑问，“特色小镇”的模式，肩负的是探索经济转型升级的新使命。浙江要打造100个“特色小镇”，即是以此为载体，扬起梦想风帆，释放蕴藏在大众创业、万众创新之中的无穷创意和无限财富，着力打造创业创新的新生态系统。“特色小镇”在扎稳脚跟之后，同样也需要重视“文化升级”。“特色小镇”的文化底色是创业文化。创业文化作为一种系统性的社会文化，是与经济直接挂钩的文化，具有知、情、意相统一的文化精神，具有开拓、冒险和创新的内涵，具有深刻的社会意义、经济意义和文化意义，非常值得总结与抒写、传播与弘扬、保护与提升。另外，在珍重创业文化的同时，需要改善小镇人文环境、引进小镇文化因子、完善小镇文化布局、优化小镇公共文化服务、保障镇民文化权利、树立小镇文化形象，等等。

一言以蔽之，就是以“文化升级”助推“小镇升值”；这，总归是一个文化大课题。

艺术小镇与乡村振兴

这是藏在大山深处的神奇的艺术小镇：在浙南丽水莲都有个古堰画乡小镇，小镇的人们用画笔描绘秀山丽水，用画笔构建“巴比松”画派，用画笔托起乡村振兴之梦。

2019年8月19日至25日，“2019古堰画乡小镇艺术节”举办，浙江丽水“巴比松”国际研讨会同时举行。这是跨越万里的艺术共振，国内外400余名艺术家在此聚集，法国“巴比松”七杰的经典原作在此亮相，一系列高水平、高品位、高层次的艺术盛宴在此呈现。

“诗和远方入画来”，八百里瓯江孕育出“最美艺术小镇”。这里有建于505年的国家重点文物保护单位通济堰，有古街古亭古埠头，有青瓷古窑址，有大大小小的古村落和古樟树群。自20世纪80年代以来，一批当地青年画家扎根瓯江畔的古堰画乡，借鉴法国“巴比松画派”技法，描绘地域特色鲜明的山水风光，形成了丽水“巴比松”画派。古樟、码头、老街、画室，古堰画乡成了中国著名的美术写生基地和摄影创作基地。古堰画乡经过长期的发展和沉淀，成了特色艺术小镇，不断衍生出的“艺术+”产业，包括文创、民宿、服装、教育等，让“艺术使乡村振兴”变成了现实。

在城市的老厂房里可以创建文创中心，在乡村同样可以构建艺术小镇。艺术，让乡村更美好。特色小镇之“特”，“巴比松”的古堰画乡确实独一无二。如今这里已成为“文艺打卡地”，年游客量超170万人次，近70家画家企业、300名创客签约入驻，年接待写生创作人数15万人次以上，油画产业年产值达到1.2亿元……绿水青山就是金山银山，用艺术的画笔来描绘绿水青山，铸就了更具价值、更为可贵的“金山银山”。

“特色小镇看浙江”，由浙江最早探索的特色小镇，在短短几年时间内已经走向了全国。产业特而强，功能聚而全，形态小而美，机制新而活的特色小镇实现了生产、生活、生态的“三生融合”，以及文化、产业、旅游、社区功能的相融合。特色小镇的生命力在于文化，特色小镇需要高端要素集聚，而文化就是高端要素的核心。艺术小镇就是以艺术为灵魂，以文化为产业；它是特色小镇中的一个重要门类，属于“轻资产”文创产业发展形式。在所有特色小镇里面，艺术小镇极强地呈现了品牌的创新性、艺术的创造力和文化的生命力。

放眼世界，相似的艺术小镇有不少，并且总能让人津津乐道。在韩国，有个南怡岛，这里把杂草变成花草，把噪音变成旋律，把野草变成纸张，把风景变成韵致，通过艺术家的创意设计，发掘出了属于南怡岛的独有文化，让它变成了一个世界知名的文化旅游小镇。在日本，“艺术振兴乡村之父”北川富朗，创建了“越后妻有”村落的大地艺术，构筑了“没有屋顶的美术馆”，为古老的乡村带来非凡的现代艺术色彩，成为全球公认的以文化艺术带动地域振兴的经典案例。在美国，则有“卡梅尔文艺小镇”，这是一个充满波希米亚风味的精致的海滨文艺小镇，不仅有沙滩、大海，还有古老的欧式建筑、200多年历史的西班牙教堂，以及几百家大大小小的画廊和许多艺术家的工作室，它被称为“艺术家、诗人和作家创作的圣地”……

与世界著名的艺术小镇相比，我们的小镇影响力距此还有不小的差距。在今后的发展过程中，古堰画乡艺术小镇应该因山水而制宜，挖掘小镇生态禀赋和人文底蕴，构建“田园艺术综合体”，实现产业融合发展，吸引更多艺术人才，着力打响特色品牌，充分利用互联网输出品牌形象与个性文化，从而成为浙江乃至全国特色小镇的标杆，为“大花园”建设，为乡村振兴、文化复兴贡献独特的力量。

同绘空间

“上知天文，下知地理”，说的是天文地理之重要，也说明知晓天文地理的人之厉害。

2018 年 11 月 19 日至 21 日，首届联合国世界地理信息大会在浙江德清县举行，100 多个国家和地区的 1200 多名嘉宾齐聚美丽的莫干山下。大会以“同绘空间蓝图，共建美好世界”为主题，旨在增进对地理信息管理的沟通、理解、认知和应用，从而促进全球地理信息领域的共同繁荣发展。

在乌镇办世界互联网大会，在德清开世界地理信息大会，没错，这都是世界级的。莫干山下的德清地理信息小镇，被称为是“撬动”地球的小镇。德清在将来，要成为地理信息领域的“达沃斯小镇”。这次会议的主阵地是德清新地标——德清国际会议中心，这里地处凤栖湖水中央，非常漂亮。来自浙江大学的总设计师吴震陵，就是心中装着“天文地理”，以“击云破晓，凤舞九天”为设计理念，怀辽阔之心得见天地苍茫，构建出了这大地的美丽“凤眼”——这本身就是将人文地理熔铸于建筑空间、实现“同绘空间蓝图、共建美好世界”的典例。

如今，无论是你手中拿着的地图，还是手机里拥有的地图，还是汽车里的导航地图，都离不开地理信息。“天文地理”越来越重要，这是不言而喻的。世界地理信息大会，其实承担着一系列“高大上”的任务：增强全球及各界对地理信息不可或缺的重要性的共识；完善全球地理信息治理体制机制；提升全球地理信息科技、数据、人才和产业发展能力；构建全球地理信息数据共享平台和支撑环境并推进应用；扩大地理信息双边、区域、“一带一路”和全球合作网络；共同应对地方、国家及全球面临的发展挑战，等等。

“同绘空间蓝图，共建美好世界”这句话，既是针对现实的，又是面向未来的。在我们身边，城市发展快，地图也变得快。杭州地图翻新很快，这个曾作为新闻上过报纸。面向未来，必定是越来越数字化、媒介化，这是趋势、大趋势、美好的大趋势；绘好空间蓝图，受益者无数。

那么“共建美好世界”怎么建？一个非常好的典例是：2017 年浙江大学吴朝晖校长率团访问美国哈佛大学地理分析中心，签署了合作共建学术地图发布平台谅解备忘录。哈佛地理分析中心的建立，给多个学科不同来源的空间数据整合提供了一个共同的平台，其中的中国部分，就包括了人口统计、交通、城市研究、能源、环境、教育、气候、公共健康、经济、历史等诸多领域的地理信息数据和可视化地图。未来社会是物理世界和虚拟世界的交融，这两个世界的交融将形成新的科学命题；哈佛大学与浙江大学的合作，是结合空间维度，推动知识创造。浙江大学人文学院徐永明教授，正带领他的大数据与学术地图创新团队，致力于推进各种文献的数字化，建设人文地理信息数据库，打造学术地图发布平台。

一个明晰伦理、通晓文理、懂得地理的人，就是最适合绘制空间蓝图、构建美好世界的人。

水的文化风景

时光把那一块块石头垒成的江堰、水系，变成了文化。

《杭州日报》2018 年 8 月 15 日关于古江堰、古水系的两个报道，让人欣喜不已：一是杭州萧山进化镇欢潭古村一张古水系地图，还原“古梦”；二是浙江龙游姜席堰，与另外三个中国古代灌溉工程项目一起，成功“申遗”。前为地方小事，后为国家大事，其本质都是一样的，那就是经过时间的沉淀，与水“打交道”的建筑，已然成为极为宝贵的文化风景。

“静山、动水、花为媒。”在萧山进化镇，在这个名叫“欢潭”的古村，水能见证千年历史。南宋时，岳飞率兵抗金经过此地，笑饮潭水，于是有了“欢潭”之名。这里的“水”，尽管不是“深千尺”的“桃花潭水”，但那也是欢潭之魂。因为拥有一张欢潭古水系图，当地由此出发，致力于恢复历史水系原貌，还原“千年欢潭”，使三条古水系能够“情景再现”，从而各具各的特色、各呈各的功能。修合“人可见”，存心有天知！欢潭古水系恢复提升工程，在 2018 年 9 月正式完工，一条条古溪水的一一恢复，将一个山清水秀、人文底蕴深厚的古韵欢潭呈现给了世人。

这，恰好就是依托了现有山水脉络的独特风光，让城镇融入自然，从而让居民以及游客能够望得见山、看得见水、记得住乡愁。把城镇放在大自然中，把绿水青山还给居民，并以此传承文化、传递情怀，才能发展出有地域特色、历史记忆、个性特点的美丽城镇。

尽管快的东西不一定都是糟粕，但是好的东西大多都需要时间的沉淀。有人曾说：“有时候，时间能改变一切；有时候，时间什么也改变不了。”我们最希望的就是时间不会也不能改变美好的历史文化。一个明证就是：浙江龙游姜席堰、四川的都江堰、广西兴安县的灵渠、湖北襄阳的长渠，它们历经千百年，在今天脱颖而出，成为2018年世界灌溉工程遗产(第五批)。这是在加拿大萨斯卡通，在国际灌排委员会第69届国际执行理事会的全体会议上，所传给中国的好消息。

在今年诸多申报项目中，另有来自印度、意大利、斯里兰卡等国的10个工程入选。截至目前，世界灌溉工程遗产共入选五批68处，我国此前已入选了13处，其中包括浙江的丽水通济堰、诸暨桔槔井灌工程、宁波它山堰、湖州溇港。

大家都比较熟悉著名的浙江龙游石窟，没想到龙游的姜席堰，也是美丽惊人，而且是“世界级”的。姜席堰始建于14世纪——那可是680多年前，由蒙古族地方主官修建的；渠首源自衢江支流灵山港，利用河中沙洲构建了上下二堰，以此引水灌溉3.5万亩农田，至今源源不绝、生生不息。

世界遗产内容丰富，我认为可分为两级世界遗产：一级遗产包括世界文化遗产、世界自然遗产、世界文化与自然遗产、世界文化景观遗产四类；二级遗产包括非物质文化遗产、世界农业遗产、国际湿地遗产、世界灌溉工程遗产四种。后者侧重于专业遗产。这次也成为世界灌溉工程遗产的四川都江堰，曾于2000年被联合国教科文组织列入世界文化遗产名录，在今天又成了“专业型遗产”，这正是对世界文化遗产的必要补充。

看欢潭古水系，看龙游姜席堰，都让我们感受到曾经的“水利是农业的命脉”，而在今天，“水利”也是文化风景的命脉！

一石一世界

“敬畏自然，向大地要灵感；敬重师长，以德行传薪火；敬仰匠心，凭技艺铸灵魂……”2018年12月14日，在浙江青田第七届石雕文化节上，在“青田封门山·致敬匠心”大典中，来自全国各地的近千名工艺美术大师，大气磅礴地齐颂《工匠精神·青田宣言》。

在庆祝改革开放40年前夕，作为“一带一路”上中外交流的重要文化物件——青田石雕，正迎来新“石”代，开启新航程。地方特色文化，因为开放进取而呈现出大气磅礴的气势。

开放首先是思想的开放，进取首先是精神的进取。作为“石雕小镇”“中国石文化之都”，青田举办石雕文化节，不是站在地方看世界，而是站在世界看本地。12月13日，中新社一则题为《从青田石雕看侨乡：回家——再次改变命运的时刻》的报道飞向世界：众多海内外设计师、雕刻艺术家齐聚这里，助推青田石雕拥抱世界……与会的专家，来自世界顶尖文化艺术团体，来自联合国教科文组织所属的世界手工艺理事会，来自中国工艺美术协会，来自杭州西泠印社，等等，本质上，这是“中国青田国际石雕文化节”，它以开放的眼光、以进取的精神、以实际的行动增进国际文化交流，践行“一带一路”倡议。

开放必然是面向世界的。浙江青田是著名的侨乡，55万人口中，33万是旅居世界各地的华侨。以华侨为纽带，青田石雕走向世界。杭州著名诗人黄亚洲，面对中国四大名石之一的青田石主产区封门山，写下大气磅礴的长诗《封门山颂》，其中写道："青田的华侨，就是出国的石头 / 那种硬气，那种扎实，那种坚韧 / 让全世界明白了，什么叫中国人！/ 我们也能断言，青田的石头，就是不出国的华侨 / 那种坚定，那种气度，那种灵秀 / 让天下人知道，什么叫生活幻变成艺术 / 什么叫，大地升华为天堂！"

一石一世界，一石一古今。作为第一批国家级非物质文化遗产的青田石雕，是中国传统工艺美术的代表，距今已经有 1700 多年的历史。中国工艺美术大师评选是我国最高级别的大师评选，迄今共进行了七届，其中青田石雕大师共有 11 位入选，数量之多，在一个地方特色文化行业中，实属罕见。"技可进乎道，艺可通乎神。"工匠精神的核心内涵是精益求精，这在大师的大作中得以充分体现。匠心，匠心，不是先匠后心，而是先心后匠；投石问路，点石成金，金石之交，心坚石穿……大师们不忘初心，"刀"下留情；他们"一雕一万象，一雕一人生"；他们认真创意，大胆创新。在高精尖、高大上之外，任何的地方特色文化产品，今后要更广泛地走向世界、走进千家万户，则需要"文创品化"，即有更多的创新创意融合其中。

唯艺无际，际于天地。文化创造，如果没有大气开放，那就不会有大胆进取；要突破思想的天花板，才能突破发展的天花板。地方特色文化的发展，不是一个应激反应的结果，而是自身内在的基因变革和发展冲动的结晶。所以，面向世界，面向未来，尊重自身的内在性、尊重内在的动力源、尊重大师艺人的创造力和创新力，必定能让地方特色文化产业走向勃兴！

70 年的时光隧道

70 年风雨兼程，70 年沧桑巨变。“伟大历程 辉煌成就——庆祝中华人民共和国成立 70 周年大型成就展”在北京展览馆开幕，2019 年 9 月 24 日开始向公众开放，首日参观者人流如潮。

这是 70 年的“时光隧道”，这是 70 年的“历史走廊”。展览以时为序，展示了 150 个“新中国第一”。其中，第一个“第一”，是 1951 年 10 月官厅水库开工建设，这是中华人民共和国成立后建设的第一座大型水库；而最后一个“第一”，是 2019 年 1 月，“嫦娥四号”探测器在月球背面成功着陆，“玉兔二号”月球车与着陆器顺利分离后抵达月球表面进行探测，中国成为世界第一个月背着陆和巡视探测的国家。

历史上的许多“第一”，勾起人们的思绪，让人感慨万千。1951 年 11 月，中国第一套广播体操颁布，至今已先后颁布 9 套广播体操。你还记得哪一套广播体操的动作？1956 年 7 月 1 日，《人民日报》第一次刊登天气预报。而今天气象信息已经“无孔不入”、随处可见。1958 年 3 月，中国第一台黑白电视机——“北京”牌电视机研制成功。若是今天谁家里还有黑白电视机，那可是“文物”了。1958 年 7 月，第一台“东方红”拖拉机在河南洛阳第一拖拉机制造厂生产成功，结束了中国不能生产拖拉机的历史。原来那么简单的拖拉机，在中华人民共和国成立快 9 年的时候才生产出来，可见当年工业基础之薄弱。

随着时间的推移，越到后面，“第一”的出现就越让人震撼。1964 年 10 月 16 日，中国第一颗原子弹在罗布泊核试验场爆炸成功，从而打破了少数国家的核垄断。1988 年 9 月，中国第一颗极轨气象卫星风云一号 A 星发射成功，填补了我国应用气象卫星的空白。进入新世纪，创新新创的第一那是太多了，从填补自己空白的一个个“第一”，到世界科技领域的一个个“第一”，昭示着一个创新大国正在一步步崛起。

我们从历史中走来，走向未来。当历史沉默的时候，文物遗存会悄悄地说话，会轻轻地诉说历史的故事。很多人可能都不知道，中华人民共和国第一号博士证书，是 1982 年 3 月由著名核物理学家钱三强签发的；拥有这张编号 10001 的博士学位证书的幸运儿，是当年 42 岁的中科院理学博士马中骐，他由此被亲切地称为“第一号博士”。也正是“1982 年”这个时间节点，让我们知道我国博士的培养起步是多么的晚。到了 2015 年，作为发现青蒿素治疗疟疾的第一人，屠呦呦获得诺贝尔生理学或医学奖，成为我国科学家中第一个获得诺贝尔科学奖的获得者。科技进步、科教兴国，前路漫漫。

在历史的时光隧道中，许多时间节点，与我们的日常生活息息相关。比如 1950 年 5 月，中华人民共和国颁布的第一部法律是《中华人民共和国婚姻法》，“婚姻”还真是中国家庭的头号大事。1978 年，安徽省凤阳县小岗村，十八位农民在土地承包责任书上按下了红手印，拉开了改革序幕，农村改革终于让农民吃饱肚子。从计划经济走向社会主义市场经济，从“站起来”走向“富起来”，老百姓终于迎来扬眉吐气的日子。

许多事物的退出，是历史发展的必然结果。联系我们身边，当年告别短缺时期的“票证时代”，恍如隔世：1990 年 12 月 14 日，杭州市食盐、食糖、火柴、肥皂头一回敞开供应。两年后的 1992 年 8 月 1 日，杭州市区取消鲜蛋、豆制品凭票定量供应。1993 年 1 月 1 日，杭州取消全市粮油、民用煤油凭票定量供应，放开经营。1997 年 8 月 1 日，杭州宣告取消用煤凭票限量供应办法，“煤饼票”成了最后的绝唱——杭州市区日用品凭票供应的历史，到此正式宣告结束。历时30余年、多达20余种民用商品供应的票证，彻底退出了市场，杭州终于第一次迎来了彻底的“无票证时代”。

历史告诉未来，一个国家只有以人民作为发展的价值尺度，坚持改革开放，坚守发展的硬道理，才能凝聚起最大共识，激发出最强力量，书写一个国家的进步史诗。

互联网改变的面孔

书以载道，图以记史，文以铸心。来自新华社、中国文联摄影艺术中心、视觉中国的专家们，从10000多张图片中，遴选出了100件作品，从而有了《暖——互联网改变的100张面孔》的图片展，于第五届世界互联网大会期间，在江南水乡乌镇展出。这是乌镇举办互联网大会以来的首个摄影展，作品图文并茂，成为峰会的艺文亮点。

科技改变世界，网络改变面孔，文化改变生活。这100张普通人面孔里的“数字中国”，有情怀，很温暖。图片展聚焦互联网改变下的普通人面孔，展示了互联网带来的焕新与生长，以及互联网改变生活的方方面面——移动支付、网络公益、电子商务、工业互联、移动政务、绿色出行、共享经济、信用免押、小微贷款、知识付费等。如果没有互联网，世界将成什么样？

这最终入选的100位普通人，来自全国各地以及海外12个国家，最远的来自澳洲以及非洲安哥拉。他们有珠穆朗玛峰脚下的帐篷旅馆的老板，有中国制造之都东莞的数控工厂工人，有北京中关村的创业者，更有年届七旬依旧风采不减当年的“淘女郎”、年过八旬却掌握多国语言的老人……他们是互联网世界的参与者、推动者，也是互联网时代的受益者、鼓呼者。

一图一世界，一框一乾坤。世界是平的，无论国籍、肤色、种族，共筑命运共同体；科技是暖的，无论年龄、身份、贫富，同享民生获得感。“暖科技”的前面，就是“暖人类”——生活因温暖而美好！

其中有关杭州面孔的多幅照片，留给我极深的印象。比如在杭州互联网法院，法官萧方训和他的机器人“书记员”正在交流工作；大背景是：庭审时被告在律师事务所远程在线参与，“智慧法院”正在加速建设中。再比如在G20杭州峰会前夕，在中国生活了10年的德国女婿阿福，体验了一把“移动支付一日游”，他把这段难忘的经历发到网上，引起了德国网友的惊叹；他给德国总理写信，希望“移动支付”也能尽快“移”到自己家乡！

今天的年轻人，用互联网技术发现了需求，创造了需求，诞生了无数新实体，创造了无数新商机，呈现了无数新文化。在《暖——互联网改变的100张面孔》中，诸多朝气蓬勃的年轻人的面孔，看得我心花怒放、感慨万千！23岁的藏族帅哥次仁格旦，在海拔5200米的珠峰大本营开了一间“帐篷茶馆”，到珠峰旅游的各地游客，都可以用手机支付购买他家的甜茶。“90后”美女“网约导游”胡娜娜，每天都离不开手机，因为她需要随时回复客户的咨询和预订；网约导游个性化的新型服务，使她成了“黄金向导”，被称为“导游中的一股清流”。另一位年轻美女韦苡珊，毕业于四川美术学院设计系，从大学开始独自旅行，目前已行摄30国，撰写旅行游记和自拍攻略，她的“一个人旅行如何自拍”获得超千万的阅读量，在社交网络上深受欢迎……

2018年，是伟大的改革开放40周年，互联网的勃兴，无疑是40年来中国发展历史中一个最显著的特征。网络是平的，世界是奇的，科技是妙的，影像是美的，面孔是暖的。《暖——互联网改变的100张面孔》图片展告诉我们：网络空间命运共同体，本质上就是人类命运共同体！

数字经济与数字文化

互联网＋文化，会擦出什么样的火花？文化与互联网，有着天然的亲和力、强劲的融合力。在2019年全国“两会”上，“互联网＋文化”成为代表委员热议的话题之一。在数字技术快速发展的背景下，文化迎来新平台，呈现新生态；在数字经济风起云涌的今天，数字文化已经成为数字经济的重要构成部分；“互联网＋文化”的核心，就是“数字＋文化”。

数字文化，是以文化创意内容为核心；数字文化产业，则依托数字技术进行创作、生产、传播和服务。“数字＋文化”，呈现了生产数字化、技术迭代化、传播网络化、消费个性化等特点，既培育文化新供给，又促进文化新消费，带动文化内容生产、传播路径和消费模式发生深刻变革。文化和旅游部部长雒树刚说：“我们已经难以想象，文化新发展可以离开互联网；我们同样难以想象，互联网发展可以缺少文化的助力。”从本质上讲，文化不仅仅具有“助力”的功能，文化是精魂，数字经济需要渗透进人文文化的血液。

每一个个体的人，在温饱问题解决之后，都是要追求精神文化的。自1994年中国正式接入互联网以来，我国飞速发展成为网络和数字化大国。日前发布的第43次《中国互联网络发展状况统计报告》显示，截至2018年12月，我国网民规模达8.29亿，其中手机网民规模达8.17亿。巨大的网民群体，给数字文化产业的发展带来了巨大的“人口红利”。以网络演出、网络动漫、网络音乐、网络游戏、网络视频、网络直播、网络文学等为代表的互联网文化产业，已经成为文化产业的重要板块。电子阅读也越来越受欢迎，我本人购买电子书的比例相对于实体书也越来越高。

数字文化，方兴未艾。今后怎样助推数字文化的发展繁荣？以下三个维度很重要。

数字文化的发展，要重视平台的建设。因为数字技术的演进，文化生产的模式、平台和载体发生了巨大变化，文化已经越来越数字化。良好的平台、载体，为数字文化的发展赋能。今后平台更应守正出新，载体更要注重品牌。

数字文化的发展，依然是“内容为王”。在“两会”上，来自浙江的人大代表、《芈月传》作者蒋胜男，在接受媒体采访时说：“近年来网络文学的蓬勃发展，作为泛娱乐产业的源头，可以衍生出影视、游戏、动漫等相关文化产业。小说、影视、戏剧、动画……不管形式怎么改变，最核心的一定是故事、人物、情感引起公众的共鸣。我觉得这其中最重要的，是作者赋予了作品什么。”这里所说的核心，就是内容与品质。

数字文化的发展，同样离不开创造者的“自由心境”。更为宽松的环境，能让创造者思想活跃起来。思想与创作的关系，是一通百通。2020 年，600 岁的紫禁城为什么越活越年轻？在网络时代，故宫为什么能成为“网红”、惊艳了时光？正是因为在网络时代敢于大胆创新、自由创造。而设施智能化、数据融合化、传播网络化，成为对大胆创新、自由创造的一种加持。他们会卖萌、敢走红；他们让文物学会说话，激活了文创的品牌；他们让灯光照亮深宫夜景，踩准了起舞的节拍；他们开发的“掌上故宫”“每日故宫”“故宫展览”等，每天点击量超过 100 万次……

在笔者所在的浙江杭州，数字经济在今天已经成为经济发展的鲜明特点；今后，更应致力于推动互联网、大数据、人工智能与数字文化的深度融合，充分释放数字文化创新发展的强大动能。

挖出文化的绿水青山

不忘本来，吸收外来，面向未来。

20年前，山西平遥古城成功申遗，填补了我国以整座古城申遗的空白。2017年12月25日澎湃新闻网报道，平遥古城约有9个鸟巢的大小，有“知平遥而不知山西”一说，这座古城一年就要接待上千万的国内外游客。

靠“挖文化”，千年古城“挖”出了文化的绿水青山，实现了脱贫突围，文化的绿水青山变成了金山银山。

文化当然需要“不忘本来”。平遥古城始建于西周，距今已有2700多年的历史；它有“中国古建筑的荟萃和宝库”之称，文物古迹保存之多、品位之高为国内罕见。其实，自秦汉实行郡县制以来，这样的县城曾有数千座，高墙御辱，城内安民；而今，平遥成了“孤本”，时间只饶了这一座四方城池。

为了钱袋，毁了文化，毁了文化生态，好多地方干过这样的蠢事。在山西省的“黑金时代”，靠挖煤富起来了一批亿元县，而平遥当年想到保留保护，是多么的有远见有卓识！平遥古城用自己博大精深的底蕴，抵挡住了外界的喧哗与骚动。我们说，只有保留绿水青山，才能使绿水青山变成金山银山；只有恢复绿水青山，才能使绿水青山变成金山银山。而就文化的“绿水青山”而言，它是不可逆的，只有保留，无法“恢复”。

文化自然需要"吸收外来"。平遥古城当然是中国的，而且是古代中国北方建筑的典范，但是，其中有非常重要的外来的佛教文化的元素。平遥俗称"一城两寺"，两寺是镇国寺、双林寺。始建于五代十国北汉天会七年（963）的镇国寺万佛殿，是中国现存最珍贵的木结构建筑之一；而双林寺被称为东方"彩塑艺术博物馆"。佛教作为外来的宗教，对中国文化产生过巨大的影响、非凡的作用，在中国历史上留下了灿烂辉煌的佛教文化遗产；多少佛教建筑，已经成为各地风景轮廓线突出的标志。

然而，历史上也有过"灭佛"的经历，灭佛者将佛教当成洪水猛兽。盲目排外、故步自封，造就的必然是文化的井底之蛙。如果长期都是那样的不包容，也就没有灿烂辉煌的佛教建筑、佛教文化留给今天的我们了。

历史源远流长，中国文化正是因为兼容并包，所以才更为璀璨绚烂。我们的古老民族，我们的现实社会，我们的当今时代，需要宽容、包容、兼容的文化精神，只有这样的文化精神，才能容许并推动艺术的创造、学术的探索、科学的发现、经济的发展、制度的创新，从而促进社会大踏步走向永无止境的文明。

文化必然需要"面向未来"。"文化"与历史、传统有关，它是特殊的；"文明"与未来、未知有关，它是普遍的。我们要回首过去看文化，同时要面向未来看文明。只有面向未来，才有更好的、在保护基础上的发展。平遥古城现在正在做这样的事，古城之外所围着的30多万平方米的棚户区在改造；不让一只精美的碗，周围码了一圈残羹剩饭。古城保护发展，死气沉沉一定是不行的。

就其他地方而言，未来对于文化生态文明的保护与建设，需要创新创立，需要优化制度环境，需要研究建立市场化、多元化的文化生态补偿机制，需要改革文化生态环境监管体制。总之，要让文化在活起来之后，越来越有内在活力，越来越生机勃勃。

平遥古城是人类文明的瑰宝，我曾经去游历过，站在那规模气势宏大、国内保存最完整的古城墙上，感受到的是天人合一、古今一脉。祝福平遥！

民间艺术的璀璨时刻

“毕竟西湖六月中，风光不与四时同”，尽管还未到农历的六月，西湖的荷花有的也开始开放了。“西湖六月中·最美是杭州——迎接G20杭州民间工艺精品展”，于2016年6月8日至15日在杭州市科技交流馆展出。这次展会由杭州市文联主办、杭州市民间文艺家协会承办、《杭商》杂志编辑部等协办。对于我这样的普通观众来说，几乎所有的作品都是第一次看到——第一次，那是何等的赏心悦目！

这里有朱炳仁、朱军岷“铜雕父子”气韵天成、别具匠心的铜艺，有刘小平取法自然、形神兼备的根雕，有吴松江鲜活生动、精美绝伦的石雕，有陈水琴薄如蝉翼、惟妙惟肖的双面绣，有蔡履平古雅生动、玲珑端庄的瓷印，有邵毅霞和梅红玲跨界合作的青瓷作品，画作骨骼清奇，青瓷典雅温润……

还有特邀展出的、来自台湾地区的绿宝石作品，首次在杭呈现“冰山一角”，让杭州的观众大开眼界！《杭州日报》6月9日文体新闻版报道中两张图片所展示的，就是他们的绿宝石雕件，那简直比翡翠还让人迷恋。

历史文化名城杭州，是联合国教科文组织全球创意城市网络·工艺和民间艺术之都；杭州有着源远流长的城市历史，不仅是风景秀丽的山水城市，更是独具魅力的文化名城，不仅有多元包容的历史文化，更有独具特色的民间艺术。“自古以来，杭州的民间艺术有着非凡的成就，飘逸华美的丝绸、晶莹温润的青瓷、精良雅洁的宋版，以及闻名遐迩的纸扇和铁剪……这些巧夺天工的工艺品，为杭州留下了丰富的文化遗产。”从这次展出的民间工艺精品来看，杭州民间艺术的历史与传承很好，是潜质无限的创意城市。

民间高手，民间工艺，民间精品。工艺师们在创作时，是最具艺术创意能力的；在制作时，则是最具“工匠精神”的。他们从历史文明的进程中汲取美的养分，汲取文的气质，汲取慧的力量。举办这样的展览，正是展示全杭州市民间工艺精品的璀璨时刻。

石雕大师吴松江的新作《听谁的》，让人过目不忘：一群下象棋的孩童，两人对局，6 人围观，每个人表情各不相同，或淡定，或激动，或严肃，或紧张，或大呼，或小叫，童稚的天真之态跃然石上；而绝妙的是，黑色石头中间夹着一层白色，这白色部分雕成了孩童的脸……听谁的？听石雕大师的！不仅有石雕，还有根雕、制陶、篆刻、泥塑、刺绣、剪纸等，20 多个门类，近百件艺术精品，都是民间工艺美术师们的精心之作、得意之作，都是可以作为传家宝流传下去的。

民间创造，力量无限。然而，“民间”的一个特点，往往是安静低调、“藏而不露”；忽然发现，让人眼睛一亮，一如最近成为“新网红”的壹向大楼。这幢位于杭州莫干山路上的建筑，十层楼高，朴素低调，最近获得了英国皇家建筑师协会（RIBA）的国际奖提名，成为“30 幢世界最棒建筑”。RIBA 国际奖，最终将授予年度“最重要而有灵感的建筑项目”。我经常从壹向大楼旁边经过，真的“有眼不识泰山”呢。它是写字楼，是非常简洁的方块结构，内部无立柱，外立面用的是颇具特色的铜板，那古铜色让人想起铜雕大师朱炳仁的作品。简简单单、干干净净，低调不奢华。主设计师是英国的戴卫·奇普菲尔德，大师级人物。但这是杭州的作品，亦是民间的佳作，是杭州走向国际化名城的必然成果。建筑是艺术，壹向大楼就是放大了的精湛的“工艺品”。

无论是民间工艺精品展，还是壹向大楼；无论是“偶尔露峥嵘”，还是恒久站立“永远露峥嵘”，都值得我们珍视。

海外文物之归家

意大利返还 796 件（套）中国文物艺术品，“欢迎回家”刷屏了！

这些经非法路径流失于海外的文物艺术品，在 2007 年被意大利政府查获；2019 年年初意大利法院判决向中方返还，前后历经 10 多年的漫长追索。这次“回家”的 796 件（套）文物，存世时间跨度长达 5000 年，上至新石器时代，下至明清民国时期；其中有古朴浑厚的马家窑文化红陶罐，有线条流畅的汉代茧形壶，有独特雅致的宋代黑釉瓷，还有刻画精细的清末至民国紫砂壶……器物种类多，保存状况好，总体价值高。

盛世文物，乱世果腹。文物因其稀缺性和不可再生性，向来存在被偷被盗被抢被贩卖的危险。国家最重要的文物，有许多是不得出国出境展览的，这也是保护措施之一。比如杭州博物馆的“镇馆之宝”战国水晶杯，就被列入首批禁止出国（境）展览文物目录。当然，有的文物是可以流动的，其流动的大趋势，大抵如同“人往高处走”，走向安定之地、富裕之地、文明之地。正常的交流、拍卖是被允许的，只要符合程序正义和实体正义；而非法的走私贩卖，需要司法法律的有形之手予以制止。

如今，公众期待更多的海外文物踏上回家路。中国作为文明古国，当然也是文物大国，但是，千百年来“离家”的文物不少。尤其是近代以降，因战乱、侵略者夺取、文物商人贩运、私人出国携带、非法盗卖等多种因素，以致我国大量文物流落海外。国际博物馆协会称，中国出境文物“在册”的总量约为 164 万件，分布在全世界 47 家博物馆；至于海外民间收藏的那就更多了，中国文物学会统计测算，从 1840 年鸦片战争以来，中国文物流失到国外的大约超过 1000 万件。

还好，专家研究表明，绝大部分流失国外的文物是安全的，值得欣慰。但是文物需要“母体”，那些不是馆藏而成为“富豪手中财富标的物”的文物，往往是一种明珠暗投。如何让非法出境、流失在外的文物“回家”？全国“两会”期间，全国政协委员、南京大学文化与自然遗产研究所所长贺云翱就递交了提案，呼吁国家加强对海外文物的调查、认定、研究及保护利用；作为这些流失海外文物的“母亲国”，我们有责任完成对这些文物准确情况的把握；并在此基础上，合理合法地进行强有力追索。

有努力才会有收获。2019 年 3 月初，从美国传来一个好消息：美国政府向中国返还 361 件（套）流失文物艺术品；这些中国流失文物艺术品于 2014 年 4 月由美国联邦调查局印第安纳波利斯分局查获。当年国家文物局依据相关国际公约，向美方提出声索要求，全力推进返还，终获成功。

由于我国流失海外文物状况复杂，想要实现“全部归家”几乎是不现实的。细察海外文物“回家”路线图，应该在摸清底细的基础上，分类对待；可通过双边执法合作、外交谈判、购买捐赠等多种方式，促成更多该“回家”的文物踏上回家路。

而对于文物的观赏者、鉴赏者、收藏者来讲，应该多一点平常心，少一点“占有欲”，其实观赏文物是“过我目，即我有”。

地名是历史的回家路

（一）地名与回家

2016年3月以来，《人民日报》文艺记者、著名作家李辉先生，在微信公众号上连发三文，谈“徽州地名”文化，这三篇极有分量的文章分别是《徽州，归来吧！》《再说徽州：地名改错了，真的不能恢复吗？》《一生痴绝处，无梦到徽州》。这是大事，文化大事，这事情一定会火，会成为热点。果不其然，舆情反响甚为热烈，纸媒网媒，各路评论各抒己见。不久前李辉先生来杭州晓风书屋做讲座，我曾问他下一个写作主题即下一本书是什么，如今看来可以是“地名文化”。

李辉对地名文化有深刻的洞见。他分析说，从1980年至今，恐怕是中国地名变化、更改最为频繁的阶段。他以自己的家乡湖北举例说，1994年将“荆州”与“沙市”合并为地级市，改名为“荆沙市”。荆沙市——确实是一个莫名其妙的地名，让人啼笑皆非。都说给自己的孩子取名字是一个难事，可是给一座城市取名，却是如此容易、轻易。从两地各取一字，弄出一个“荆沙市”，但是大名鼎鼎的“荆州”之名没了，这真是“大意失荆州”啊！

李辉于是挥笔著文《可惜从此失荆州》，一石激起千层浪，更名两年后的1996年，湖北省政府决定撤销“荆沙”名称，恢复“荆州”地名。再过了两年，李辉在1998年又写了一篇《可惜从此无徽州》，刊发在《人民日报·大地周刊》上。地名的变更，还真是“大地上的事情”。李辉在文中畅谈“徽州”的重要性，可是，这一回没起作用，十几年过去，“徽州”之名依然沉睡在历史的“故纸堆”里，新名字“黄山市”稳如泰山。

今次重新提起这件事，背景是：2016年3月22日，国务院第二次全国地名普查领导小组办公室，在京召开加强地名文化保护暨清理整治不规范地名工作视频会议。这次会议的核心要义是两句话：一是保护地名文化；二是清理不规范地名。某领导在会上说，地名是基本的社会公共信息，也是重要的文化形态和载体，在国家治理、社会生活、经济发展、文化传承、国防建设和国际交往等方面广泛发挥着重要作用。保护和清理，是三个“有利于”：有利于传承弘扬中华优秀传统文化，有利于加快地名标准化进程，有利于为社会提供更加标准规范的地名信息，更好地服务经济社会发展、满足人民群众生活需求。这里第一个意义就是“传承弘扬中华优秀传统文化”，而最后提到的“满足人民群众生活需求”其实应该改为“满足人民群众生活与文化需求”。

这回重点清理整治的是居民区、大型建筑物、街巷、道路、桥梁等地名中存在的“大、洋、怪、重”等不规范地名。“一些地方有地无名、一地多名、地名重名、地名不规范的问题还比较突出，热衷于起洋地名、乱改老地名的现象屡禁不止。”有的城市存在大量“曼哈顿”“威尼斯”等洋地名；有些地名很古怪，比如土桥和八公里路合并后竟然叫“土八路”。

事实上，“保护”远比“清理”难。从历史文化的层面看，“徽州”是最值得保护的，属于宝贵的“非物质文化遗产”，是巨大的无形资产：“安徽”少不了“徽”字；徽州，早在秦汉时期设郡，北宋时期正式建徽州府治；徽派建筑，粉墙青瓦，木刻砖雕，明清遗韵，令人流连忘返；徽班进京，拉开了京剧历史的序幕；徽州的徽墨、宣纸、歙砚，向来大名鼎鼎；史上徽商的风光，更是让人津津乐道……当年改成“黄山市”，显然是出于旅游经济的考量，其实旅游是冲着“黄山”去的，而不是冲着“黄山市”去的。

所以，在“徽州”与“黄山市”的名称上，我是完全赞同李辉先生的看法：恢复徽州！李辉说，从大量的阅读量和评论来看，90% 以上的读者，都赞成恢复徽州这一历史文化深厚的地名。

我的家乡是浙江丽水，丽水古称处州。唐朝时，在公元 621 年名曰括州，在公元 779 年改称处州。这个名字历史悠久哪。现在当地的晚报名为《处州晚报》，亦可见家乡文化人对“处州”之名的喜爱。处州这一地名一直沿用到民国，丽水只是下辖的一个县。到了 1949 年 10 月，就改设为丽水专区了，1968 年改称丽水地区，2000 年撤区建市，改设地级市即丽水市，原先所属的县级市“丽水市”改称“莲都区”，“莲都区”这个名字当然是没什么文化背景的，更别谈什么文化底蕴了。

有个“仙桃市”的名称与“莲都区”有得一拼。沔水（今汉江）流至湖北，原先这里有个县名叫沔阳，“沔”字确实少见，难认难读；1986 年撤县建市之时，以县政府所在地仙桃镇的“仙桃”二字为市名，轻佻得很。一个“仙桃”，使“沔阳”失去了多少历史内涵！原本的“沔阳花鼓戏”“沔阳三蒸”，如果也改称“仙桃花鼓戏”“仙桃三蒸”，那是多么奇怪的名称。

记得住乡愁，地名很重要。“地名是我们回家的路”，这句话极好！但这话不是李辉说的，而是一位老人给家乡官员写信时所说：“你们经济发展是好事，但是不要把我们熟悉的地名换了。地名，那是我们回家的路。”广义的地名，当然也包括街道名称等这些“小地名”。最近台湾地区著名作家、《太平轮一九四九》一书的作者张典婉女士来杭州寻找亲友，我协助她在桐庐找到了已经年届 89 岁的亲人；此前寻找未果，一个原因就是街道的名称改了，老地名已然不存。

此间，陕西也跟着出现了类似的话题：“西安”要不要恢复为“长安”？媒体称超六成网友支持改名。网友们大概在期待“春风得意马蹄疾，一日看尽长安花”。旧名是否恢复，在我看来一定要“具体地名具体分析”，一定要辩证地看问题，辩证地分析问题，要透析利弊，不能是什么地名都要恢复旧的地名；更何况许多地名历史上也是变来变去的，在今天不必和不可能“一刀切”改回去，否则今人就成了泥古的傻模样。

在我看来，已中断上百年不曾延续下来的地名，是不必再更改的；要改回去的，主要应该考虑近年来改掉的一些地名。试想，更换成几百上千年之前用过但已中断上百年的地名，那根本就不是老人们所使用过的地名，岂不是更找不到回家的路了吗？

（二）地名与文化

湖南大庸市更名为张家界市、四川灌县更名为都江堰市、福建崇安县更名为武夷山市、海南通什市更名为五指山市、四川南坪县更名为九寨沟县、辽宁锦西市更名为葫芦岛市……辽宁省铁法市原是铁岭、法库两县各划一部分乡镇设立，故取两县首字命名，然而当地人认为，“铁法”这个名字不但毫无历史文化意义，而且拆开来看就是“金失水去”，于五行不利，于是报请批准，后来改名叫调兵山市，理由据说是金代名将金兀术曾经在该市境内的一座山上调兵遣将……新华网2003年11月15日报道说，在“旅游热”的推动下，“改城名、求出名”之风悄然兴起。十几年来改名的市县有长长一串，而且越改越令人拍案惊奇。比如湖南新晃、贵州赫章、贵州水城等地为了争夺“夜郎县”地名进行了激烈的竞争，并都做了大量准备工作。

城市地名，华丽转身，能改则改，能变则变，先是成风，继而“发疯”，管它是不是让人受惊。之前，弄得甚为沸沸扬扬的是香格里拉地名之争。1933年，英国作家詹姆斯·希尔顿根据探险者纪实资料，出版了长篇小说《消失的地平线》，描述了遥远的东方有一个叫香格里拉的世外桃源。近年来，将旅游业定为支柱产业的四川省稻城县和云南省中甸县先后向世人宣布，自己才是英国作家笔下的香格里拉，继而两县展开一场宣传大战。报道说，“云南中甸县更名为香格里拉县，外国小说里的地名标上中国地图，可谓前无古人后无来者”。

文化的链条总是十分迂回曲折地穿过所有的文明坐标。凡有城市必有地名，最初的地名就产生于人类文明的曙光时期。中华上下五千年，许多地名都有数千年悠久的演变历史，它连接着城市的文化源头，是城市沿革的历史见证，能向你诉说沧海桑田。然而，轻浅的地名之变，让地名文化遭遇了“零价值”。原有的地名记录着城市山川地理等自然元素的变迁，不管了！原有的地名记录着城市历史风物，不管了！原有的地名反映了乡风民情，不管了！笔者所在的浙江省，著名的新安江水电站附近有个县，就一门心思要把县名改为“新安江”，原来有悠久历史的县名当然就弃之如草芥了。还有，一个城市里头，一些有历史文化渊源的地名，今人也看不到了，我所居住的杭州市，就曾动议改一批地名，结果遭到了民众的普遍反对，最终不了了之。

比如，杭州的151路电车要经过沈塘桥、米市巷、仓基新村、卖鱼桥、哑巴弄、拱宸桥等站点，这些全是烙印着历史的地名，但在一些新人眼里，“卖鱼”多土气，“仓基”多别扭，“哑巴”多难听！其中最典型的就是要改“仓基”这个名称，提议者的基本理由是“仓基”听起来像“娼妓”。可是，还记得央视热播的电视剧《天下粮仓》吗？杭州在京杭大运河最南端，古时在卖鱼桥一带有许多依河而建的码头和仓库，用于漕运和货运。历史上许多古老的仓库如今多已不复存在，但是在地名中还反映着这一地区仓多粮富的历史，如“仓基上”“仁和仓北弄”等。可以想象，一旦“仓基”的名称被废除，遭遇了历史文化的“零价值”，愧对的不仅是先人，还有我们的子孙。

我们无法想象，地名文化衰竭后，我们居住在一个什么样的地名环境里。过去，曾有人嘲讽了编得像部队番号的地名，比如，你的通信地址是这样的：第八省第六市第三区第十一街第250号第十四中学高三（5）班，想必是受不了。但将来有一天，你发现你的通信地址已经是这样的了：长城省泰山市西湖县故宫街道夜郎居委会，这样就更好了吗？

如果说为了发展旅游把原来好端端的名字换了，这可说是“软暴力”“软糟蹋”。我国1986年制定的《地名管理条例》第三条规定：“地名管理应当从我国地名的历史和现状出发，保持地名的相对稳定。必须命名和更名时，应当按照本条例规定的原则和审批权限报经批准。未经批准，任何单位和个人不得擅自决定。”现在看来，这样的条例和规定已经难以抵挡更名风潮，所以有必要出台一部“地名法”，其中应该规定，地名若要更改，原则上必须听证，公开征求意见，不能仅仅是“报批”。向上负责之外，更紧要的是对下负责，要对广大人民群众负责，对历史负责，对未来负责。

（三）地名与历史

不要拿地名不当文化。杭州市第二批地名文化遗产保护名录日前确定，共有六类 101 个地名文化遗产进入保护名录，加上首批地名文化遗产保护名录，一共已达 190 个。

这次有 4 个千年古村地名，它们是长巷村、大义村、湖湖村和安溪村。另有百年古（老）街地名文化遗产 15 个，它们是河坊街、大井巷、太庙巷、白马庙巷、十五奎巷、余官巷、六克巷、潮鸣寺巷、枸桔弄、七堡老街、米市巷、小河直街、浦沿街、山头埠（古街）、太史第弄。这些村名街名，朗朗上口，大俗大雅。

地名是民俗，是文化，是历史，是历史的回家路。回到文化本源，回到历史深处。2003 年，西湖西侧杨公堤一带景区整治修复，地名重新使用了民间老地名，采用传统的老叫法，比如乌龟潭、浴鹄湾等，而不是新取一个地名，这是很睿智的。

我国历史悠久、幅员辽阔，在长期的生产生活实践活动中，创造了大量丰富多彩的地名；随着时间的推移、历史的积淀，地名也渐渐变成了文化遗产。这些地名文化遗产，是中华文化的重要组成部分，它蕴含着中华民族特有的精神价值和思维方式，记录了中华五千年文明的历史进程，是具有重要传承价值的宝贵的文化资源。一位朋友说得好：地名才是城市抹不去的胎记，是推土机推不掉的记忆。

曾几何时，在神州大地上，一些地方不重视古老地名，结果给改了，后来发现改坏了，造成无形的损失很大，现在又谋划着改回来。这是对古老地名的文化价值的认知出了偏差，不仅是不重视保护，而是根本就没有认识到古老地名存在的重要价值。乱改地名，改成“大、洋、怪、重”的不规范地名，使许多地名文化遗产遭到破坏，引起了社会各界的广泛关注，因而，近年来保护地名文化遗产的呼声越来越高。

杭州当年曾有人提议把“哑巴弄”“仓基新村”这些地名改了，理由很牵强，比如认为“仓基”跟“娼妓”读音相似。我每每经过湖墅南路“仓基新村”社区大门口，从没想“仓基”跟“娼妓”有什么关系。你认为“哑巴弄”难听，我认为亲切，成为地名其实是一种尊重。还好后来没有改。

发展改变了地名、街道和房子，却没有改变地名中、房子里的人，没有让人获得进步，这是很可怕的。我们无法想象，如果把著名的秘鲁印加遗址——马丘比丘（Machu Picchu）给改个名字，无论你改成多么美妙动听的名字，对历史、文化来说都是一种灾难。马丘比丘遗址是前哥伦布时期印加帝国建于约 1500 年的遗迹，高耸在海拔约 2350 米的山脊上，是秘鲁乃至整个南美最受欢迎的旅游景点，是世界上为数不多的文化与自然双重遗产之一。

地名保护，不仅仅是保护地名，更要保护地名所在地的种种历史文化遗存。在杭州市第一批地名文化遗产保护名录中，具有地方特色、民族特色的地名和近现代重要地名有 31 个，其中有上城区的鼓楼，江干区的皋城山、华家池、南萧埠、永济桥，滨江区的天官第、西兴过塘行码头、古资福桥、屋子桥、西兴驿、冠山寺，富阳区的受降村，桐庐县的莪山畲族乡，建德市的严州古城、大慈岩寺、灵栖洞等，这些都需要好好呵护。地方与地名，是皮毛的关系，皮之不存，毛将焉附？

今后我们还需认真进行地名文化遗产资源调查，创新地名文化遗产保护方式，建立地名文化遗产名录体系和信息系统，深化地名历史文化遗产的研究，这些都是必需的。

档案这座金山

“史之原始，国之宝笈；世步可循，民情可迹；存史资政，利贞社稷……”这说的是档案。2017年6月9日是第十个国际档案日，也就是在这一天，浙江省档案馆新馆启用，地点在杭州城西丰潭路409号，距离浙江大学紫金港校区不远。

浙江省档案馆已经走过了半个多世纪，迄今52年。原馆在曙光路，距离浙江图书馆不远。选择在国际档案日启用新馆，这是颇具意义的。“国际档案日”是世界档案界的一个盛大节日——为了全人类，保护好档案；保护好档案，为了全人类。档案记录历史、传承文明、服务社会、造福人民；档案是不可再生的宝贵资源，保护档案就是保护我们的历史。

关注档案，守护记忆，增强全社会档案意识，是你是我是我们大家共同的责任。为了让档案更亲民，浙江省档案馆在“档案——我们共同的记忆”主题活动中，特别安排了《“家的记忆”民间档案文献展》，展品涵盖家书、家谱、契约、鱼鳞册、票证等。

国宝档案，档案国宝。档案是人类文明、文化及记忆的重要载体，档案可真是一座金山——平常很沉默，挖出来很闪光。浙江省档案馆有着重要而丰富的馆藏。比如包括茅以升回忆录手稿在内的全套钱塘江大桥建桥档案资料，这是“独此一家，别无分店”；再比如收藏有东南日报社全宗档案，其中的两件与金庸相关的档案原件，一是金庸1946年与《东南日报》签下的一份“东南日报社职工保证书”，还有一件是金庸离开时的辞呈。浙江是文化之邦，人文荟萃，日积月累留下了浩如烟海的珍贵档案资料，入馆收藏，是最佳的去处。

档案珍品需要诠释，需要介绍给公众，拓展公共辐射面。浙江省档案馆曾与《都市快报》联手做了一个大动作——推出《档案时空》大型专题栏目。栏目每周诠释一种档案精品，每次版面至少是1个整版，多的达4个版，先后持续了一年多。当时我在《都市快报》工作，大半年时间就是从事该栏目的写作，从档案里挖出非一般的“老新闻”，那真是在金山里挖掘金矿。档案珍贵，故事好看，文本优秀，图文并茂，《档案时空》在读者中引起的反响空前热烈；后来这些作品汇集成《档案时空——浙江省档案馆珍品诠释》一书正式出版，配以200多幅馆藏照片，书籍本身也成了珍品。

档案是广义的，重要的、地方化的资料，无论过去现在，都可以入档收藏。历史的稀见资料当然很好，现今的重要资料在将来也成文物。我在《档案时空》栏目写作文章的过程中，购买了大量文史资料书籍，在完成写作任务后，优选了一部分捐赠给了浙江省档案馆收藏，其中最珍贵的是一本稀见“孤本”——伦敦1935年出版的英文传记书籍《Duncan Main of Hangchow》（《梅滕更在杭州》），梅滕更是著名的浙医二院的“老院长”、传教士医生。

我参加工作后连续12年是做秘书的，在单位办公室工作，深知档案资料的重要。其实，每个人都应树立档案意识，家庭档案也很重要的，有些东西需要“断舍离”来丢弃，有的东西要作为档案和文物好好保存。对中老年人来说，你童年写过的作文手稿如果留到现在那就很珍贵了，至于空白的作文本留着的价值似乎就不大。

从遥远的历史看，档案是“尘埃里开花”；从现在的发展趋势看，“互联网＋档案”能让档案数据跑起来，从而让公众查阅起来更加便捷。浙江省档案馆新馆更现代化，保管条件也更好，公众的捐赠是支持，而大家好好利用它则是更大的支持。

尊重文化多样性 知难行更难

玫瑰和紫罗兰各有清香，文化存在形式需要多样。2005年11月9日，“第三届全球化论坛——世界文化多样性”在杭州闭幕，会议通过了《杭州声明》，认为文化多样性是世界文化发展的基础，在经济全球化背景下更要重视文化多样性与差异性。由人民日报社、全球化合作基金会、联合国教科文组织文化多样性全球联盟主办的本次论坛，主题为“尊重文化多样性，共建和谐世界”，旨在维护不同文明平等对话，促进世界和平与共同发展。

文化是一个民族的灵魂与血脉，不同国家与民族独特的文化和传统，是其赖以生存、延续的条件。“文化是与经济、环境和社会并列的可持续发展的第四大支柱”，这是一直致力于倡导文化多样性的时任法国总统希拉克的深刻见解。而日本学者池田大作则说：文化是以调和性、主体性和创造性为骨干的，是人的生命力的强韧产物。在笔者看来，文化是人类的本质属性。

经济学家斯蒂芬·玛格林曾说：“文化多样性可能是人类这一物种继续生存下去的关键。”对文化多样性保护的认知，相比于对生物多样性的保护，我们迟滞了一步。早在1992年，联合国环境与发展大会就签署了《生物多样性公约》，直至十多年之后的2005年10月，联合国教科文组织第33届大会才以压倒性多数通过了《文化多样性公约》，而有的大国还是竭力反对这个公约的。

在全球化时代，如何保护文化多样性，是人类面临的崭新问题。保护文化多样性，前提是认识与尊重文化多样性。越是民族的，就越是世界的，这里说的其实就是多样性的文化。文化能趋同，文化亦可立异。而尊重文化多样性，就要尊重文化的独立性、异质性和完整性，不是把这“鸭头”当成那“丫头”。

联合国教科文组织在 2001 年 11 月第 31 届大会上通过了《世界文化多样性宣言》，其中说道：“文化是当代围绕认同、社会凝聚以及知识经济的发展的各种争论的核心。”多样性的文化必然有冲突，这种冲突或停留在文化层面，或扩张至观念高空，或延伸至战争领域，一如著名学者亨廷顿教授对文化冲突可能引发世界性战争的担忧。要协和万邦，就需要跨文化对话、越国界沟通，让“和”的文化弘扬，让“中”的精神光大。全球化时代，保护文化多样性，如果说不需要“同枕头商议”的话，那么，必然需要“同桌面沟通”，最终抵达和谐共处、达到多样并存。

文化是可传播的，文化是有力量的，文化是可以发展的，文化是能够成为遗产的。文化需要宽容、包容、兼容，所以，文化的繁茂，需要自由气息氤氲的文化生态环境。有的文化能成为产品，有的文化则永远是不可出售的无价之宝。要保护地球上的文化多样性，每一个文化的细微之处都要被尊重和重视；尊重一小棵文化植株，也就是尊重整个文化的生态。

从终极意义上说，文化是人的文化，文化是人的造化，文化多样性的终极作用是提升人类自己。也正因如此，一切文化的难题，都是人的难题。人的难题，其实就是最大的难题，所以保护人类文化的多样性，相较于保护地球生物的多样性，具有更多的复杂性。

人类文化的多样性，就是人类世界的软实力。尊重和保护文化多样性，知难行更难。保护文化多样性与保护生物多样性一样，既要防范天灾，更要力避人祸。在地球上，文化多样性是一张色彩斑斓、美丽和谐的织锦，我们没有任何理由将其中的几处蛀出虫孔。

世界的财富来自文化多样性

“世界的财富来自文化的多样性，来自专门知识的感受力和形式的多样化。”这是法国前总统弗朗索瓦·密特朗说过的话，一直让人无法忘怀。在这个色彩斑斓阳光璀璨的金秋，我们正欢欣鼓舞地重新拥抱文化的妙曼身姿。这是2003年9月28日星期天上午，我在看央视的《文化报道》节目，这是对著名相声表演艺术家姜昆的一个访谈，主题围绕着相声剧《明春曲》展开。

“明春”是老艺人对相声调侃的戏称，与被称为“暗春”的“口技”相对应。《明春曲》是姜昆创作并主演的中国第一部，也是华语世界第一部大型相声剧，它集相声、小品、歌舞于一体，首次将相声艺术同戏剧、电影结合起来，开创了相声艺术崭新的表现形式，为整个相声界注入了新活力。正如傅雷在他的《傅雷家书》中说道的：“唯有不同种族的艺术家，在不损害一种特殊艺术的完整性的条件之下，能灌输一部分新的血液进去，世界的文化才能愈来愈丰富，愈来愈完满，愈来愈光辉灿烂。”北京首演结束，观众起立鼓掌达10分钟；姜昆计划在全国演出100场，尽管上半年受到“非典”的影响，现在也已经演到70场了。

对文化多样性的保护，已经越来越多地引起有识之士的关注。保护相声，就是保护文化多样性的现实之举。作为一个艺术品种，相声这些年来有些式微，处于低谷，《明春曲》被誉为“拯救相声”之作。姜昆对相声情有独钟，正为其多样化的保护做着努力。灌输了新鲜血液的《明春曲》，其本身之丰富，也是文化多样性的一个体现。

无独有偶，9月27日晚，北京版大型景观歌剧《阿依达》在工人体育场上演。“意大利歌剧之王”威尔第为庆祝苏伊士运河通航而创作的这部歌剧，一百多年来常演不衰，成为世界十大经典歌剧之一。北京版《阿依达》本身鲜明融合了文化多样性：世界歌剧史上从来没有过6200平方米的舞台，从来没有过4500名演员同时演出，从来没有过在舞台上建造一个40多米高的金字塔，也从来没有过运用激光、烟花、动物表演、太空船等现代手段来演绎这古老的歌剧……

保护文化的多样性，不仅仅体现在文化演出的实践上，也不仅仅是文化界人士的责任。2003年9月20日，2004年度的“美国小姐”选美赛冠军诞生，21岁的“黑珍珠”埃里卡·邓拉普折桂。邓拉普还是一名在读法律系的大学生，她的“竞选纲领”是：把融合文化多样性推向一个新的高度。正是这个“竞选纲领”，让我对“黑珍珠”邓拉普油然而生敬意。邓拉普将在一年时间内到全国各地巡回演讲，宣传她的“文化的多样性和文化融合”为主题的社会主张。邓拉普的作为，让我想起罗曼·罗兰说过的话：“少数人独占的文化架子已经破碎了。今天我们必须接受最广义的人文主义，拥抱全世界所有的精神力量。”

文化不容许破坏，文化不容许独占，文化只允许保护，文化只允许建设。个人对文化多样性的保护努力是可敬的，但更多的应该是组织的努力和制度的保障。许多文化和某些动植物物种一样，处于濒危状态。比如，作为不同的文化、历史、人性、血统以及自然环境的特有表现的语言，不少正在迅速消失。资料表明：世界上一度有7000~8000种彼此明显不同的语言，时至今日，只剩6000种左右，其中有一半不到1万人会说，有四分之一不到1000人会说。如果没有全世界有组织地共同努力，如果语言学家们不和时间赛跑，那么很多已经濒危语言势必会很快消亡。

应该看到，联合国在这方面的贡献功不可没。早在2001年5月18日，联合国教科文组织在巴黎宣布，19 个文化活动和口头文化表现形式被授予首批“人类口头与非物质遗产代表作”称号，其中包括了我国的昆曲艺术，从而确认了昆曲独特的文化特性，以及它在人类文化多样性发展中的特殊价值。在政治多极化、经济全球化的今天，我们应该赋予“文化多样性”应有的巨大价值。

与自然界的生态规律一样，文化也是“单一性导致脆弱性，多样性产生稳定性”。对古老的文化形态要多一些保护，对崭新的文化形态应多一点宽容。崭新的文化形态和古老的文化形态一样，往往因其单一而自身脆弱。所以，我们最需要做的事情是：像小心翼翼地保护生物多样性一样，小心翼翼地保护我们的文化多样性，竭尽全力地发展和建设人类的文化多样性——因为，文化多样性就是世界拥有的最大财富。

艺文一瓢饮

一个聪明的作家，知道他的双足是站在哪块土地上的，他站立的土地决定了他的精神、趣味。

化人文化，文化化人。无用之用，是为大用。

《中国村落》的“地下层”之美

回到乡村，回归人类本源；回眸村落，回溯文明演进。

2019年4月22日晚，大型电视纪录片《中国村落》在浙江卫视首播，连播两集。全片共七集，分别为《如画》《建构》《家传》《望乡》《忙闲》《田园》《再造》。整个主创团队历时两年多，走访了超过100个古村落，拍摄了令人屏息的绝美画面，呈现了中国古村落极致的优美。

《中国村落》总导演夏燕平说：中国村落，是中国文化的“地下层”。无它，便没有中国文化的高楼大厦；因它，便应有中国文化的树大根深。夏燕平也是大型历史人文纪录片《南宋》的总导演。他所言的“地下层”，是“根”与“基”之意，并非“高阶文明”和“低阶文明”之别。中国村落文化的“地下层”之美，美得让人心颤——

《中国村落》首播的两集就气势不凡，除了诸多全国著名的古村落，我们还看见了千岛湖的绿水拥青山，看见了铅华洗尽、始见真淳的桐庐深澳古村，看见了杭州于谦祠，以及于谦后裔聚居的河北井陉于家石头村；看见了千年曙光首照地——浙江温岭石塘，14147号小行星就命名为“温岭曙光星”……在这里，有钱江源——开化清水潺潺的禾丰村；在这里，有洞天福地——武义县郭洞村；在这里，还有湖州的南浔、温州的江心屿、慈溪的鸣鹤古镇、长兴的方一村，等等。

这些非凡的中国古村落，如诗如画如意，都是天人合一的作品；因为敬畏天地、敬畏自然，所以人与建筑与自然，总是那么的协调和谐。武义县的俞源太极星象村，是明朝开国谋士刘伯温按“天体星象”布局改造设置的古村落，妙不可言。著名的诸葛家族聚居地——兰溪诸葛八卦村，不仅致力于保护民居建筑生态环境，还致力于保护居民的生活方式。安徽黟县的宏村，是遵循仿生学原理，构建“牛”形布局，同时也记录了农耕时代农人对耕牛的尊重……

春色如画，村色如许；清明上河，富春山居。中国古村落的最高智慧，就是人与自然和谐共生，顺其自然发展，一个个有机体、一个个活的系统，仿佛是地里自然生长出来的。一个个村落，都是依山傍水，因势象形，从不喧宾夺主，更不横行霸道；村落自然生成，即所谓“自然村”。比如许多传统村落的夯土墙建筑，就是自然取材，以不会风化的生土，构建出冬暖夏凉的宜居空间。福建土楼、浙江松阳一带类似“布达拉宫”的许多古村，便是这种夯土技艺（也叫“干打垒”）绝活的产物。

任何一个古村落的构建，都是环境决定格局，形式追随功能，实力影响规模，文化提升品位。村落作为文明的因子，拥有异彩纷呈的文化多样性。浙江永嘉楠溪江畔的苍坡村，是著名的“文房四宝村”，这里完整呈现了“文房四宝”——笔、砚、墨、纸：笔直的青石路远对笔架山，两口池塘是砚和笔洗，池塘边的大条石是墨，方正的村子是一张大宣纸。耕读传家，蕴尽其中。美丽的楠溪江畔有许多古村落，曾吸引香港凤凰卫视前来航拍《远去的家园》。2001 年 9 月，在拍摄楠溪江古村落大岙村时，一架航拍直升机因撞触高压线而坠毁，驾驶员兼拍摄者赵群力不幸遇难，为记录中国美丽乡村献出了生命。

望得见山、看得见水、记得住乡愁。中国传统村落，寄托着美丽乡愁，保留着乡土中国绵远的记忆，承载着中国人厚重的文化底蕴。一个古老的村落，如同一个经世久远的家庭，有着深厚的积淀，其遗存丰厚，其人文形态迷人。著名作家、文化学者冯骥才先生，主编有《20 个古村落的家底——中国传统村落档案优选》一书，其中收录的浙江古村落有两个：丽水市松阳县大东坝镇横樟村和石仓六村。横樟村是包拯后裔的聚居地；而石仓六村则是客家阙氏一族的聚居地，这里同样有着“文房四宝”的村建布局格式。

村落文化、乡土社会，是活的传统，铭刻着一代代中国人的生命印迹。在美丽乡村，房子和房子之间构成和谐的肌理，人与人之间形成和谐的关系。村落正是人与人亲密接触、和谐相处的环境典范。加拿大著名学者苏珊·平克著有《村落效应》一书，告诉我们在网络化时代，如果想要健康、长寿、快乐、智慧……我们就必须想方设法腾出更多时间，以“村落效应”进行更多更真实的面对面的接触、交流、融合。

中国的传统村落，是中国文化宝贵的“地下层”。今后对于这些传统古村落的保护，关键在于激活人心，恢复百姓日常生活，注入人文个性因子，注重文化创新创意，从而实现美丽村落的活化、新生、升级。

驶向地下的建筑文化

鲁迅先生所说的“自己去看地底下”，大抵已成为中学生的思考题了；今日的“地底下”，越来越成为具象的建筑空间和富饶的文化载体。

当地上的“平方米”越来越金贵的时候，向地下开掘就是一条必然之路。许多城市都以前瞻性的目光，规划设计着现代意义的地下空间。比如重庆，这个立体形的山城，充分发掘地下资源，解放碑等区域的地下城已成气候，还有许多组团的中心区域将建规模性的地下城；比如杭州，在钱塘江畔的钱江新城，也致力于建设四通八达的地下城，开拓地下空间，使地上地下唱响“同一首歌”、长成“同一个身躯”。

历史意义的地下空间，多为人防工程。北京的老地下城，就是一个浩大的地下人防工事；城市的防空洞，今天或用于夏日乘凉，或用于平常游览。伊拉克巴格达的地下城，据称能容纳 200 万人，不过似乎也没有派上太大的用场。为战争而准备的，毕竟功能单一，文化意味没有那么浓厚。而在土耳其卡帕多西亚山地，先人利用凝灰岩的特殊结构，建室造屋，开凿地下城，如今已成为著名的地下文化景观。按过去建筑美学的观念，从洞穴钻出来的人类盖起了茅屋或印第安人那样的小屋，建筑的艺术美就开始了；今天回过头去看那居住的洞穴群，就是一种上升为文化的建筑艺术。

这也给当今人类一个启示：“驶”向地下的，不能仅仅是单一功能的设施，应该让其成为文化，建筑的文化，生活的文化，甚至是精神的文化。古代帝王陵墓，其实就是一种艺术化的重要地下建筑，是融建筑、绘画、雕刻、书法诸艺术于一炉的反映中国古代多种艺术成就的文化综合体。而最近，一个来自意大利的消息震颤了世界：在北部瓦尔丘塞拉山谷下，隐藏着 9 座金碧辉煌的地下神庙，甚至被誉为“世界第八大奇迹”。这并非失落的文明，而是一位名叫奥比托的 57 岁男子，为了实现童年的一个梦想，召集了全球志愿者，花了 16 年时间在 30 米的地底下秘密建造出来的。奥比托与志同道合的人一起，暗地里没日没夜地挖掘，他们用想象的草图，建成了不可思议的辉煌殿堂，处处洋溢着人性的敬畏之美。

总体上看，地下建筑属于公共建筑。自 20 世纪 50 年代以来，世界上建造了大量地下世界：公共建筑、交通建筑、工业建筑、仓储建筑、防护建筑、居住建筑和建筑综合体等。它们异彩纷呈，成为旧城改造和新城建设的重要“内存”。美国哈佛大学普塞图书馆、挪威季奥维克游泳池、日本神户阳光地下城、法国巴黎卢浮宫、瑞典斯德哥尔摩伯尔瓦尔德地下音乐厅、德国科隆美术馆与音乐厅、瑞士的地下医疗建筑等，世界闻名。当然，许多利用地下空间的杰出建筑，并非整个“掩埋”在地底下。法国建筑师保罗·安德鲁主持设计的北京国家大剧院，是一枚漂亮的“水煮蛋”，地上地下浑然一体，入口就是“入地”，地下最深达 32.50 米。建筑音乐，不仅仅凝固在地上，也可以奏响在地下。

过去受经济能力和科技手段的限制，地下建筑多为“单个音符”，如今一个个单体地下建筑逐渐连接，成了线与面，成了地下城，成了一首完整的“地下乐曲”。这是重要的历史进步。现代地下建筑既是人文文化的，亦是科技技术的。从人文层面看，首先就是要有“穿透地表”的目光，要看得见“地下世界”，要有理念，要有想象，然后要有规划，要有文化内涵；从科技层面看，构建地下建筑，与人口、能源、环境和交通等问题紧密相关，如何设计，如何建设，如何防护，如何维护，如何保障安全，甚至地下空间开发利用综合效益如何评估等，都是严肃的科学问题。所以，不能抛开科学而以“政绩眼光”来对待地下空间的开发；只有具备人文的眼光和科学的眼光，才能将地下世界真正建设成为具有前瞻性的建筑文化综合体。

一流的城市，需要一流的地下世界。这个地下世界无论是实用的，还是文化的，都应该是一流的。

一声“老师好”

感人的台词留给人的记忆是长远的。“我不是在最好的时光遇到了你们，而是遇见了你们我才有了最好的时光。”2019年热映的电影《老师·好》中，这句台词就很温情，令人过耳不忘。《老师·好》口碑爆棚，“淘票票”评分为9.1分，猫眼观众评分更是高达9.3分；上映10天——截至3月31日晚，票房达2.18亿元，最终收获3.53亿元票房。

2019年12月22日，在第十一届“澳门国际电影节”上，《老师·好》一举夺得金莲花最佳男主角大奖，并获最佳影片奖、最佳编剧奖提名。本届澳门国际电影节由国家一级演员葛优担任评委会主席。最佳男主角于谦，着一身传统长衫，代表《老师·好》剧组出席颁奖庆典。于谦朴实自然的表演，既打动观众，又收获业内好评，可谓是众望所归。由著名相声表演艺术家华丽转身为演艺明星的于谦，在发表获奖感言时谦逊地说：“其实我今天是代领奖，代替所有的教师们领奖，要感谢每一位教师，没有他们辛勤的付出就没有今天的成就。”2020年1月11日，在首届“光影中国”电影荣誉盛典上，于谦又获得2019年度“荣誉推介男演员”奖。

影片《老师·好》由张栾导演，故事背景是20世纪80年代中期，说的是于谦饰演的极富个性的班主任苗宛秋老师，与他执教的同学们“斗智斗勇”、共同成长的故事。影片主题是人与做人，以及人的改变与成长，验证了教育就是以生命影响生命。这并非一部讴歌“春蚕到死丝方尽，蜡炬成灰泪始干”的影片，而是客观地塑造了一个性格鲜明的语文老师，那可是一个让学生又爱又恨的“霸道”教师。于谦演得真的是好，他说他对那个年代的师生情谊是有很深厚的感情的。剧中桀骜不驯的洛小乙、温婉可人的安静、新潮前卫的关婷婷等角色，一个个都个性鲜明、鲜活，属于立体的人物。

一声“老师好”，让人不禁联想起自己遇到的好老师，那真是师恩难忘。在人生的道路上，会遇到很多十字路口，而最重要的，可能就这么一两个，所以教书育人的老师要帮助青年学生在十字路口走好人生路。“自古圣贤尽贫贱，何况我辈孤且直”，这说的是老师；有些人，看似已经走远，却从未真正离开，那就是老师。《老师·好》确实好看吸引人，有欢笑有感动，网友评价：“本以为是喜剧，却在影院哭成了狗！”我去影院观影，发现在座的观众都很专心，想起了韩寒评价好电影的一句话：“好电影观众的下巴都是黑的，因为没有时间看手机。”

电影是一门广阔的艺术，思想艺术是第一位的，票房是第二位的，其实有了好的内容、好的艺术表达，票房是有保证的。《老师·好》做到了雅俗共赏、口碑票房双丰收，正是文化高端化的一种表现。尽管与经典教育电影相比，比如法国的《放牛班的春天》、美国的《死亡诗社》,《老师·好》单薄不少，但在现有的语境下，已经做得不错了。

《老师·好》由普照影业有限公司、耳东影业有限公司等联合出品。这个项目前期在浙江立项，普照影业是杭州富阳“春江花月夜”文创街区引进的公司，所以《老师·好》成了一部“杭产电影”。“春江花月夜”文创街区围绕“二次元”文化主题来打造，全长约 5 公里，汇集城市书吧、创意集市、影视制作、休闲娱乐等文化内容。

电影是典型的综合性的艺术，参与制作者众多；杭州发展文化产业，影视制作是个方向。此前，阿里影业参与投资出品的电影《绿皮书》，在美国获得奥斯卡最佳影片奖、最佳原创剧本和最佳男配角三项大奖，引起轰动。马云事后表示自己看了三遍，他说影片里那句“我们不是靠拳头去赢得这个世界，而是尊严”的台词，给他带来极大反思。是的，不是靠“拳头”，而是靠“拳头产品”。《绿皮书》从2019年3月1日开始在我国上映，上映一个月票房就达4.7亿元，是在奥斯卡最佳电影中仅次于《泰坦尼克号》的票房成绩；全球票房突破3亿美元。

2014年6月，阿里巴巴收购港股上市公司“文化中国”，并更名为“阿里影业”，阿里巴巴进军电影业的明确使命是“创造快乐、成就梦想”。这几年，阿里影业参与投资出品的电影，许多都是“拳头产品”：从《战狼2》到《红海行动》，从《我不是药神》到《流浪地球》等，都是质量上乘之作。阿里影业实施的是“新基础设施+优质内容”双轮驱动战略，收效明显。马云说自己投资电影一点也不在乎票房，真正在乎的是提高中国电影在全世界的地位！

著名导演谢晋曾说，每一代电影人里面，都有一个人负责拓宽电影题材的领域；期待在杭州的电影人作出更大的努力，让更多更厉害的“杭产电影”走向全国、走向世界。

国际安徒生奖：零的突破

一则文化新闻，在微信上刷屏：意大利当地时间 2016 年 4 月 4 日下午，在第 53 届博洛尼亚儿童书展开幕日当天，国际儿童读物联盟公布了 2016 年度“国际安徒生奖”获奖者名单——中国著名儿童文学作家曹文轩！“国际安徒生奖”是“一生只能得一次”的作家奖，是世界儿童文学领域的最高荣誉，在全球拥有巨大影响力。曹文轩先生的获奖，实现了华人在该奖项上“零的突破”。为什么是曹文轩？国际安徒生奖评委会主席帕奇·亚当娜说：“曹文轩的作品读起来很美，书写了关于悲伤和苦痛的童年生活，树立了孩子们面对艰难生活挑战的榜样。”

这是继莫言 2012 年摘得诺贝尔文学奖后，中国作家又一次获得殊荣。“国际安徒生奖”每两年评选一次，本身就被誉为“儿童文学的诺贝尔文学奖”，旨在奖励全世界最优秀的儿童文学作家和插画家。曹文轩的获奖，是中国出版界的大事，是中国儿童文学界的喜事，亦是中国文坛的盛事，一如中国作家刘慈欣的科幻小说《三体》获得“雨果奖”一样。

62 岁的曹文轩，被称为中国儿童文学作家“男一号”。他的作品《草房子》《青铜葵花》等都有着很高的销量，其中《草房子》已经印刷了 300 多次，是畅销书也是常销书，销量达到 1000 万册。同时，他也是中国儿童文学作家里版权输出最多的一位——他的作品被译成 40 多种语言出版。获奖的祝福一时间铺天盖地，在获奖消息发布 4 个小时后，他收到了“最值得纪念的一个短信”：“那是我家修暖气的工人发来的，他在我手机里存的名字叫‘杨暖气’，这是一个热情洋溢的短信，向我表示了祝贺，连中国的老百姓都如此关注，那个时候我才意识到这个奖确实产生了非常广泛的影响。”

文化是一个国家真正的地标。一说到丹麦，脑子里首先冒出的就是安徒生、美人鱼。再具体一点，是来自安徒生童话《海的女儿》的美人鱼铜像，还有《卖火柴的小女孩》中小女孩的形象。如果更深入一点，则会知晓丹麦具有世界级影响力的哲学家克尔凯郭尔，他是现代存在主义哲学的创始者。在不久前，全球十大最幸福国家排名中，丹麦位列第一，这个事情公众的知晓度和关注度不算高。今天则有更多的人知道了“国际安徒生奖”。2010 年上海世博会期间，丹麦把国宝美人鱼铜像首次带出国门，带到了世博会；如果说那是中国迎来有形的“安徒生”，那么这次曹文轩获得“国际安徒生奖”，则是迎来了无形的“安徒生”。曹文轩先生成了中国儿童文学领域的一个“文化地标”。

作为北京大学教授、博士生导师，在教学之余，曹文轩先生一直致力于创作，著作等身，获奖的证书叠加起来也是“等身”了。没有量的积累和质的超越，很难想象能在世界儿童文学界登上金字塔塔尖。曹文轩的作品以优美感人著称。他的代表作之一的《草房子》，畅销十几年，此前已获得海内外多项大奖，感动了千百万中国人。故事通过小男孩桑桑的视角，讲述了发生在油麻地小学几个孩子的苦痛成长经历。作为小说，那么真切地表达了情怀的臻美境界。儿童文学并不一定是“让儿童快乐”的一种文学，曹文轩作品里头有那种感人的“淡淡的忧伤”。感动孩子与成人的，是那道义的力量、情感的力量、智慧的力量和美的力量。

有一段评论这样说：“作品人物独特鲜活，叙事简洁流畅，文字纯净唯美，意境高雅清远，情感真挚深沉，字里行间无不充盈着感人肺腑、震撼人心的人间真情，无不闪耀着人道主义的光辉。作品写苦难——大苦难，将苦难写到深刻之处；作品写美——大美，将美写到极致；作品写爱——至爱，将爱写得充满生机与情意。这种对苦难、对真情、对美好人性的细腻描写和咏叹宛如一股温暖清澈的春水，将湿润和纯净着每一位读者的眼睛、心灵，牵引着我们对生命中真善美的永恒追寻。”而曹文轩则称自己不是一个典型的儿童文学作家，因为他在写作的时候，不考虑对象，不考虑读者年龄层，“我首先考虑的是我要讲一个特别精彩的故事，我要让我的作品变得有分量、有智慧、有幽默；我考虑怎么写一个风景，考虑那个人物的出场……”事实上这也就是文学审美中的“形象大于思维”。

儿童带给成人世界的美好，是人类顶级的幸福美好之一。正如一位收养中国儿童的美国父亲所说的：“我不知道我们有没有给她更好的生活，但她已经给了我们最好的人生。”如何对待儿童与妇女，足见一个国家的文明高度。儿童文学作家的作品，则是文明标杆上的刻度。一个聪明的作家，知道他的双足是站在哪块土地上的，他站立的土地决定了他的精神、趣味，“双眼可以穿过滚滚烽烟眺望远方、眺望界碑之外的事情”。曹文轩说：生他养他的土地是他永远的资源，而他思考的问题则应该是世界的；题材是中国的，主题却应当是人类的。他要从一个个想象力都无法创造出来的中国故事中，看到人类存在的基本状态；他要从一个个中国人的喜怒哀乐中，看到千古不变的基本人性。

为了孩子的文化，就是面向未来的文化；为了孩子的文学，就是面向世界的文学。曹文轩笔下人物的童年生活，具有浓郁的中国味道。从过去到现在再到未来，他将一个个世界上独一无二的故事讲述给全世界的儿童，向人们提供独特的中国经验、独特的中国故事，这也正是曹文轩的职责。“今天的孩子，其基本欲望、基本情感和基本的行为方式，甚至是基本的生存处境，都一如从前；这一切‘基本’是造物主对人的最底部的结构的预设，因而是永恒的。”作家就要为永恒而写作。

生命中，对爱、对真善美的追寻，一定是永恒的。那爱的情怀，是一颗心遇到另一颗心，而不是一张脸遇上另一张脸；正如凡·高所说的：“没有比人类的爱更富于艺术性的事业。”

曹文轩的作品常常引发争议。比如代表作《草房子》，被指性别观、儿童观都落后，是一本应该由业界好好检视、充分剖析的作品；《草房子》

中主人公的爸爸也不怎么合格（桑桑的父亲终日忙于学校事务，对孩子不管不问；直到桑桑身患绝症才幡然醒悟，带着孩子四处求医），甚至会给孩子埋下“恨爸爸”的种子。有家长直指：在校长、老师们的监督之下，在出版社的推动配合之下，《草房子》成为各个学校的指定课外书、“必读”书目，孩子们不得不读，这就错了。

无论如何，对于孩子们来说，单单阅读曹文轩是不够的，远远不够的。世界级的儿童文学大师那么多，如果主要是阅读曹文轩，而且是强制性的阅读，那一定是悲哀的。

我曾经发表过一篇文章《我想推倒教科书的经典定义》所表达的关键意思是：语文教科书的文章不是用来“膜拜”的，而是可以批判阅读的。那么，对于曹文轩的儿童文学作品，也应该是这样的态度。如果孩子不喜欢曹文轩，那不读为上，不应强制。

“既为圣坛，就得布道。”文化的建设，绝非一日之功，最需要像曹文轩那样孜孜不倦地前行。而写作的力量、阅读的力量，就是文化的力量、永恒的力量。

千江印月

“看明湖一碧，六桥锁烟水。塔影参差，有画船自来去。垂杨柳两行，绿染长堤。飏晴风，又笛韵悠扬起……”这是弘一大师作词的《西湖》中的一段。2018 年 6 月 5 日晚，《千江印月——弘一大师音乐作品欣赏纪念晚会》在浙江图书馆举办，晚会由浙江云林书院、浙江音乐学院等单位联合主办；从少儿合唱的《夕歌》，到女声独唱的《梦》《春游》，到诗朗诵《西湖》，再到大合唱《送别》，座无虚席的报告厅里的所有参与者，都沉浸于大师构建的“天心月圆”的音乐意境中。

千江有水千江月。整场音乐晚会，有 4 个关键词：“印月”，这是弘一大师和西湖不解之缘的体现；“作品”，这是弘一大师音乐作品的精粹展示；“欣赏”，这是以专家讲解进行彩线串珍珠的艺术鉴赏，专家是中国高等教育协会音乐教育专业委员会常务理事吕东方先生；“纪念”，这是对弘一大师这位绝世全才的最美好的纪念。

吕东方先生一开始介绍弘一大师时，就提到了大师的绝笔“悲欣交集”，引用了《大智度论》第二十七卷中对“慈悲”的阐释：“大慈，与一切众生乐；大悲，拔一切众生苦。”是啊，我当即感慨：多少人误读大师绝笔“悲欣交集”的“悲”啊！“悲”是拔一切众生苦，“欣”乃与一切众生乐；大慈以喜乐因缘与众生，大悲以离苦因缘与众生。这样的“护生”，就是弘一大师绝笔里的崇高境界、绝唱中的博大品格。

俗名李叔同的弘一大师（1880—1942），一生63载，半缘艺术半缘佛；他耕耘于多个领域，开中华灿烂文化艺术之先河。在俗39年，弘一大师集诗词、书画、篆刻、音乐、戏剧、文学于一身，他做每件事几乎都能做到极致；在佛24年，是佛教律宗的第十一世祖师，与虚云、太虚、印光并称“民国四大高僧”。林语堂先生曾说：“李叔同是我们时代里最有才华的几位天才之一，也是最奇特的一个人，最遗世而独立的一个人。”杭州作为历史文化名城，因为拥有弘一大师而骄傲。

春满华枝，华枝春满。2018年，正值弘一大师于虎跑寺出家、在灵隐寺受“具足戒”100周年。佛教的“具足戒”是指戒品具足，而不仅止于“十戒”。作为一代宗师的弘一大师，将“两世人生”集于一身：在红尘俗世里，是“护生即护心”；在禅门佛院里，是“护心即护生”。由于他有这样的心灵灵魂、精神品格，所以才有永远流传不磨灭的艺术作品，成为引起后世共鸣的经典。

弘一大师的很多艺术成就是开拓性的，既开风气之先，又让大众折服。民国才女作家张爱玲就曾说过这层意思：你们不要认为我是个高傲的人，我从来不是的，至少在弘一大师寺院围墙的外面，我是如此的谦卑……而今天我们纪念大师，是为了更好地弘扬文化精神、文化品格，让曾经照亮来路的文化艺术，再次照亮我们的漫漫前路。

大师永不死，只是渐凋零；身躯虽凋零，品格将永存。“长亭外，古道边，芳草碧连天。晚风拂柳笛声残，夕阳山外山……”在《送别》的歌声里，我们知道，弘一大师留在我们心里，永远不会送别，永永远远。

新经济的解码与赋能

——《拥抱未来——解码杭州新经济》阅读札记

当今世界变化越来越快，未来的变化更大更快，新技术、新商业、新经济扑面而来。杭州新经济的发展，数字经济已经越来越鲜明地成为其硬核。杭州面向未来、拥抱未来，如何能够把新经济做得更好、更加生机勃勃？2019 年 1 月 25 日，数字经济“杭州样本”首发，杭州市杭商研究会、浙江省浙商研究会等单位在杭州联合召开了《拥抱未来——解码杭州新经济》新书发布会暨“杭州新经济”专家研讨会，为杭州新经济解码并赋能。

“深入挖掘蕴藏在杭商背后的动人细节，展示他们运筹帷幄、纵横捭阖的大智慧……”杭州知名财经作家徐王婴所著的《拥抱未来——解码杭州新经济》，于 2019 年 1 月由浙江人民出版社出版，这是迄今为止分析、解剖杭州新经济的最全面的一部专业著作。这是一条活蹦乱跳、让人惊喜的“锦鲤”，在专家眼里是一次“教科书式”的写作；确认过眼神，作者对杭州新经济发展真当有着“店小二”式的服务精神。这次专家研讨可谓之“官宣”，在专家眼里，这是第一部全面反映杭州经济发展的专著，全视角、多层面地展示了杭州新经济的活力，可为杭州新经济发展、杭商企业的转型升级提供智力支持。

资深财经媒体人出身的徐王婴，是浙商研究会副会长兼秘书长，她对浙商有着持久、深入、到位的研究，先后出版了《对话浙商》《浙商之变》《草根力量》《浙商 1.5 代》《中国多头》《中国龙起》等诸多研究性的专著。徐王婴说：“见证是一种幸运，记录是一种义务，思考是一种责任。而生逢这样的大时代，我常常心潮澎湃，热泪盈眶……”在这本《拥抱未来——解码杭州新经济》中，时间与空间共舞，理性与感性齐飞；既为杭州新经济解码，又为杭州新经济发展赋能；写得既全面又深入，既到位又好看，既感人又能启迪人。

解码时刻，拥抱杭州的过去、现在和未来：“双创园”的孵化，让“硅谷”乍现；“新四军”的修炼，使杭商崛起；“金融港”的生成，有跨界颠覆；“共生圈”的磨合，让制度破冰；“后花园”涅槃，见都市传奇；“钱江潮”溯源，闻书香四溢……

著名财经作家吴晓波说：“天时”不如北京，“地利”不及深圳，杭州凭什么打造“硅谷”？这部新著做了解答，那就是“人和”。赋能的政府与内生的企业良性互动；创业“新四军”跨界颠覆，“数字经济第一城”按下快进键；特色小镇串起国际化都市的珠链；悠久的历史与科技创新交相辉映……让我们清晰地感受到：杭州的发展，具有时代的标本意义。

自古繁华地，再向潮头立。杭州确实是一个“脱胎换骨”的城市，数字经济让杭州变得越来越年轻。这些年来，尽管从“信息经济”到“数字经济”名称上有变，但是杭州聚焦“一号工程”的努力没有变。如今杭州明确提出打造“全国数字经济第一城”的概念，以“数字产业化、产业数字化”为主线，推动数字产业的形成和发展，对传统产业进行全方位、全角度、全链条的改造；“鼎新”带动“革故”，促进新旧动能转换，使“硬核”发展充满澎湃活力。

新思维、新经济、新杭州，大心跳、大动力、大跨步。一座城市的创新速度，代表着它的生命力；杭州以它的创新活力，孵化创意、孵化人才、孵化新经济。未来已来，所以可以拥抱；与大时代同行，与美好杭城同呼吸、共命运！

寻根“禹迹图”

——读《浙江禹迹图》随想

一本《浙江禹迹图》（邱志荣、张钧德、金小军主编，中国文史出版社，2019年3月版），为大禹研究开拓了新视野。其核心体现在一份“浙江禹迹图”上，这是我国第一张以省为单元，完备、系统地编录大禹文化遗产的分布图。2019年5月28日，《浙江日报》用整版的篇幅，以《穿越4000年 探寻禹的足迹》为题，讲述了30余万字的《浙江禹迹图》如何再现大禹治水之路的故事。《浙江禹迹图》在传统文化印记的研究、保护、传播、弘扬上，成为一次重要的创新示范。

浙江大学联合哈佛大学致力于打造中国第一个综合性“学术地图发布平台”，作为该项目负责人的浙江大学人文学院教授徐永明对此很感兴趣，他说，“浙江禹迹图”完全可放到地图上来呈现，无论文字、图片、视频都可以直观地呈现给读者。一旦做成了数字化学术地图，就能够让“禹迹图”发挥更大的作用，那真当是造福大众、功德无量。由我牵线，双方愉快合作，很快事成。

“稽山何巍巍，浙江水汤汤”，这是南宋诗人陆游笔下的水乡泽国的浙江。无论是4000多年前“三过家门而不入”的传说，还是当代浙江“五水共治”的实施，都绕不开家喻户晓的治水英雄——大禹。2018年度浙江省“五水共治”最高奖“大禹鼎”的颁奖中，杭州市以及5个所辖区（市）获颁“大禹鼎”。历史上，西湖有位优秀的“湖长”——宋朝的苏东坡，他学大禹，重视治水，疏浚西湖，筑成苏堤；如今杭州和全省一样，有一大批“河长”，他们同样秉承大禹精神，通过治水治出美丽家园。

寻找禹迹，就是寻找大禹精神，就是寻找文化之根。连日本都早早就整理了一份完整的“禹迹分布图”，细致标注了岛国上的132处禹迹，可见他们也十分崇敬大禹。大禹治水，依靠艰苦奋斗、因势利导、科学治水、以人为本的理念，克服重重困难，终于取得了治水的成功；由此形成的以民族至上、民为邦本、公而忘私、科学创新等内涵的大禹治水精神，是中华民族精神的一个重要源头，是中华文明史上的宝贵财富。

浙江是我国大禹文化保护、传承最好的区域之一。4000多年来，大禹的足迹和事迹，已遍布浙江大地，其主要内容有祭祀、遗存、地名、碑记、工程、诗词、歌舞、戏剧等类，它们深深扎根于浙江山水人文之中。浙江的禹迹图，一共收录了禹迹209处，涉及全省11个市。

大禹因为治水，所以其踪迹大多沿江发生，浙江则集中在钱塘江一线。其中，大禹和绍兴的渊源更深，禹迹在绍兴最多，达59处。文献记载，大禹曾两上会稽山；“北有黄帝陵，南有大禹陵”，如今绍兴不仅有全国重点文物保护单位、大禹的归葬地大禹陵，还有禹陵江、禹陵社区、禹陵乡等。而在这次禹迹图的编撰过程中，海岛舟山首次发现了4处大禹史迹，有关专家分别从台湾方志上和舟山地名录上发现了大禹史迹，两地各发现两处。

在杭州，以“大禹”命名的地址、单位也不少，比如余杭区有大禹谷、大禹小学，西湖区有大禹路、大禹路小学，等等。老余杭有个地名叫“舟枕”，舟行千里、枕典席文，让人想到这该是大禹治水的泊舟之处……至于良渚古城外围发现的水利系统，倒是比传说中的“大禹治水”还要早1000年。

严格地说，“大禹”更像是一种文化现象，是传说中的“神”。在“大禹符号学”里，“大禹”是标识，是标杆，是今人探寻古人精神的地标和脉络。寻踪觅迹，就是为了精神寻源、文化寻根，就是为了弘扬大禹精神并落到实处。

藏在千岛湖底的千年文化梦

——《威坪》阅读札记

聂鲁达说："如果我能生一千次，我也愿意生在这里；如果我要死一千次，我也愿意死在这里。"这就是家园。而家园要沉淀为文化、沉淀为历史、沉淀为情感，需要千百年时光的打磨。一个叫威坪的江南名镇，就是在时光的历练中，在时间的冲击下，成长为涅槃的家园。

从208年到2008年，作为淳安建县立郡肇始地的威坪，走过了1800周年的漫漫长路。新安江，淳安，威坪，镜头从远而近，最终推到千岛湖的水底下。在1959年这个历史节点上，新安江水电站建成蓄水，千年古镇威坪和周边乡村被清澈而温柔的湖水淹没，静悄悄中，诸多祠堂牌坊、名胜古迹都永沉湖底，古威坪从此消失。

但情感的家园是无法消失的。一位叫徐树林的威坪人，以30万字的巨大篇幅，著述了这本《淳安建县立郡肇始地——威坪（208—2008）》（浙江人民出版社，2008年12月第1版），以古镇、乡土、文脉、宗族、民风五个篇章，全景式地抒写了威坪古镇的前世今生，成为一本翔实的地域历史文化之书。这是一个古镇的诗史和史诗——从家园之梦来说，这是诗；从古镇之志来看，这是史。浙江大学终身教授陈桥驿先生，以历史地理的深厚学养，作了长序；著名报人和书法家邵华泽先生，以稳拙漂亮的隶书之体，题写书名。

《威坪》一书，是一个藏在千岛湖底的地域文化的千年之梦。陈桥驿先生在序言中说到，由于研究的实体已并不存在，要把一个已经在水库兴建中消失的古城古镇，作出生动翔实的历史复原，并发掘威坪地区大量的历史文化资源，生动地描述淳西人的人文风情，这无疑是“一项杰出的区域研究成果”，为淳安地方增加了“一宗具有存史价值的文化财富”。

水下的威坪是历史，水上的威坪是现实。威坪百姓当年告别祖祖辈辈居住的家园，义无反顾地背井离乡。“谁能不顾自己的家园，抛开记忆中的童年？”为了新安江水电站的建设，30万移民舍小家为大家为国家。书中写到威坪镇这样一副对联：

威武威严威勇威仪威坪新镇履山为坪地；
淳良淳真淳厚淳朴淳安移民随处可安身。

联句将威坪、淳安镶嵌其中，写出了“人之淳”。巧的是，在我的大学同班同学中，就有一位新安江移民的后代，恰是一个“淳”字最能概括我这位同学的品格。

带不走的是家园；带在心里一直跟着走的，亦是家园。爱家园，是爱人类的基点；爱家园的草木，爱家园的历史，爱家园的文化，爱家园的人文，人生意蕴因此而丰富饱满。年近古稀的徐树林先生，孜孜矻矻，以整整一辈子写了这部《威坪》，为家园立传，有感情有激情，真的很不容易，实在让人感佩。他说：“威坪人写威坪，这是一种神圣的历史使命；威坪人研究威坪地域文化，更是一种义不容辞的责任。凭着威坪人的硬劲、倔劲、韧劲，从小到大，从大到老，才写出来的。”如今，从旅游意义的潜水看威坪倒不见得那么靠谱，而徐树林才是真正的威坪历史地理人文文化的“潜水者”。

相思威坪，刻骨铭心，唏嘘声中，成就《威坪》。徐树林先生不是学院里的专家，而是一位很用心用力的家园人文文化的挖掘者。他不仅有很深的功力，而且有很好的文笔，看看这些散文味很浓的标题——古镇千千结、乡土脉脉情、文脉悠悠远、宗族绵绵长、民风习习淳，就能知其风格；全书将研究性写作与随笔化写作结合起来，加上图书图文并茂、装帧优雅大方，读来并不枯燥，而在共鸣处，则甘之若饴。

“千岛湖，一湖的梦。历史的梦，文化的梦。”如今梦圆，圆成《威坪》；家园变为故园，已非遗憾。从作者身上和《威坪》书中，我们清晰地看到：民众是文化保存的力量，更是文化创造的力量。

向文化名山挖灵魂

——读《莫干山史话》

人的大海都是相似的，可爱的名山则各有各的不同。

徐志摩爱翡冷翠山居，做客山中，“你不妨摇曳着一头的蓬草，不妨纵容你满腮的苔藓”；齐柏林爱玉山，在全航拍纪录片《看见台湾》中，最后的镜头是鸟瞰孩子们登上台湾地区最高峰，跳跃着齐声合唱，嘹亮了澄碧天穹；梅滕更爱莫干山，在一百多年前就购地于此筑成别墅，不仅有屋有井，还带花园网球场。

“山居是福，山上有别墅，闭门可读诗书，开门可迎佳客，出门可寻山水”，这是朱炜在《莫干山史话》一书中的感慨。朱炜是莫干山民国图书馆馆长，是一位青年才俊，一位扎根本土的作家。他能够潜心挖掘历史、静心探索文化，殊为难得。要说当今知莫干山者，朱炜也。

我居杭州，一直住在莫干山路之江饭店对面，不曾挪窝。地名就是回家的路，之江、莫干山，把山水好名全用上了。观地图，以西湖为地标，莫干山脉居于北，之江、钱塘处于南，山水仁智俱得也。

王阳明说：“公然又盗山头云，去向人间作风雨。”太虚法师说：“莫干山上夏清凉，招聚东南文物。雨后剑池增胜概，双瀑飞鸣崖壁。”芮麟说：“瘦竹万竿吼迅雷，杏花烂漫雨中开。”这就是气象万千的莫干山。

文化让一脉苍山有了情怀，有了灵魂。文化是需要忆往昔的。春秋末年，夫妻铸剑匠师干将、镆铘铸剑于此，始得莫干山之名。“莫干山之名初不甚著，自欧美人士因避暑而岁至，遂啧啧人口。然清咸丰太平天国之乱以前，此山亦非荒山，晋有塔，元有刹，明有碑；清末民初，乃为西人别墅聚集区。”这是朱炜的概述。当历史沉淀为文化，时光的背面往往就是湮没，今人如朱炜者，向名山挖灵魂，挖文化的灵魂，始成道德文章、文章道德。

在这里，可见著名外籍人士、“老少鞠躬照”中的梅滕更，如何办起广济医院莫干山临时医院，“只此一家，别无分店”；在这里，可忆当年浙江“一把手”张静江，如何成为莫干山早期的开发建设者；在这里，可睹“力薄难回劫后灾”的黄郛墓，如何经历不幸命运；在这里，可观“偶被白云留住”的周梦坡，如何为一座山修志……

通过朱炜的文化笔墨，我看到莅山名人中的五位美髯公：建屋武陵村的陈叔通，题签《莫干山志》的于右任，绘《莫干新夏图》的张大千，作《炮台山老树歌》的马一浮，写《半篇莫干山游记》的丰子恺；我知道钟敬文的 1929 年莫干山之旅，茅盾与莫干山的不解之缘，巴金的 1981 年莫干山小憩，钱君匋在莫干山的留题；我重温木心在莫干山深夜遇虎的著名细节：猛虎夜访木心住地，虎兄那是“撕拉撕拉地抓门”，木心则是“恬然不惧而窃笑”，还感叹虎兄智商不够，“不懂得退后十步”而借力撞门……

化人文化，文化化人。无用之用，是为大用。“百无一用是书生”，作为文化人，就该吟无用之诗、读无用之书、醉无用之酒、钟无用之情、寻无用之魂、著无用之文，从而成为滋有味的“无用之人”，以至最终派上了大用场。

正是那“无用”且无形的文化、文明，改变了莫干山。然而，与多少名山大川相似，千百年来，因着文化的“非制度化生存”，人们所赖以生存的制度环境缺少确定性，尤其文化人遭遇问题、需要解决之时，得依靠一次次的具体博弈；于是，山也变得不确定了，山上之人更变得不确定。为了更好地“确定”，通过一次次的具体博弈而最终能够抵达“制度化生存”，则是山水之幸、文化之幸、人类之幸。

由此，有了改革开放初期著名的“莫干山会议”，此次会议于1984年9月召开，学名为“全国首届中青年经济科学工作者学术讨论会”，以城市经济改革为中心议题。与会者“宁做痛苦的清醒者，不做快乐的梦中人”。莫干山会议，为的是经济体制改革的制度性安排，会后价格改革就启动了，中国的“计划”价格开始向“市场”价格迈进。“莫干山仅仅是一处避暑胜地吗？对于中国改革来说，不是！”当代莫干山历史的“标志性建筑”，如今同样已沉淀为文化——这是“以经济之瓦釜，铸文化之黄钟”呀！

制度一贫穷，生产力就没了；文化一贫穷，想象力就没了；思想一贫穷，前进力就没了。摆脱思想的贫穷、文化的贫穷、制度的贫穷，就需要像朱炜这样，向历史挖掘活的灵魂，孜孜矻矻，生生不息。

行走英格兰：以文心，以温暖

——黄书祺《温彻斯特的雨》序

A

世界上什么事最开心？作者出版新书，定当是其中之一。

黄书祺新著《温彻斯特的雨》由浙江古籍出版社出版，嘱我再次为序，我很开心。

书祺负笈英伦，洞开人生新境界。这里的人、事、学、思，因文心而迷人，因温暖而美好。

我一向认为，对于写作者来说，阅历和阅读都很重要，不可或缺，这在书祺的为文经历中得到了极好的体现。

B

有道是，习武之人有三个境界——见自己，见天地，见众生；那么，习文之人何尝不是这三个境界呢。人生快乐有三境界：第一境界是初级快乐，即身体之乐，属于饱暖物欲，可见自己；第二境界是中级快乐，即精神之乐，那是读万卷书、行万里路，徜徉于人文文化，可见天地；第三境界是高级快乐，即灵魂之乐，那是爱己及人、公益慈善、奉献付出，由是可见众生，让他人因为你的快乐而更加快乐。凡庸之人有命一条，乃性命；优秀之人有命两条，乃性命和生命；卓越之人有命三条，乃性命、生命和使命——此为人生历程的知命和达命；从生存之境，到生活之境，再到责任之境，即为人生幸福的提升与升华。

生于2001年1月的黄书祺同学，到2019年1月才年满18岁，她小小年纪已入幸福人生第二境界，负笈英伦，成绩优异，课余习文，文采卓然；而此前她在国内已经出版过两本作品，义卖助学，情怀暖人，已然可见人生快乐第三境界的光芒。

书祺在2015年14岁之时，被英国著名私立女校圣斯威辛中学录取；求学两年之后，于2017年入学英国威斯敏斯特公学。留学生涯的开启，扩大了视野，丰富了阅历，提高了认知，写作进入了一个新境界。留学伊始，她就推出微信公众号——行走地平线，分享在英国留学生活的所见所闻、所知所感。一片新天地，诸多妙文章。2016年，应《读者·校园版》杂志社特邀，她为“行走英格兰”专栏撰文，给中国的读者，尤其是学生读者展示了华彩缤纷的“外面的世界”。

如今以“行走英格兰”专栏文章为主，集纳构成了这本散文集《温彻斯特的雨》，自然天真，清新流动，温暖润心。

C

爱写作，有天赋，有兴趣，能坚持，这就是黄书祺同学。

黄书祺在杭州读初中时，就是一个“牛娃”，就读的则是杭州的“牛校”文澜中学。2015年3月，因着“新少年作文大赛”的缘由，浙江的《钱江晚报》“新教育”栏目，破天荒以3个版面的大篇幅，报道了这位读初二的“学霸”。介绍她的为学为文、为人为事；评价黄书祺所具有的“新少年气质”：自由地做着少年梦，同时也有实践的勇气，有着和这个世界平等对话、表达见解的欲望，也会用眼中真实的世界，来表达对生活的爱。

“想到和得到之间还有一个做到”——书祺在努力地“做到”。这样的为文之心，永远是可贵的。

所以她一到英格兰，就更用心地观察、思考、写作。她入学的女校圣斯威辛中学，成立于1884年，在温彻斯特的郊区。温彻斯特是历史文化名城，在11世纪伦敦成为英格兰首都之前，一直是英格兰的国都。温彻斯特是板球的发源地，是英国著名小说家简·奥斯丁的故乡。留学生活的华彩乐章，书中为您一一呈现。

黄书祺在学业上文理俱优，很快成为全校顶尖的学生，之后以顶尖的成绩考入英国威斯敏斯特，并获得顶尖的、由英国皇家基金会颁发的女王奖学金。威斯敏斯特公学，与女王素有渊源，是英国最著名的九大公学之一，全英排名第一；位于伦敦市中心，被伦敦地标建筑国会大厦、威斯敏斯特大教堂和大本钟所包围；建校历史追溯到1179年，属于英国最古老、最知名的私立学校之一，是伦敦唯一一所还坐落在原校址的老牌名校。该校人文情怀突出，体现为“自由教育”模式：尊重学生个性、释放每个学生的潜能、将每个个体通过“全人教育”培养成为全面而独特、具有责任感、领导力、创造力的人才；迄今已培养出多名英国首相、诺贝尔奖得主、知名作家和艺术家等。

一个中国女孩，一个优秀的青少年才俊，留学英国最顶尖的女校和公学，其眼中的留学生涯、游历生活，自然有着不一样的视角，有着不一样的色彩，属于“不一样的烟火”，其价值意义和独特性正在于此。

D

总有一个地方，让你一见钟情。爱上一条街，就可以爱上一座城；爱上一条河，就可以爱上一个地方；爱上一所学校，就可以爱上一个国家。

——这里有的话是书祺在书中所写的，有的是我说的。因何而爱？温暖的情怀是底色。

书祺在书中写到的一个细节，让我无法忘怀。2015 年 8 月 22 日，书祺同学初来乍到，需要去南安普顿小镇一家极小的邮局办 BRP 卡（留学生身份卡）。英国都是指定办卡地点的，在冷清的南安普顿小镇冷清的邮局里，办事的人不过两三个：

> 站在我前面的是一个四十几岁的盲人叔叔，戴着墨镜，拄着一根木杖便熟门熟路地排进了队伍，大概是这里的常客。邮局的工作人员是一个金色短发的中年女子。金发中混杂着几缕银白，愈显得那张棱角分明的脸红光四溢。她急急从办事间中走出来，搀扶着盲人叔叔，一项一项帮他办完了手续，最后不忘问一句："最近有什么需要帮忙的吗？大家都可以帮你。"女子说话大声而缓慢，头顶的银白一闪一闪。叔叔笑着摇摇头，从口袋里掏出一叠油渍纵横的钞票，她只是略略一掂量，便立即从抽屉里找出几乎全部的 penny（英国最小的钱币）："一个，两个，三个……这些都是 penny，找给您的，到时候您在别处付款，数着就行了。"一边把那厚厚一堆硬币帮着塞进了叔叔的钱包——一个已经快被别处的 penny 塞满的，全是油渍的硬皮包。

当这位盲人叔叔笑着缓缓走出邮局时，一路都有民众为他开门，推开自行车，拿走易拉宝；然后是书祺夹叙夹议的话语："每一个人都对他亲切地微笑着，仿佛那一抹抹嘴角的阳光，都可以照亮他的黑暗路途。"

在文明的国度，弱者是弱者的通行证，而无赖则是无赖者的墓志铭。

《总有一个地方，让你一见钟情》，是书祺与同学的西班牙游学记。"忽然从大不列颠的阴雨穿梭到西班牙的阳光里，每一寸空气都让人振奋。"然而，这次西班牙游学本来有 27 个女孩，结果一到西班牙，就只剩下 26 个女孩了，因为出发时就发现，其中一个女孩把护照弄丢了。在希思罗机场，校长亲自里里外外忙着翻找护照，然而还是没有找到；最后决定让女孩和一位老师留在英国找护照。离开之前，女孩得到暖心的安慰："别担心哦，等你找到了，我们还是可以在西班牙一起玩的哦！这不是你的错，每个人都会遇到一些不幸的时刻的……"然后，每个人也都和女孩亲吻告别，让女孩破涕而笑。

细节，看到的、经历的非常细的细节；温暖，寻常而又非常的人性温暖。

E

我常说：学识，学识，有学才有识；文章，文章，有文才有章。

文心，艺文之心，以艺术来呈现，在文字中，即为文采。

黄书祺的文笔，正是"清水出芙蓉，天然去雕饰"的那一种。看《温彻斯特的雨》开篇写初秋之雨：

> 温彻斯特的清晨，天还没有亮的时候，雨声便先来了。初秋的雨似乎是最冷的，连带落英纷纷，细诉着一整年的萧瑟。小树林里又没有常青树，月儿变圆的时候，就一起齐刷刷地黄灿起来，若有火红点缀，则算一道风景。

这是深得"未见其人，先闻其声"之妙。雨从天降，黄自地来，一句"雨声便先来了"，一句"齐刷刷地黄灿起来"，景物就活了，个中就是"一切景语皆情语"。

在《春风风人》中，书祺写学姐 Lily，一位来自深圳的 16 岁的小姑娘，学校里很多孩子都笑她"操心得像个母亲"呢——还真是"吾不能以春风风人，吾不能以夏雨雨人，吾穷必矣"！ Lily 先行一步考入威斯敏斯特公学，在她告别之后，书祺写道：

> 校园里却是再也看不到那个给我们海淘月饼、送感冒药的小姑娘，也不会有人使劲催着我们多吃蔬菜，少啃汉堡了。在学校的最后一个月，我第一次看到裙摆翩翩的 Lily，宝蓝色的长裙在舞会的聚光灯下熠熠生辉。她很欢快地朝我挥了挥手，告诉我她马上要去荷兰旅行了，八月还要去登西藏的高山。
>
> 我简直可以想象雪山上的步步生莲。一个蓝裙飘飘的女孩。

寥寥数笔，一位同样是来自中国的留学生青春勃发的形象跃然纸上。什么叫“青春万岁”？什么叫“身体和灵魂都在上坡”？什么叫“少年强则国强”？这就是！

在《何处咫尺天涯》一文中，书祺写一同下火车的英国老爷爷和孙子：

> 下车的时候，我往后靠了靠。和所有的大不列颠绅士一样，他没有忘了向我道谢，然后拿起那顶红棕色的皮帽，戴在头上，左右调整，却还是歪歪斜斜地耷拉在那里。老人轻叹一口气，招呼了孙子，一步步走下台阶，走进车站，又走出。慢慢地，静静地，缩小成雨中的一个点，直到和那矮矮的红石头老房子一起，消失在温彻斯特郊区葱翠的灌木丛中。那个孩子蹦蹦跳跳，追逐着落叶，一会儿也模糊在了蒙蒙的雨丝里，和温彻斯特的红色一起，融成了这片雨幕的背景。

情景交融，就是这个意思。人是活的，景是动的，在这个画面感极强的场景中，作者白描的世界，那么温润亲切。一个人如果对外物不敏感，许多寻常场景就熟视无睹地丢掉了；一个人如果表达力不强，即便是看到了、感知到了这样的情景，也难以准确、形象地表达出来。

“作家只需给现实赋予艺术形态，就足以成就文学。”濡笔为文，温暖如春，这就是“有文之章”的力量。

F

行走英格兰、抒写“外面世界”的黄书祺，前行的天地很广，提升的空间很大。

面向未来，未来已来。书祺加油！

走向明天，明天有雨，更有崭新的太阳。

太阳每一天都是新的。无论如何，每一个明天，都是换了一天。

明天比昨天更长久！

温暖和青春交集的旅程

——徐千雅《平行世界里的我》序

集合起语词，扑簌簌地飞！

文学之旅，总是那样的风光旖旎；青春之华，总是那样的生机勃发。

这是温州女孩徐千雅的散文集《平行世界里的我》，由浙江教育出版社出版。这是一个起步，这是一次出发，这是温暖和青春交集的旅程，这是“我见青山多妩媚，料青山见我应如是”的风华。

徐千雅的散文，是从心底里汩汩流淌出来的，感触是那么细致，感情是那么细腻。迎面而来的就是一篇《抱抱孩子，抱抱爱》，这是一次前往福利院“抱抱孩子”的行动，这是感人的爱的乐章：“这次的福利院活动，不仅让我明白了生命的可贵，还有孩子们渴望温暖的那一颗颗炽热的心。我想对那些抛弃孩子的父母说：‘抱抱孩子吧，你会更懂他们，而不是把他们丢弃，即使他们的身体或多或少有些缺陷，可他们有一颗完整的心！’抱抱孩子吧，抱抱爱吧！”爱的情感的升华，就是情怀。

这样的情怀表达，在书中时时可见，比如《平凡母爱》这一篇：“母爱如水，抚摸你的心口；母爱如伞，为你遮风挡雨；母爱如一本《道德经》，教你做人的道理。”暖心之作，不仅温暖，而且轻盈。如果说“母爱”和“爱母”是天经地义的，那么这篇《那是朋友吗》，可是对街边遇见的“被表演”

的小猴子的深切同情："这是一只个子很小的猴子，看起来年龄也很小，差不多三岁吧！它的一举一动，都流露出它本性的可爱，可是，它的眼神却显得格外暗淡。"作者的感受和感知细腻而准确："那只小猴子似乎很怕它的主人，每做一个动作，都会用它那双眼睛去望一望主人。事实证明，这只猴子并不热爱这种表演生涯，它更渴望自由！"作者的所见所感，是那么的真切；真是善的前提，善是美的精魂，由此带给读者温暖的感动、感动的温暖。

温暖总是让人百感交集。文章因爱的温暖而美好。对每一位作者来说，温暖来自一颗善待他人的心，涵养来自一颗尊重他人的心，修为来自一颗亲和万物的心。心是写作者的核心，离开了一颗良善善良的心，一切都无从谈起，认知也就不存在了。身之主宰即是心，心之所发即是意，意之所在即是物，意之本体即是知。心中有爱，才有宽度；目中有人，才有前路。

善良而柔软的文学时光，总是那么美好。善良比才华更可贵，如果说才华是一种文学天赋，那么善良就是一种品格选择。无论哪种文体、哪个文本，初似常语，其神甚远，依靠的就是心灵品格。看散文，必然要看是否"走心"，是否蕴含真爱的品格，是否充盈温暖的真情。小小的徐千雅，拥有这样的"心""意""知""暖"，是她在写作之路上行稳致远的扎实之基、良好之础。

随心而来，即是诗意。在博尔赫斯看来，"散文是诗歌的一种复杂形式"。这其实是对散文提出了更高的要求：散文要有诗歌的语言、诗歌的意象、诗歌的情感、诗歌的底蕴，而表达的方式、呈现的形式，比诗歌还要来得复杂。徐千雅散文中的诗意，至少已有诗情画意。

比如同样写《绿》："踏波行悠悠然才见妩媚青山，朱自清笔下的梅雨潭此刻铺在我眼前，飞瀑清流，潭深水绿，一览无遗，与这碎了一地的金黄一起沉醉，斑驳的光影在地上沉默地游移，夏天独特的味道伴着梅雨潭的绿意，触及内心最软的地方。"然后笔锋一转，就是文中镶嵌的诗句："汪汪一碧的潭边，瀑布在襟袖之间。"

再比如写《空缺的夜晚》："皎洁的月光荡漾在田野边的溪水上，萤火虫飞舞，点亮夜空中的星光，伴着天边的星星舞蹈，如此优雅！……躺在田野间，习习凉风拂乱田野里的几丛狗尾巴草，将草芯含进嘴里，能挤出甜甜的汁水，我们望着辽阔无垠的天空，无尽地遐想，还有绿衣天使萤火虫围绕在我们的身边，月亮发出皎洁的光……”写楠溪江：“雨灵动了楠溪江，而水温柔了楠溪江。”写窗外：“凌霄爬满了整个墙壁，一朵一朵带着水的小花也不规则地点缀着，点缀着整个窗外，也点缀了整个春天。”境由心生，这些诗意的自由的表达，让我们明白青春的意蕴，明白“朝气蓬勃的十八岁”与“老气横秋的八十岁”之间时空的差异。

徐千雅常常有让人眼睛一亮、心中一颤的感受。比如她写乌镇：“时间仿佛在这里停止了。”她写小店：“蓦然回首，茫茫人海中总有一家小店温柔地守候在灯火阑珊处。”她写冬雪：“窗外的雪小一些了，我们便心疼地望着天空，咿咿呀呀地祈求再下一场大雪，永远不要停……”她写“安逸阁”：“一株草倚靠在亭子旁；一粒沙飘落在亭子里；一束阳光洒落在亭子间！”她写补碗匠：“像被时间的齿轮磨损风化了一般，瘦弱得仿佛连风袭来都可能打两个踉跄。”还有她写孤独：“我的琴声呜咽，泪水全无，有一种格外的冷，尽管蜷缩在被窝里，将厚厚的棉被裹得更加严实，却仍然止不住瑟瑟发抖……”

把好的、独特的感受表达好，需要的是语言的炼金术。我向来倡言，写文章要多用整句，少用散句；多用短句，少用长句；多用短段，少用长段；多用鲜活口头语，少用啰唆书面语。这些方面徐千雅都做得不错；接下来需要悉心地向民间学睿智、向网络学生动、向修辞学鲜活、向高手学文采、向大师学经典。

向大师学习，有个好的比照，就是写“蝉”。《蝉之说》是千雅写得挺好的一篇散文，欲扬先抑：“起风了，一只蝉。当睡莲从水塘里醒来，荷塘间浮现粉红的魅影，一声声，积压着，不甘的蝉鸣被瞬间触发，是夏天了。蝉的一生，春秋代序间，早已化作夏日的标记。我一贯不喜欢蝉，丑陋，聒噪，那蝉注定不是上天的宠儿，却又整日歇斯底里地嘶吼着，令人心烦，徒增夏日的闷热。蝉野蛮又拒绝被教化，似乎宣扬着与世界格格不入的自己……”写到后头，则是“待到秋风习习，那蝉带着一世的血泪与梦，简单地死去，是执着，是自由，是生命。我是绝不该责备那蝉的，上天给予它们的，与人相比，乃至其他生物相比，是不公平的命运与昏暗的长路”。结尾的意象颇具韵味：“一只蝉，侧在路边，夕阳为它披上金衣，偶尔落下的叶与它的翅一般，微微轻颤。”爱与温暖油然而生。

然而，在散文大家许地山那里，蝉是“低到尘埃也想开花”的意象：“急雨之后，蝉翼湿得不能再飞了。那可怜的小虫在地面慢慢地爬，好不容易爬到不老的松根上头。”后面紧跟着的是惊天动地的名句：“松针穿不牢的雨珠从千丈高处落下来，正滴在蝉翼上。”一滴雨珠就这样把蝉砸倒，重新摔到了地上，作者问：“雨珠，你和它开玩笑吗？”许地山先生的视角，完全是把自己缩小到“蝉”那么小，所以才看见、才感受到松树上的雨珠是“千丈之高”。这种彻底的设身处地，是散文大家才能感知到的情感、所拥有的情怀；那“于无声处听惊雷”的悲悯，是从博大心灵的深处发出的。

我说这个例子，是要说明，徐千雅和我这样的作者，距离许地山那样的散文大家，中间自然是隔着巨大的差距；虽不能及，但心向往之，并致力于缩小那距离——这就是提升的空间，这就是努力的方向。

从稚嫩到成熟，从来都需要一个过程。写作要不断地修炼，否则我们以为看到了“华山派”，其实那是“华山派出所”。“天生，我便痴迷于语文，甚至对汉字中的每一撇、每一点都充满了浓厚的兴趣”，青春年少的徐千雅，酷爱语文与写作，这是最宝贵的。面向未来，我想最重要的就是六个字：有兴趣，能坚持。许多青年才俊，开始时热爱文学与写作，到后来随着时光的推移、岁数的增长，渐渐淡去了热情、湮没了兴趣，最终是自然而然地放弃了，放弃了阅读，放弃了创作，十分可惜。所以，我想在最后把这六个字重复一遍，作为我对徐千雅未来文学旅程的冀望：

有兴趣，能坚持！

向火焰找灵魂

——王亮摄影作品集《我的兄弟》序

A

苏珊·桑塔格说：“摄影是通向真实的方式而不是结果，它丈量着世界的广度和内心的深渊。”

1855年，罗杰尔·芬顿用一台笨重的大型相机，拍摄了欧洲的克里米亚战争，由此诞生了新闻摄影。所以，这场战争不仅仅诞生了至今人人记诵的、杰出的医护工作者南丁格尔。从那时起，新闻摄影师就一直活跃在各种世界性事件中，成为现场的见证者、历史的记录者、艺术的创造者。

摄影有着鲜明的外部性，是真正的“彼此彼此”。“悠然见南山”式的风光照片当然也可以是很风光的，可世界摄影史上，最具冲击力、最震撼人心的，往往都是新闻性的摄影作品。世界的广度、内心的深度，由此被丈量。

水与火的激烈撞击，那是如何震撼的情景？大地与大地的暗中撞击，那是如何惨烈的后果？飞机和大厦的恐怖撞击，那是如何的怵目惊心？无论天灾，无论人祸，灾难降临之时，第一时间奔赴现场的，往往就是消防战士的身影。在美丽的杭州，作为消防战士、媒体通讯员的摄影师王亮，专心专注于拍摄消防题材的作品，那一幅幅可遇而不可求的照片，就像一个个战士，在集结号吹响之后，汇聚到这本书中。这是照片的震撼，而在照片的边上，看那细细成行的新闻表述，则是文字的重量。

因为一幅幅成功而感人的消防题材摄影作品，王亮“亮”了。他的作品最近由浙江摄影出版社结集出版。

我看王亮的作品，强烈冲击我的，是特别突出的三个特点：精气神、新闻性、艺术性。

B

王亮摄影作品中有着一股激越的精气神。精气神，是精神，是力量，是灵魂。如果说罗丹的雕塑是“向石头找灵魂”，那么，王亮的摄影则是“向火焰找灵魂”。当然，消防战士对抗的已不仅仅是火焰，就像罗丹用以雕塑的材料不仅仅是石头。

王亮的摄影作品，画面虽然静止，却有着强烈的动感。那激情是澎湃的。透过他所捕获的一个个瞬间，我们看到一个个、一群群消防战士的身影——正是他们构成了火焰中的灵魂。

“养兵千日，用兵千日”，说的就是消防部队，他们还真不是“养兵千日，用兵一时”，而是天天都要“士兵突击”。属于武警序列的消防部队，具有双重性：既是公安机关的职能部门，又是国家武装力量的组成部分——有着双重领导的体制；既担负着消防保卫任务，又担负着应对突发事件的职能——承担重大灾害事故和其他以抢救人员生命为主的应急救援工作。王亮透过他的镜头，一次次具象地呈现了消防人的“消防精神”。

消防部队，是百姓生命财产的保护神。在灭火救援、抗洪抢险、应急处置中，民众无论如何都离不开消防。消防，是一个传统名词，它的内涵与外延都有大幅度的延伸扩大。有多少事故或灾害的发生，需要消防战士出动：危险化学品泄漏事故，道路交通事故，地震及其次生灾害，建筑坍塌事故，重大安全生产事故，空难事故，爆炸及恐怖事故，群众遇险事故……消防要求接到出动信号后，首车驶离车库时间一般不得超过 60 秒，这样的细节也要经过千锤百炼。

现代化的消防部队，“既要有知识、有经验，又要有智慧；既要有技能、有体能，又要有装备；既要英勇顽强，又要懂得科学施救”。杭州的消防部队，致力于构筑“消防安全防火墙”；当年《都市快报》报道杭州引进 101 米高的曲臂登高消防车，给我留下深刻印象。这样的消防车在全世界只有 5 辆，这个在全世界伸得最高的“手臂”，把杭州的消防托举到世界级的高度。而王亮的消防摄影，在整个消防领域里，也努力做到最好。

罗丹说：“最美的题材摆在你们面前，那就是你们最熟悉的人物。”相比于火焰本身，王亮更关心、关怀、关切那火焰中的人；王亮所聚焦的对象，正是王亮的兄弟们。

向火焰找灵魂，这灵魂就是消防人以及消防人所呈现的消防精神。灭火的照片，点燃的是精神，飞扬的是灵魂，澎湃的是力量。

王亮镜头中的精气神，是以丰沛的情感为底色的。情感、情愫与情怀扑面而来。相机是工具，用相机拍摄出来的照片成为作品，而在按下快门的那一瞬，摄影已渗入情感，渗入生命。

留给我印象极为深刻的一帧照片，是十多个小时的灭火战斗之后，十几个穿着红色消防衣的战士，横七竖八地躺在绿色的草地上，疲乏地睡着了。可以看得出来，王亮是带着深厚的心疼之情按下快门的。这让我想起摄影师布鲁斯·戴维森在谈到自己的摄影经验时说过的话：“我的照片大多数是富有同情心、温柔和个人的。它们往往让观看者看到自己。它们往往不说教。而且，它们往往不佯装成艺术。”人性与人情，都是相通的。

有人曾说，记者是世界上最危险的职业之一，我觉得这多少有点矫情，消防救援不知要危险多少。因为那是深入到危险中心的工作。那样的高难度、高危险，置身场外的人，是难以直接体验的，但从消防战士牺牲之壮烈，可以感知得到。最危险的工作，需要最激越的精神。“守职而不废，处义而不回”，汉代黄石公如此明晰地表达了“忠于职守，义无反顾”的宝贵精神。他还写道：“橛橛梗梗，所以立功；孜孜淑淑，所以保终。”这就是说，坚定不移、正直刚强，方能立德立功；勤勉惕厉、心地善良，才能善始善终。

“活着，生，与死。对于生与死的爱，那就是摄影。”日本“谜一样”的摄影师荒木经惟，这样表达他的摄影哲学。而敢于面对生与死，正是战士的形象。而爱，恰是王亮摄影中流淌的情感血液。

C

王亮的摄影作品中有着最接近现场的新闻性。在美国瑞威・戈登所著的《目击者：这个世界上最杰出的新闻摄影师》一书中，罗伯特・卡帕的名言再一次跳到我们眼前：“如果你的照片不够出色，那是因为你还靠得不够近。”当几乎所有的摄影师都是外来者时，王亮是内部的——他是杭州消防支队宣教中心的战士，他不是外来者，不是旁观者，更不是路遇者。所以，他拍出了外人难以拍出的图片。一如他的获奖照片《千钧一发》的标题，外人欲求“千钧”，那“一发”恐怕早就断了。

火灾有着突发性和不可预见性，专业记者很难第一时间赶到现场，而第一时间冲到现场的，必然是消防战士。所以，在厚厚一册《新华社 70 年摄影作品选集（1931—2001）》中，没有出现关于消防灭火的经典之作。最接近灾难第一现场的新闻图片，一是唐山大地震，但只有震后静止的画面而未见人影；二是埃及总统萨达特在阅兵式上遇刺，这是摄影记者事先在场的匆忙之作，能抓拍到模糊的照片，实在也不容易了；三是“九八”抗洪之际水中战士的身影，里头应该包括了消防战士；四是北约空袭科索沃引发大火的现场，一位老人走过；五是“9・11”事件中，世贸中心两栋大楼遇袭，爆炸起火浓烟滚滚的远景照片。

这就说明，作为摄影记者，除了恰好在场，并不容易第一时间抵达灭火现场，到迟了，往往只看到余烬、废墟和尾声。而与消防战士一道出击的王亮，则能完整拍摄记录整个过程。他的直指现场的武器，就是相机。尽管最后呈现给读者的，可能只是其中一张图片。正像有位摄影师所说的，“一份作品最重要的特质在于独立性；只需一张照片，便能带给你一个故事”。

灾难具有天然的新闻性，所以，作为战士之一，能第一时间到达现场的王亮，在新闻性的把握方面，有着得天独厚的优势。能否把握住整个事件或过程的新闻点，拍出最出彩的照片，各人的水平能力则大为不同。新闻需要的是敏感，需要的是捕捉。就这方面能力而言，王亮一点都不逊于专业的新闻摄影记者。对于专业媒体来讲，王亮是通讯员，通讯员在某些方面比专业记者更出色，因为他们需要敬业，需要个性，需要特色，需要“靠得更近”。

透过图片的说明，可以清晰地看到这里的新闻性：无论是浙江中医药大学实验室的起火，还是钱江新城一建筑工地地基的坍塌；无论是萧山一化学品危险品仓库的爆炸，还是临平商业大厦的火灾……在“咔嚓”的一刹那，离不开时机的准确捕捉，这样才能定格新闻照片最宝贵的新闻画面和新闻信息。

有人类的地方，就有新闻；有人类存在，就需要有新闻信息的传播。消防救援与新闻媒体有着天然的因缘。1999 年盛夏，我刚到杭州工作时，借住在外东山弄一个亲戚家里，有一天我上班去了，老人家在厨房里打开煤气灶，用最小的火炖一样什么东西，然后就出门散步了，全然忘了这回事。结果就是浓烟滚滚扑窗而出，民众报警，消防车迅速抵达，把一场火灾事故消灭在萌芽状态。下了夜班回来，我才得知有这么回事，我当时想的，一是杭州消防好厉害，二是第二天《都市快报》很可能会刊登这个消息，那将说明《都市快报》也很厉害。果然，第二天《都市快报》接到市民报料刊登了这个消息，提醒公众注意安全。2002 年，我刚跳槽到《都市快报》工作的第一个除夕夜，爆竹声四起之时，我参与了热线值班，接到一位消防战士亲属打来的电话，说的是消防队员出警去了，那股浓浓的眷念之情通过电话线传来，让我深受感动。这不算一个新闻报料电话，而是一个情感倾诉的电话，时间不长，留给我的印象记忆却很长。

在消防摄影领域，王亮完全可以称为“新闻摄影师”。他与世界上一个个杰出的新闻摄影师一样，不畏惧前方的危险，拍摄了一幅幅激动人心的画面。新闻事件最能吸引新闻摄影师的镜头，无论是人类的丰富情感，还是戏剧性的画面，无论是战争的无情残酷，还是悲剧性的事件，都能被相机镜头捕捉到。尽管人类的文化和背景各不相同，但照片和音乐一样，人们都不难读懂这摄影的语言。

D

王亮摄影作品中有着在火与水中迸发出来的艺术性。照片因艺术而具有生命力。就像文章要有“文”——文采一样，照片要有“艺”——艺术。向火焰找灵魂——这火焰中的灵魂，是人，也是思想和艺术。正是艺术性让照片成为作品。美国摄影家法宁格说：“就相机本身而言，它不比一块黏土更富于创造性。但是，像黏土一样，把它放在一双有灵感的手里，就会变成创造的工具。”我非常佩服王亮拍摄消防题材照片的那种艺术灵感和艺术灵气，那是光与影构筑的艺术，那是火与水迸发的艺术。

是艺术，就会有力量。当我们以为火灾现场就是建筑物、红火焰、黑浓烟这样的“三层次”的时候，王亮通过他的摄影作品，有力地告诉我们消防抢险绝非那么简单单一，消防题材的摄影，同样可以丰富多彩，几乎每一幅照片都有极具冲击力、让人难忘的光影。

这是一张两名战士进入火场增援的照片，黑暗中，是两束向下照射的蓝光，这立刻让我联想到卡梅隆的电影《泰坦尼克号》，联想到潜入大海寻找沉没的轮船，联想到载人潜水器在深海射出的蓝光……一幅好的、艺术性强的照片，就这样带给人丰富的联想空间。

这是杭州南山路一场灭火战斗接近尾声的照片，通透的黄红之光中，无数划过的雨水，构成了光影中独特的“清晰的模糊”和“模糊的清晰”，让我想起菲利普·琼斯·格里菲斯的著名照片《英国士兵》，那模糊的肖像，那肖像上的无数划痕，那看不清的眼睛，让人过目不忘。

这是一幅红与黑的照片，前方炽热的火已经红透，近景是消防战士黑色的背影，构成了群雕般的形象……

如果说芭蕾是足尖和旋转的艺术，那么摄影是光影和构图的艺术。在黑白胶片年代，我特别喜欢香港摄影家陈复礼的作品，一个重要原因就是，在透过影像表达精气神之外，有着构图的大气和精妙。黑白的照片，光影只呈现明暗双色，构图的重要性不言而喻。陈复礼的代表作之一《搏斗》，视觉中心是一艘小船，下边是大海怒涛，头顶是火焰般喷射的飞扬的云；船上的人伸展开翅膀一般的船桨，仿佛把力量笔直地伸展开来……在今天，王亮的构图艺术同样是那么的不同凡响，他能够把外人看起来“都一样”的灭火、大同小异的救援，变成多视角、全方位、大不同的画面。

这是一张检查泄露储罐的照片，巨大的罐体像大山般耸立在两旁，“峡谷”中，是穿着白色防化服、蹲下来打着手电在检查的消防战士。

这是屋顶油毛毡着火后的灭火照片，破拆灭火的消防战士的背影，几乎与无数破成碎块的屋顶建材融为一体，作者显然站在比屋顶更高的方位——好的摄影照片，有时需要靠得更近，有时则需要站得更高。

这是一幅“已经没有故事”的照片，一位消防战士在清点器材准备撤离，但画面中战士的身后是大片白色泡沫，海洋一般，占据了四分之三的画面……

火与水，光和影，明与暗，远和近，构成一种无与伦比的艺术，这么神奇。

希腊神话中，自从普罗米修斯为人类盗取了火种之后，人类有了生存文明。被约束的火与水，对人类而言是最有情的，人类真是一天也离不开火与水。思想的火焰不能冰封，传递的圣火不可熄灭，而生存的火种和艺术的火种一样，要永远点燃。

E

人类的摄影史，走过了近两百年的时光。是摄影把时光固定住的。人类探索神奇的世界，同时摸索那探索世界的神奇方式。春秋战国时期的墨子就记载了小孔成像，文艺复兴时期的达·芬奇则记录了暗箱。1827 年，法国的退伍军官尼埃普斯用了足足 8 个小时的曝光，拍摄了世界上第一幅照片，那是他窗外的景色。尼埃普斯的合作伙伴达盖尔，在 1839 年公布了相对成熟的摄影术，并获得摄影术专利，这一年被称为摄影术发明年。尼埃普斯与达盖尔，都应该被看作摄影术发明者。随着高科技的发展，胶片开始消失，数码替代了胶片，像素的级别更是层层攀升，这是进步的必然。

在今天，电视、互联网视频等，可以 24 小时不间断地报道新闻，但静态的图像依然一如既往地具有强大的表现力。我并不认为人类进入了“读图时代”，图片是抵达新闻现场、抵达艺术领地的一种方式，但这种方式是永恒的。

在今天，人类进入了“全媒体”“自媒体”的“时光机器”，几乎人人都手握“相机”，在这一“全民摄影”的时代，人人都能享受摄影之乐；快拍一张现场照片，上传到微博，信息的传递、新闻的发布瞬间就完成。当人人都会拍照的时候，专业精神、专业主义被反衬得更为重要。当机器和技术显得不是很重要的时候，心灵和灵感就显得尤为重要。好的照片，不是用“手”拍出来的，而是用“心”拍出来的。著名作家纳博科夫曾这样要求自己：“像天才一样思考，像大师一样写作，像孩子一样说话。”对于艺术创造，正是有这样的要求，才有杰出的艺术成就。

人生道 归乡路

——蔺桃《三十岁，回乡去》序

偶尔有花开错了季节，美丽且孤独；不断有人走对了村路，收成亦付出。

蔺桃这本新书《三十岁，回乡去》，为我们讲述一批年轻人在而立之年，回归乡村，立于土地，尊重内心，最终成就别样人生。

我和蔺桃、蔺桃的夫君黄庆明，曾是杭州媒体的同事，同在一个屋檐下，同处一间办公室；蔺桃到台湾读硕，庆明赴美国读博，我作为业界人士，都曾修书推荐。蔺桃本科四年学的是新闻学，2011年辞去媒体工作飞赴台湾，成为首届陆生，读了三年研究生，人生道路由此有了很大的改变。彼时她一边学习，一边采访写作，在台湾与同仁合著出版《陆生元年》；学成归来后，又出版了《藏在小日子里的慢调台湾》，别样的题材、别致的人事，总是让人喜欢。如今又一本特别的“回乡”之书呈现在读者眼前，一定会让很多人欣喜。

这里是20位返乡青年的故事，他们人生的创业之路充满了“烟火气”。因为他们从此关心粮食和蔬菜，因为他们能够给每一条河、每一座山取一个温暖的名字，因为他们可以在广阔的天地山水间创造更多最美好的东西。这里有周华诚的“父亲的水稻田”，有桃二的自家茶园，有陈统奎的家乡荔枝，有陈茹萍在森林里搭盖的家，有刘璇在西藏建造的森林学校，有许著华的乡村文创，有夏莉莉的下乡养儿，有吴志轩、蔡舒翔、王大欣、王求安返璞归真的村建……

家园是让人安顿心灵的地方。城市让生活变得美好，美好之后又发现，乡村让生活更加美好。蔺桃 2014 年毕业前夕，因为内心的冲动，在宜兰、台中和台南的乡村社区，采访到了好多位返乡的青壮年，她被他们深深触动了；隔年蔺桃女儿降生，随后在孩子四个月大的时候，随着夫君一起赴美；她一边带孩子，一边在学校宿舍旁边耕种一块菜地，开始了和来自世界各地的朋友们“共耕共食”的生活。其间幸遇若干对可持续农业和乡村建设感兴趣的平台，于是在一个叫“乡愁经济”的平台上，她开设了“30 返乡”的返乡人物专栏，正是这些专栏文章，成就了这一本书。

有些优秀记者有一个最大的愿望，那就是写着写着变成作家。蔺桃找到了自己的方向，也在向作家转型；而且她有在海峡两岸以及在美国学习和生活的经验，对美丽乡村、新型农人、可持续农业也特别感兴趣——那么，方向和道路对了，就不怕筚路蓝缕了，相信终归能够以启山林。

《三十岁，回乡去》中的人物，他们在城里都干得不错，是能力、经验、兴趣和向往，让他们回到乡村，在绿水青山之间“天开图画”。从望乡到回乡，这是社会发展进步的必然结果。进城和回乡是大不同的，就方向和心态而言，一是漫漫上城路，一是浪漫归乡路。说漫漫，那是因为需要进城打工脱贫奔小康；说浪漫，那是因为兴趣和趋势使然。我们知道，中国是一个人口众多的发展中国家，悠悠万事，民生为要。在城镇化过程中，大部分人先要到城里干活谋生；而把国家建设得更美丽，是一种家国情怀，需要更深更广的改革，需要更多更大的开放。

然而，美丽中国的构建，离不开美丽乡村的建设。城市与乡村的交融，应该是人类社会发展的正常态。城市需要“烟火气”，乡村更少不了“烟火气”，无论是否有“袅袅炊烟”，都需要“活化”。台湾民谣《美丽岛》里的最后一句歌词让我深为感动：“我们这里有无穷的生命，水牛、稻米、香蕉、玉兰花。”这里生命的意象，那么美丽美好，无不出自生机勃勃的田野乡村。

返回乡村，可做的事情当然不仅仅是种稻米、收麦子。我读蔺桃《三十岁，回乡去》一书，一些我所知所感的人和事也不断地在脑海里冒出：在浙江杭州富阳区一个山坳里，原来的养鸡场，被一批城里来的公益人士改造成花开岭公益村，他们致力于乡建和乡村儿童联合公益；在浙江的莫干山脚下，文化人朱锦东远道而来，在这里开了家“莫干山居图”民宿，这是全球率先建成的图书馆精品民宿，成为作家创作基地，那顶天立地的巨大书墙让人震撼，声名远扬；“粉丝”无数的李子柒，她从城市返回乡村，成为“田园精灵”，她既拍摄视频展现浪漫悠然的乡村田园生活，也通过网络销售乡村美食；而在日本的乡村“越后妻有”，北川富朗用艺术唤醒大地，成功探索出一条活化乡村之路……

反哺乡村不是施舍，而是另一种生产和生活方式。这在《三十岁，回乡去》一书中有充分的呈现。读蔺桃这本书，我深切感受到的是书中所呈现的五个“言之有”。

一是言之有人。写人物的文章，不一定都能做到“言之有人”，而蔺桃是把人物放在心中写的，人物就写活了。比如开篇所写的“父亲的水稻田”里的周华诚，他是我的前同事，也是一名青年作家，我和蔺桃早已熟悉他；华诚君放弃了报馆的职务，不仅下田种稻米，而且观察和写作稻米；30多岁的他，在稻田里找回了自我，找到了自由。他写了诸多与稻田、山村相关的文字，结集出版了《下田》《草木滋味》《草木光阴》等书，那是“有生活、接地气、有品质感的文字”。我曾感慨于周华诚的“父亲的水稻田”，写了一首诗《稻可稻》（收在我的诗集《相思的卡片》中），其中有这样的句子：“原是‘替天行稻’于红尘 / 春心一骑 / 便与春工春吹醒 / 一路声波荡漾 / 望春风。”《三十岁，回乡去》一书中的人物，个个都是那么鲜活可人，难以忘却。

二是言之有情。情，是共情，是情怀。杨阳是在上海奋斗过的云南女孩，她回到昆明工作，在公司开始接触公益；她想过上一种知行合一的生活，于是到泰国的生态农场打工学习，开始探索生命本质。2018年她搬进昆明大墨雨村——一个以永续生活为目标的新乡村社区。她学习并实践朴门农业，恢复土壤活力，构建生机勃勃的生态系统；她35岁第一次扛起锄头，带领一批人开垦果园，种植森林食物。“只有自己内心真正转变了，身边的环境才会改变。”她的这句话，相信会引起不少读者的共情和共鸣。返璞归真的新田园生活，不只是疗愈地球，更是疗愈人心。

三是言之有物。蔺桃的文章都通过扎实的采访而得，内容丰富、言之有物，有的细节让人尤为难忘。书中的桃二，辞职回到杭州富阳自家的茶园，和父亲一起做龙井茶。“制作礼盒是一个随机创造的过程，比如她会在里头偷偷放两颗松果，一只院子里刚摘下的柚子，一只私藏的手工杯，甚至只是用山上剪下的树藤来裹一个茶包……”这些细节，是桃二的心思和诚意，也是她表达自我的一种创作方式，蔺桃则细腻地写出了她的“茶礼美学”。“快乐酒，慢乐茶。”与《藏在小日子里的慢调台湾》一样，读《三十岁，回乡去》一书，亦是一种“悠然见南山”般的“慢乐”。

四是言之有识。蔺桃笔下的陈统奎，本是海南岛走出的穷小子，在南京、上海奋斗多年，曾做过《南风窗》高级记者。因2009年一次在台湾的采访，了解到社区营造改变家乡；他于是帮助家乡修路、盖水塔、建造灌溉机井，弥补当地火山土壤不利种植的缺点，使当地农民荔枝、蔬菜得以丰收。多年来他往返上海和海南两地，致力于打造家乡“火山村荔枝”品牌——是的，我在杭州也吃到过不少海南的“火山荔枝”。陈统奎的见识不凡，识见更是深刻，他说：“几乎所有的进步都来自偶然的灵感，方向对了，很多事就会水到渠成。”这话说得妙极，而“偶然的灵感”，何尝又不是来自自然的灵感呢?

五是言之有文。蔺桃用她的文笔，写出的是“美丽”，是“乡愁”，而不是“哀愁”。这里的文字，有高度、有温度、有醇度、有鲜度，清新可人。她写林小熏，一开始是一句“林小熏一直很喜欢一张照片”，接着写：“夏日湿润的黄昏，她着长裙，和几位友人走路去参加安徽黄山脚下的碧山精酿啤酒节。身侧是稻田和矮树，道路那头是层叠的群山。几人背影，信步从容……”然后再另起一段写道：“归，回家。第一次到访碧山，她就有回到家乡的亲切感。带着都市人的一身紧绷来到村里，她说自己就像茶叶泡进开水里，整个舒展开来。”寥寥几笔，就写活了人和乡村以及两者之间和谐相融的关系。是可谓“文章文章，有文能成章”。

在《三十岁，回乡去》一书中，我们看得见山，望得见水，记得住乡愁；我们能深切感受到“绿水青山就是金山银山”，而绿水青山更是回乡青年们的金山银山，物质和精神的双重金山银山。

英国哲学家阿瑟·赫尔普斯曾说：“推动世界这部水车运转的水浪，发源于人迹罕至的地方。”那人迹罕至之处，一定是山林深处，是林中水滴折射太阳光芒的地方。

人生道，归乡路。因为热爱乡村，因为热爱土地，到哪里都是双脚接地气，到哪里都可以成为不带地图的旅人，因为脚下的土地都是一样美好的。